AGRADECIMIENTOS

Quisiera dar las gracias a las siguientes personas por animarme y ayudarme a escribir este libro leyendo y dando grandes comentarios y apoyo:
Nancy, Deidre, hawk hrdly, Weasel, Bob, Michele, Sarah Jane, Barry y Dominique.
Asimismo, gracias a Joe Rogan. Escuchar su podcast desde el principio me inspiró a dejar de pensar solo en escribir y empezar a hacerlo de verdad.
Un agradecimiento especial también a todas las personas y amigos absolutamente espectaculares que contribuyen a la experiencia más grande del mundo, el Burning Man.
Gracias a Burning Man Project por su apoyo. Sin su duro trabajo y dedicación, esto que amamos no sucedería.
Una disculpa especial, por arruinar el Burning Man.
Fue mejor el año pasado.

CAPÍTULO 1

Venid todos vosotros, almas fracturadas, niños solitarios en pieles de adultos, recipientes rotos desechados por la sociedad. Traed vuestro arte, vuestro amor y vuestro asombro. Encontrad consuelo en el polvo.

Diane Easting miró con frustración su computadora. Se subió las gafas tintadas a la frente para que su pelo castaño no le llegara a la cara. Las cifras, las hojas de cálculo, las quejas de los clientes y las fricciones interdepartamentales no dejaban de caer en su regazo, los innumerables problemas de las estructuras y decisiones corporativas, cada uno de los cuales parecía requerir que se hiciera tres veces.

Se levantó de su moderno y elegante escritorio, cogió su vaso de té y se dirigió a los ventanales que daban a la ciudad. Los rayos de sol de media tarde le calentaron la cara mientras miraba su reflejo. A los cuarenta y dos años, estaba en forma, era guapa y, si era sincera, estaba un poco aburrida.

Diane contempló la calle que tenía más abajo y la cafetería donde había conocido a Daniel, ahora su antiguo novio. Una relación de cuatro años había comenzado a partir de un encuentro fortuito y había terminado, aunque de forma bastante amistosa, una vez que había seguido su curso.

El sonido de su teléfono la sacó de sus cavilaciones. Al acercarse a su escritorio y mirar el teléfono, vio un mensaje de su amiga Stacy. Con una sonrisa, descolgó el aparato y pulsó el botón de llamada sin leer el mensaje.

—Eso es un cambio —dijo Stacy —¿Desde cuándo devuelves las llamadas?

—¿Cómo has estado, querida amiga? —preguntó Diane.

—Ocupada como siempre. Trabajando para poder divertirme —Stacy era su mejor amiga de la universidad, su estilo de vida artístico tan diametralmente opuesto al de Diane como podría ser. Ella era una artista con talento que se ganaba la vida diseñando y realizando increíbles obras de arte, mientras que Diane había seguido el camino empresarial. En sus años universitarios habían sido inseparables. Stacy era un viento temerario y apasionado en la vida estructurada y calculada de Diane. Diane era la piedra de toque estable para la existencia a veces caótica de Stacy.

—¿Lo mismo de siempre? —preguntó Diane.

—Nada nuevo —dijo Stacy —de todos modos, ¿qué vas a hacer durante las próximas dos semanas?

—Trabajar, correr...

—Correr por el mundo, seguro. Ignora eso. Ven a jugar conmigo.

Diane sonrió, una reacción habitual ante el espíritu aventurero de su amiga.

—No puedo...

—Puedes solo callarte y venir conmigo. Ha sido una eternidad. Necesitas jugar —dijo Stacy.

—¿Solo por curiosidad, qué sería eso?

—Dos palabras —respondió Stacy, y luego hizo una pausa. Siempre era una persona dramática.

Diane esperó, dejando que el momento se prolongara, ganando tiempo.

—Estoy escuchando —dijo, rompiendo el silencio.

—Burning Man —dijo Stacy.

—Burning Man —respondió Diane.

—Burning Man —repitió Stacy.

Diane recordó las diversas historias que Stacy había descrito a lo largo de los años, así como los artículos que ella misma había leído, las fotos que había visto.

—¿En algún lugar del desierto? ¿Con hippies sucios drogándose en el desierto?

—Algunos hippies, sí, de los buenos. En el desierto, sí. ¿Drogándose? Hmmm, nunca se sabe.

—No me interesa —dijo Diane, tomando un sorbo de té.

—Te conozco mejor que eso —dijo Stacy —además, te he comprado un billete. Tienes que ir.

—Estoy demasiado vieja. No quiero estar con un montón de niños.

—La mayoría de los asistentes al Burning Man tienen más de treinta años —dijo Stacy.

Diane consideró esta información. Si Stacy, que a pesar de todo su talento siempre había tenido problemas de dinero, le había comprado una entrada, entonces era algo importante.

—Realmente no sé nada sobre el Burning Man. Stacy, te agradezco la...

—Sí, sí, lo sé. Estás demasiado ocupada, qué voy a hacer, cómo, y todo eso. Déjame preguntarte esto, Diane, querida, una pregunta directa. ¿Eres feliz?

—Bueno... —Diane dudó —me va bien en el trabajo y...

—¡Es jodidamente aburrido! —la voz de Stacy dijo a través del teléfono —¿Te he preguntado cómo va el trabajo, qué dinero tienes o a qué puta clase de spinning te dedicas? ¿Eres... ... feliz?

Diane quiso responder que sí, para dejar de lado esta ridícula conversación con su querida y a la vez loca amiga, pero no le salieron las palabras.

—Ajá. Tu silencio dice mucho. Así que, ¿por qué no te lo piensas y me lo dices antes del lunes? Adiós —dijo Stacy mientras terminaba abruptamente la llamada.

Diane se quitó el teléfono de la oreja y lo colocó sobre el escritorio, mirando por la ventana mientras pensaba. Era ridículo. ¿Dejar todo y marcharse? Es poco probable. Al darse cuenta de su reloj, Diane recogió su libro de contabilidad para tomar notas, caminó por el pasillo hasta una sala de reuniones y tomó asiento en una larga mesa de madera.

La reunión se desarrolló con la eficacia habitual. Stella Worth, la directora general y mentora de Diane, mantenía un ritmo rápido, con poca tolerancia hacia las personas improductivas o las conversaciones cruzadas.

—¿Diane? ¿Tienes alguna aportación sobre este tema? —preguntó Stella.

Diane levantó la vista y vio que Stella la miraba fijamente con ojos grises como el acero y una mirada desconcertada en su rostro bronceado y delgado. Diane se dio cuenta de que Stella sabía que había pillado a Diane soñando despierta. Por suerte, tenían suficiente historia como para que un suave empujón fuera todo lo que necesitara, aunque Stella la estaba poniendo en un aprieto.

—Creo que Stephan cubrió bien las finanzas trimestrales —respondió Diane.

Diane asintió a su jefe de equipo, que sabía que llevaba una semana trabajando en las cifras. Se alegró de tener la oportunidad de elogiarlo en el marco público de la reunión y, sobre todo, con Stella.

—¿Qué hay de la página siete, párrafo seis? ¿Las salidas de capital relativas a Sudamérica y los reembolsos de dinero de las devoluciones de equipos y las devoluciones de cargos? ¿Se han liquidado realmente esos fondos, o están en proceso de cambio? —preguntó Stella.

—Los fondos se han liquidado a partir de las ocho de la mañana. Stephan y yo hemos revisado las transferencias bancarias con nuestras cuentas de Zúrich y Singapur para publicar un informe trimestral preciso —dijo Diane.

—Bien. Entonces, ya está todo listo. Vuelvan al trabajo —dijo Stella, cerrando su libro de registro y la reunión —Diane, reúnete conmigo en mi despacho en cinco minutos, si puedes.

Diane asintió y habló brevemente con su equipo, felicitándoles por la presentación. Caminando hacia el despacho de Stella, se preguntó qué pasaba. No era propio de Diane distraerse en una reunión, y dudaba que se produjera una reprimenda, aunque Stella era conocida por amonestar a sus subordinados por su falta de atención durante las reuniones.

Diane señaló con la cabeza a los dos ayudantes que estaban en el vestíbulo de la oficina de Stella, ambos jóvenes bien vestidos.

—Entre, señora Easting —dijo el más alto de los dos con una sonrisa.

—Darrell, cierra la puerta —la voz de Stella llegó desde el interior del despacho.

Diane entró en el amplio despacho, que tenía una vista de la ciudad aún más impresionante que la suya. Stella estaba sentada con las rodillas cruzadas en el moderno sofá de cuero de la zona de estar.

—Siéntate, siéntate —dijo Stella, dando unas palmaditas en el sofá a su lado —¿Te apetece algo? ¿Café?

—No, estoy bien —dijo Diane —¿Se trata de la reunión?

—¿La reunión? —dijo Stella con una sonrisa fingida —no seas ridícula. Solo quería mantenerte alerta. ¿Qué tienes en mente? ¿Un nuevo galán?

Diane sonrió.

—Nada tan emocionante en ese sentido. Una sugerencia de una amiga.

—Cuéntame.

—No es nada, realmente... —dijo Diane.

—Vamos, cuéntame —respondió Stella, con la mirada fija.

—Una amiga de la universidad —dijo Diane —me invitó a ese festival que se avecina. Es una idea ridícula, de verdad.

—¿Es lo del Burning Man? —preguntó Stella, pillando a Diane con la guardia baja —bueno, sí lo es, en realidad —respondió Diane.

—Hmmm —dijo Stella, luego se levantó y se dirigió a la ventana, mirando hacia afuera.

—No iba a ir —dijo Diane —era solo un pensamiento.

—Tu amiga Stacy pintó ese cuadro vdijo Stella, señalando a la gran pintura al óleo que se exhibía en la pared detrás de Diane.

Diane se volvió y miró el cuadro. Un lado era la imagen de una mujer joven en azules oscuros y sombras negras, extendiendo la mano hacia su imagen en el espejo en colores vivos y radiantes en el otro lado. El talento de Stacy era evidente en la hermosa pintura. Había expresado tantas emociones con óleos sobre el lienzo.

—Sí, esa es su obra. Y sí, Stacy es quien me ha invitado —ambas mujeres miraron la figura del cuadro.

Stella rompió bruscamente el silencio.

—¿Está Stephan preparado para asumir más responsabilidades?

Diane se tomó un momento para considerar la pregunta de Stella. Stephan dirigía su equipo y lo había hecho durante el último año. Era ambicioso, trabajador e inteligente. Diane también sabía que el siguiente paso que él debía dar era el peldaño que ella ya pisaba.

—Probablemente.

—¿Sí o no? —preguntó Stella con rotundidad.

—Sí, está preparado para que le den más responsabilidades para ponerle a punto. ¿Tienes planes para él? —preguntó Diane.

—Tengo planes para ti, querida —Stella se volvió y miró a Diane —tienes que prepararte para tu siguiente paso, y eso implica educar a otra persona.

—Ya veo —respondió Diane, emocionada pero insegura de lo que eso podría significar.

Stella volvió a acercarse a la ventana y miró hacia afuera con los brazos cruzados, golpeándose la barbilla con el índice de la mano derecha. Diane esperó y observó, sabiendo que Stella estaba haciendo rodar escenarios, resultados y opciones por su formidable mente.

—Esto es lo que quiero que hagas —dijo finalmente Stella — tómate las próximas dos semanas y vete al festival.

—No estoy segura de cuándo...

—Soy muy consciente de cuándo, así como de lo que es —dijo Stella, volviéndose hacia Diane —tienes que irte, quiero decir. Quiero lanzar a Stephan a la parte profunda de la piscina y ver si sabe nadar. Y tú necesitas un descanso, además de otras cosas. Haz las maletas y vete. No le digas a tu equipo a dónde vas o cuándo volverás. Los trimestres han terminado, y si has preparado a tu equipo tan bien como creo que lo has hecho, que te tomes unas semanas de descanso no debería ser un problema.

Diane se quedó de pie, atónita. Desde luego, no se esperaba este giro de los acontecimientos. Al mismo tiempo, se dio cuenta con cierta diversión de que Stella le había hecho exactamente lo mismo una vez. La tiró al fondo para ver si sabía nadar. Y así fue.

Stella observó a su protegida con una expresión de desconcierto.

—Ve a divertirte. No te preocupes por este lugar. Estoy celosa. Solo se puede ser un Virgin Burner una vez.

—Bueno, está bien entonces —dijo Diane, sacudiendo la cabeza.

Stella se acercó a un armario de curiosidades en la esquina. Diane sabía que las chucherías que había allí eran recuerdos del pasado de Stella, pero esta nunca había compartido qué recuerdos representaban los objetos. Stella abrió un pequeño cajón y sacó un objeto.

—Espera —dijo Stella —toma esto.

Dándose la vuelta, le entregó a Diane un cinturón de cuero con bolsillos, hebillas y ganchos. Una pátina de polvo, trabajada profundamente en los pliegues, cubría el desgastado cuero marrón.

—¿Has ido? —preguntó Diane, mirando el cinturón en su mano.

—Nunca te lo diré —dijo Stella, sonriendo misteriosamente — ahora vete.

Diane miró a Stella bajo una nueva luz. A pesar de todos los años que habían trabajado juntas, no sabía mucho sobre el pasado de Stella. La astuta directora general mantenía sus cartas muy cerca del chaleco. Diane aceptó el cinturón, se encogió de hombros y se dirigió a la puerta.

—Una cosa más, Diane —dijo Stella.

Diane miró hacia atrás.

—Diviértete.

CAPÍTULO 2

Miércoles, 26 de agosto, diez días para que comience la Quema del Hombre

Diane miró por la ventana mientras el avión se dirigía a Reno, Nevada. Un par de días se habían consumido reuniendo las cosas de una lista enviada por Stacy. Había comprado una máscara antipolvo, unas gafas y un saco de dormir, junto con todos los demás pertrechos y necesidades para una estancia prolongada sin contacto con el mundo. Estaba todo cuidadosamente empaquetado en un par de bolsas. Stacy había escrito que podía proporcionar muchos de los otros artículos necesarios.

Diane había buscado en Internet y había visto varios videos sobre cómo prepararse para ir al Burning Man. Le habían sido de gran ayuda, y estaba a la vez emocionada y aprensiva. Este festival existía desde finales de los años ochenta, comenzando en San Francisco. Los organizadores habían sido un grupo de amigos que se reunieron en la playa de Baker para quemar una efigie de madera de un hombre. Corrían rumores de que el Hombre era una representación del nuevo amante de la ex novia de uno de los miembros fundadores. La fiesta había crecido año tras año hasta que tuvo que encontrar un nuevo hogar, el desierto de Black Rock, en el norte de Nevada.

—¿Se dirige a Reno o a Las Vegas?

Diane se volvió de la vista de la ventana para ver a un

caballero mayor con el pelo largo y gris llevado en una trenza por la espalda. Estaba vestido con una colorida camiseta teñida de corbata y unos pantalones cortos marrones, y sus ojos eran azules y amistosos en su rostro escarpado y bronceado.

—Reno —respondió Diane—. He quedado con unos amigos, de acampada.

—¿En la playa? —preguntó el hombre.

—¿Playa? No sabía que hubiera playas en Reno.

—La playa significa Burning Man. El polvo de la playa llega a todas partes, y también se llama playa. La playa profunda es la gran zona abierta más allá del Hombre, hasta la valla de la basura, que, por cierto, es el límite exterior del recinto. No se puede pasar de ahí. Ahí es donde están los dragones, y cien millas de desolación. La ciudad es un semicírculo centrado en la estructura del Hombre. Ahí es donde la gente acampa. La ciudad, quiero decir.

—De acuerdo —dijo Diane, sin entender realmente—. Sí, me dirijo al Burning Man.

—¿Es la primera vez que vas?

—Sí. Es algo de última hora. Mi amiga ha ido bastante.

—Eso es bueno —dijo el hombre, tomando un sorbo de su taza—. Tener un amigo con experiencia, eso sí. Hace las cosas más sencillas.

—¿Vas a ir? —preguntó Diane.

—Sí. Me reuniré con mis compañeros de campamento y luego saldré. Mi nombre es Tejón, por cierto.

Le tendió la mano. Diane la estrechó.

—¿Tejón? —dijo Diane—. Soy Diane.

—Tejón es mi nombre de playa. Puede que consigas uno o puede que no. La mayoría de la gente que consigue un nombre de playa va por ese nombre cuando está en el festival.

—¿Te has puesto un nombre?

—En realidad no es así como funciona. Ya lo verás. Otra persona te da el nombre. Aunque si te nombras a ti mismo, nadie lo sabría ni le importaría. Normalmente hay una historia detrás del nombre, y cuando alguien se nombra a sí mismo, la historia suele ser un poco escasa.

Tejón hizo una señal a la azafata para que pidiera más café.

—¿Qué haces cuando no vas al Burning Man, Tejón? —preguntó Diane.

Tejón cogió el café y dio un sorbo. Luego se volvió hacia Diane.

—Cuando estás en el Burning, es mejor no preguntar a la gente qué hace en el mundo por defecto. Así podemos evadirnos. El anonimato nos da libertad de expresión.

—Oh, lo siento. No sabía...

Tejón agitó la mano con displicencia y le sonrió cálidamente.

—No es gran cosa. Es agradable conocer a la gente y no tener etiquetas en ellos. Hay que empezar por ser seres humanos y partir de ahí —dijo Tejón, y añadió—: es la decimoquinta vez que voy en diecisiete años. Aunque suene a tópico, la Quema ha cambiado mi vida. ¿Has oído hablar de los principios?

—¿Los diez principios? Sí. No puedo decir que los recuerde o los entienda todos.

Tejón los marcó con los dedos.

—Inclusión radical, donación, descomodificación, autosuficiencia radical, autoexpresión radical, esfuerzo comunitario, responsabilidad cívica, no dejar rastro, participación, inmediatez.

—Son unos cuantos para recordar —dijo Diane.

—Como eres una Virgen, tu principal trabajo es intentar no morir. Bebe mucha agua y cuídate. Puede ser muy crudo y difícil cuando te esfuerzas por salir. Mucha gente se olvida de dormir o de beber y comer lo suficiente, y se estrellan, y mucho. Además, muchas veces, cualquier emoción o trauma que hayas reprimido tiende a salir, lo quieras o no.

—¿De dónde vienen los principios? —preguntó Diane.

—Bueno, buena pregunta —dijo Tejón, moviéndose en su asiento—. Hay muchas opiniones sobre cuándo y dónde ocurrieron. Algunos piensan que se produjeron después de la Quema del 96, cuando la cosa se descontroló un poco. Otras dicen que siempre estuvieron ahí, pero que no estaban escritas.

Cuando el Burning Man pasó de ser una fiesta a un movimiento más amplio, tenía que tener alguna guía.

—La Quema del 96 fue un punto de inflexión. Para que el evento sobreviviera, tenía que haber reglas. Algunas de ellas procedían de un evento anterior llamado Rainbow Gathering, que todavía se celebra. Los principios básicos de este evento son la libertad frente al consumismo, el capitalismo y los medios de comunicación, junto con el amor, la paz, la no violencia y el ecologismo. Los primeros Quemadores eran, en esencia, pioneros, y como los pioneros, eran duros e inteligentes. Salieron a una vasta y desolada llanura y decidieron que podían hacer algo allí.

—El principio de autosuficiencia es una respuesta a la gente que se presenta y no es capaz de cuidar de sí misma, esperando que otros lo hagan. Los wooks no son realmente aceptados en el Burning Man.

—¿Qué es un wook?

Un “wook” suele ser un joven hippie -en apariencia, al menos- que se aprovecha de los demás, sin querer hacer ningún trabajo ni cuidar de sí mismo. Un wook es lo que la sociedad puede considerar como un hippie, pero en realidad, la mayoría de las personas que se alinean con la llamada cultura hippie cuidan de sí mismos y de los demás con un objetivo idealista. Yo debería saberlo, porque me considero en esa categoría. El problema es que, como especie, estamos acostumbrados a esperar que los hombres produzcan más de lo que consumen. Si alguien no cumple esa norma, corre el riesgo de ser excluido.

—¿Y la inclusión radical?

—Todo el mundo es bienvenido, independientemente de su nacionalidad, alineación política y género u orientación sexual. La pauta es 'No te hagas daño, no hagas daño a los demás'. Lo que quieras encontrar, lo puedes encontrar allí. Si quieres rabiar al ritmo de la música y coger cosas brillantes, puedes hacerlo. Si quieres asistir a conferencias sobre básicamente cualquier tema, aprender habilidades, hacer manualidades, rezar, ser voluntario, hacer actuaciones, puedes. Puede ser tan salvaje o tan suave como quieras. Sin embargo, existe la zona gris de los cockers de camisa y los ponis chispeantes.

—¿Cockers de camisa? —preguntó Diane, divertida.

—Hombres que solo llevan camisa, no pantalones.

Diane se rio de la imagen.

—Estar todo desnudo está bien —continuó Tejón—, ¿pero solo con camisa? A mucha gente no le gusta eso.

—¿Y los ponis brillantes? ¿Eso es bueno o malo? —preguntó Diane.

Tejón le sonrió.

—Bueno o malo es una vuelta de tuerca. El término denota ser un tomador en lugar de un dador. Los ponis brillantes se presentan con disfraces y derechos. Normalmente, esperan que los demás hagan por ellos porque están ocupados siendo bonitos y fabulosos. Se hacen fotos bonitas, el tipo de cosas que se ven en Internet o en los medios de comunicación. Los ponis brillantes se sitúan fuera de la comunidad en lugar de formar parte de ella, y eso va en contra de la autosuficiencia. Hay muchas otras personas que se presentan y se visten con disfraces fabulosos y se hacen fotos, pero tiran de su peso. De todos modos, muchos Burners creen que los ponis brillantes tergiversan la cultura y desvalorizan su duro trabajo. Los ponis brillantes son aceptados, pero no a todo el mundo le gustan. Generalmente se utiliza como un término despectivo.

—Los principios de autoexpresión e inmediatez los entiendo un poco. ¿Y la descomodificación? —preguntó Diane.

—No se puede vender ni poner a la venta nada, excepto el hielo, el café y los servicios de la autocaravana. ¿Te alojas en una autocaravana?

—No, en una tienda de campaña en una cochera.

—Perfecto. Tu primera vez debería ser en el polvo. Si tuvieras una autocaravana, podrías pagar para que la bombeen y la llenen de agua los camiones que rondan por ahí. Solo aceptan dinero en efectivo.

—Gifting se refiere a una cultura del regalo que significa que la gente trae cosas para regalar a otras personas. Pueden ser objetos comprados o fabricados, comida, bebida, tal vez un masaje, una canción, o simplemente escuchar, mantener el espacio y estar presente para alguien. Lleva un tiempo darse cuenta de que no hay que dar algo a cambio. No es un trueque. Los regalos no tienen ataduras.

—¿Participación e inmediatez?

—Están bastante bien entrelazados. Estar en el momento, formar parte de algo más grande que uno mismo. No pensar en el ayer ni en el mañana, simplemente empaparse y decir sí a la vida -o no, si quieres-. La capacidad y el espacio para ser simplemente.

—Eso tiene sentido.

—Tarde o temprano lo tendrá —dijo Tejón—. Un hombre sabio me dijo una vez: 'No experimentas el Burning Man, eres la experiencia'. ¿Cómo conseguiste tu billete?

—Mi amiga me lo consiguió —respondió Diane—. No estoy segura de cómo funciona esto.

—Ha sido un largo camino desde que simplemente condujiste al desierto y pagaste en efectivo a un tipo en un coche. Se sentaba allí con una escopeta y una caja y te señalaba la dirección general.

—¿En serio? —preguntó Diane con incredulidad.

Tejón se rio de su reacción.

—De verdad —dijo—. Ahora, hay algunas maneras. Tienes que registrarte en el sitio web de Burning Man, y luego hay algunas ventas. La primera es MPA . . .

—¿Miedo a perderse algo? —preguntó Diane.

—Así es —respondió Tejón—. Esas entradas son las que más cuestan, casi el triple de las normales. Luego está la venta principal en una fecha determinada. Esas se van rápido. Hay entradas reducidas para los Burners con bajos ingresos, y luego está la venta OMG.

—Los campamentos establecidos tienen asignadas algunas entradas para sus campistas. Eso es algo aparte. Las personas que son voluntarias el año anterior tienen acceso a comprar o a que se les regalen entradas en función de las horas que hayan hecho. Luego está la venta STEP, que es una forma de comprar entradas para la Quema a personas que devuelven sus entradas por cualquier motivo. STEP significa programa de intercambio seguro de entradas.

—Y luego están las ventas fuera de línea, la gente que pone las entradas en sitios de reventa. No solo está mal visto, sino que a veces son entradas falsas. Si te presentas en la puerta con una entrada falsa, no tienes suerte. Existen ventas de entradas en las que la gente compra solo para revenderlas a precios ridículos. Está muy mal visto, y la organización del Burning Man toma medidas para desalentarlo.

—¿Responsabilidad cívica?

—Apoyamos las normas y los medios con los que existimos en la sociedad. Es mejor pensar en ello como "no hacer daño" ni a nosotros mismos, ni al medio ambiente, ni a los demás. Tratar a todos ellos con amabilidad. El Esfuerzo Comunitario también es eso. Ayudar al prójimo, ayudarse a sí mismo, formar parte de algo más que uno mismo, ayudar a elevar a todos.

—Gracias por toda la información —dijo Diane.

—Luego está el undécimo principio —añadió Tejón.

—¿Cuál es?

—Consentimiento —dijo Tejón—. Consentimiento para tomar una foto de alguien o para tocarlo, y especialmente para el sexo. También hay que poder comprobarlo con la pareja. Solo porque alguien diga que sí al principio, o en un momento dado, no significa que el consentimiento dure para siempre. Digamos que estabas con alguien, realizando actividades de forma consensuada, pero luego algo cambió. Tienes que ser capaz de comunicarte, comprobarlo con tu pareja y asegurarte de que todos siguen de acuerdo. Cada persona tiene el poder de dar o retirar su consentimiento en cualquier momento. Cada persona tiene la responsabilidad de comprobarlo *y* comunicarlo, porque suponer que se entiende le quita a la otra persona la capacidad y el potencial de ser lo mejor posible. El consentimiento es esencial en la playa. No todo el mundo lo consigue a la primera.

Diane le miró, parpadeando mientras procesaba la gran cantidad de información.

—Entenderás más a medida que pase el tiempo —dijo Tejón.

—Estamos llegando al aeropuerto de Reno —anunció una azafata—. Queremos agradecerles que hayan elegido volar con nosotros hoy. Por favor, devuelvan sus mesas de bandeja y respaldos de asiento a sus posiciones originales.

—Bueno, ciertamente aprecio la educación. ¿Algún consejo de última hora? —preguntó Diane, colocando su bandeja.

—Diviértete, y nunca, nunca salgas del campamento sin tu máscara antipolvo y tus gafas, ni siquiera para ir a los baños portátiles -los llamamos portos-. Las tormentas de polvo pueden ser intensas y repentinas. Y lleva siempre tu taza y tu identificación. Muchos de los bares no te servirán sin ellos. Si tienes algún problema, pide ayuda o busca un Ranger. Son Quemadores como tú, y están ahí para ayudar.

—Si te encuentras cerca del lado de las nueve, búscame. Mi campamento se llama Deconstrucción Creativa.

—De acuerdo, lo haré.

El vuelo aterrizó en Reno y se dirigió a la puerta de embarque. Diane se despidió de Tejón con la mano y se dirigió a la recogida de equipajes.

CAPÍTULO 3

—¡Diane! —exclamó una voz de mujer.

Diane se giró para ver a su amiga Stacy precipitándose hacia ella y fue arrastrada a sus brazos. Ambas mujeres rieron y cayeron al suelo cuando el abrazo las desequilibró. Levantándose, Diane observó a su amiga.

Stacy era de mediana estatura, con una piel bronceada y oscura. Sus grandes pechos estaban embutidos en un corsé multicolor, y su pelo largo y oscuro era una explosión de trenzas multicolores con tiras de tela de colores tejidas en ellas. Unos pequeños y ajustados pantalones cortos mostraban sus largas piernas hasta sus botas de cuero verde polvoriento. Intrincados y hermosos tatuajes cubrían sus torneados brazos desde los hombros hasta la punta de los dedos.

—¿Esto es la Quema chic? —preguntó Diane, admirando a su amiga.

—¡Ya lo sabes! —dijo Stacy, dando una vuelta, terminando con las piernas cruzadas, las manos en las caderas, mirando a Diane por encima del hombro—. Especialmente las trenzas. El polvo de la playa es alcalino, juega un infierno en tu cabello. Con estas, no tienes que lavarlo.

—Ahí están mis bolsas —dijo Diane, señalando una bolsa de lona y otra de rodillo en la cinta transportadora.

Stacy se inclinó y, sin aparente esfuerzo, agarró las bolsas, una en cada mano, y las levantó de la cinta transportadora. Diane observó cómo los músculos de los hombros y los brazos de Stacy se flexionaban, profundamente definidos.

—¡Vaya! ¿El yoga está dando sus frutos?

—He estado enseñando un poco. Es divertido —dijo Stacy, echándose el petate al hombro mientras Diane extendía el asa de la bolsa con ruedas. Stacy pasó su brazo libre por el de Diane y la guió hacia la puerta en el cálido sol.

—¿Nos vamos ya? —preguntó Diane mientras se acercaban a una pequeña camioneta con dos bicicletas en la baca y cubos de almacenamiento negros y amarillos en la cama. Detrás de la camioneta había un remolque de dos ruedas con caja cerrada.

—No, tenemos una habitación en Fernley, un poco más arriba. Tenemos pases de acceso al trabajo temprano para ayudar a construir el campamento, pero no son buenos hasta mañana. Tenemos que hacer algunas provisiones y preparativos de última hora —dijo Stacy.

El viaje desde el pequeño aeropuerto de Reno hasta Fernley fue rápido, y las dos mujeres charlaron y se pusieron al día. El aire era cálido mientras conducían por las colinas de color moca que bordean la autopista. A partir de Reno, la autopista se elevaba hacia las montañas cubiertas de rocas. Un pequeño río quedaba a su derecha, con hierba y árboles verdes y una vía férrea que corría a su lado, un trozo de vida en un paisaje que, por lo demás, era marrón y monótono. Un tren de pasajeros plateado pasó junto a ellos, en dirección a Reno.

—¿Qué es eso? preguntó Diane, mirando por la ventanilla una nube de polvo de la autopista.

—¿El tren? —dijo Stacy, echando un vistazo—. ¡Santo cielo, son los mustangs salvajes! Nunca los había visto.

Diane observó, fascinada, cómo la nube de polvo revelaba caballos marrones que galopaban a lo largo del río y luego sobre una colina, fuera de la vista.

Cuando salieron del puerto de montaña, la tierra se abrió, con llanuras al sur y montañas oscuras al norte. Tomaron la salida hacia Fernley, se registraron en el motel y se dirigieron al otro lado de la calle, a la supertienda.

—Así que has traído todo lo que te dije, ¿correcto? —preguntó Stacy.

—Sí, la ropa y el equipo de campamento. Era un poco tarde

para conseguir otros artículos.

—Bueno, aquí está la lista de lo que tenemos que conseguir. Tengo mucho, pero es nuestra última oportunidad. Tú lees y yo agarro. Odio tener que venir a una tienda corporativa para estas cosas, pero no había tiempo.

Diane desplegó la lista mientras entraban, con Stacy empujando un carrito. Mirando la larga lista de artículos, Diane notó las marcas de verificación de algunos.

—Bien, asumiré que tienes los que están marcados —dijo.

—Sí.

—¿Cuándo te organizaste tanto? —se burló Diane.

—El no traer algo y necesitarlo realmente unas cuantas veces superó mi desorden habitual. Bien, lociones y pociones —dijo Stacy mientras se detenía en la sección de medicamentos.

—Loción para la piel, gotas para los ojos, pastillas para la tos, aspirina, B-12. Antiácidos que has comprobado. Bloqueador solar —leyó Diane—. ¿Polvos para el cuerpo y crema para la dermatitis del pañal?

—Pasa una semana en calzoncillos y te sorprenderá lo sensible que te pones —respondió Stacy, colocando más artículos en el carrito.

—Y tampones —continuó Diane—. Aunque hace un día que terminó mi periodo.

—No importa. La tendrás en la Quema.

—¿De verdad?

—Nunca falla. Además, es bueno llevar una como regalo para otras señoras. Suelo dejar uno cerca de los retretes en Deep Playa —dijo Stacy mientras caminaba por el pasillo.

—Condones, lubricante, toallitas húmedas.

—Las toallitas húmedas es como nos mantendremos limpios hasta que las duchas estén preparadas. Los condones y el lubricante deberían explicarse por sí mismos —dijo Stacy, sonriendo.

—¿Qué tal estos? —preguntó Diane, sosteniendo una caja de condones.

—Aquí está la esperanza de lo que proporciona la playa —

Stacy sonrió mientras los colocaba en el carro.

—Muy bien. Papel higiénico y algunos alimentos, junto con agua —dijo Diane, consultando la lista.

—El agua la tenemos en un barril de cincuenta y cinco galones en el camión, junto con dos jarras de agua potable de emergencia de cinco galones en el remolque. Quedarse sin agua es una mierda. En nuestro campamento nos traen agua a domicilio, pero son cosas que pasan. Mi primer año, solo traje unos pocos galones, porque se suponía que los líderes del campamento traían la mayor parte del agua. Bueno, se estropearon y nos quedamos sin ella. Eso fue increíblemente miserable y no me volverá a pasar. Ah, y no pongas nunca toallitas húmedas en los retretes portátiles, porque obstruyen los camiones cisterna. Y aunque suele haber papel en los portos, me gusta llevar el mío.

Caminando por los pasillos, seleccionaron varios alimentos. Diane enarcó las cejas cuando Stacy colocó en el carro un enorme paquete de macarrones con queso en caja junto con una bandeja de sopa instantánea.

—¡No he comido esas cosas desde que estaba en la universidad!

—Confía en mí, tienes que empujar las calorías por ahí. Bajarás de peso, pase lo que pase. Yo prefiero usar la leche evaporada en lata. Es el cielo en los macarrones con queso, y no se estropea.

—Huevos, tocino, pan...

—Yo uso los huevos que vienen premezclados en las cajas de cartón —dijo Stacy, colocándolos en el carro—. Tengo tres más congelados en mi nevera.

—No sabía que venían así —dijo Diane.

Las mujeres encontraron el resto de los alimentos de la lista y luego se dirigieron a la sección de licores, donde Stacy le pidió a Diane que buscara otro carrito. Cuando Diane regresó, Stacy comenzó a colocar múltiples botellas de whisky en el carrito, y luego empezó a cargar cajas de cerveza barata. Los ojos de Diane se abrieron de par en par cuando Stacy puso el octavo paquete de 30 en el carrito.

—¿Tenemos que tener una charla sobre el consumo de alcohol? —preguntó Diane—. ¿Una intervención sobre la cerveza de mierda?

Stacy se volvió hacia Diane, ladeó la cabeza y contó con los dedos.

—En primer lugar, esta cerveza 'de mierda' está deliciosa fría, y es una de las únicas marcas que no me da acidez. Segundo, cuando hace un calor de cojones, necesitas algo frío y delicioso. Tercero, no todo es para nosotros. Quedarse sin cerveza es casi tan malo como quedarse sin agua. Conseguir hacerle Fluffing a nuestros compañeros de acampada es muy divertido y se agradece mucho. En cuarto lugar, las latas se pueden reciclar en la playa, en el campamento de reciclaje, mientras que las botellas hay que sacarlas. Las cajas de cartón se pueden quemar en nuestro barril de quema. Ya lo verás.

—¿Qué es fluffing? —preguntó Diane.

—Fluffing viene del mundo del porno, donde el trabajo de alguien puede ser felar a los actores para mantenerlos duros. En la playa, significa cuidar de tus compañeros de campamento de forma que sigan trabajando, ya que si se la chupas probablemente se echen una siesta.

Diane echó la cabeza hacia atrás para reírse de la descripción. Se sintió muy bien al poder soltarse y reírse tan libremente. Empujaron sus carros cargados hacia las cajas registradoras.

—Oh, espera —dijo Stacy y se dirigió a la tienda, regresando con un gran paquete de calcetines de tubo y dos jarras de galón de vinagre blanco.

—De acuerdo, me quedo con los calcetines ya que no podemos hacer lavandería, pero ¿qué pasa con el vinagre? —preguntó Diane.

—Es para remojar los pies y limpiar las cosas de la playa. La playa es súper alcalina, así que el vinagre la neutraliza. Lo que no usamos ahí fuera, lo podemos usar para limpiar el vehículo. Es la única manera de quitar la playa. El polvo se come las juntas, las correas, todas las cosas.

Las mujeres completaron el resto de sus compras y llevaron sus compras de vuelta al hotel.

—Entonces, ¿qué debo esperar? —preguntó Diane mientras entraban en la habitación.

—Desempaquemos estas cosas y hablemos de ellas —dijo Stacy—. ¿Qué deberías esperar? Es difícil de decir.

—¿Esto es parte de lo de No Dejar Rastro? —preguntó Diane, indicando el montón de cajas y envoltorios que estaban creando.

—Sí. Empacamos todo lo que empacamos. Eso es Autosuficiencia Radical. Tienes que llevar todo lo que necesites o quieras. Comida, agua, cosas. No hay lugar para conseguir nada ahí fuera —respondió Stacy—. Entonces, ¿qué quieres que pase?

—No lo sé —dijo Diane—. ¿Algo?

—Bueno, simplemente experimentarlo. Estar abierto a ella . . . y, bueno, todo. Ya te harás una idea. Inspírate, di que sí a todo lo que puedas. Te va a encantar, y luego lo odiarás, y luego lo amarás. Ahora veamos lo que has traído —dijo Stacy —. Tengo cosas que puedes ponerte, pero ¿has traído algún disfraz?

Diane recogió su mochila y la colocó sobre la cama. Sacando la ropa, Stacy miró los distintos artículos.

—Me lo temía —dijo Stacy, sosteniendo un chaleco de cuero con flecos de plumas y unos pantalones cortos de lentejuelas.

—¿Qué temías?

—Este es tu traje de princesa india de la universidad, ¿verdad?

—Sí. Todavía me queda bien, y...

—A nadie le gusta un maldito fanfarrón —dijo Stacy con una expresión inexpresiva.

Diane observó la mirada seria de su amiga. Entonces las mujeres se redujeron a carcajadas.

—¿Cuál es el problema con el disfraz? —preguntó Diane, secándose los ojos.

—Bueno, para empezar, es jodidamente hortera e

irrespetuoso con los Primeros Pueblos, y eso irritará a la gente. Dos, está el problema del MOOP con cualquier pluma y lentejuelas.

—¿Qué es el MOOP? —preguntó Diane.

—MOOP es materia fuera de lugar, como la basura, cualquier cosa que alguien va a tener que recoger. Y se espera que recojas MOOP cuando lo encuentres.

—De acuerdo. Hay mucho que recordar.

—Oh, ¿y ya has dejado de fumar? —preguntó Stacy.

—Puede que me tome uno de vez en cuando. ¿Por qué?

—Mañana te recogeremos una lata. La usas para tus cenizas y colillas.

—¿Ni siquiera quieren cenizas en la playa?

Stacy se inclinó más cerca de Diane.

—"No dejar rastro" significa no dejar rastro. Ahora, ¿dónde está la ropa que llevas a casa?

—Aquí —dijo Diane, sacando algunas prendas de su petate y entregándoselas a Stacy.

Stacy sacó una gran bolsa de plástico y deslizó la ropa en ella. Sellando la parte superior, presionó la bolsa para que el aire saliera por una pequeña válvula y luego se la entregó a Diane.

—¿Qué hace eso? —preguntó Diane.

—Mantiene el polvo fuera. Es increíblemente agradable ponerse ropa limpia después de salir y darse una ducha. No lo abras hasta entonces.

Stacy cogió entonces un paquete de plástico y empezó a abrirlo.

—¿Y eso es? —preguntó Diane.

—Un detector de CO. Para el monóxido de carbono.

—¿Para qué se usa eso? ¿No estamos en una tienda de campaña?

—Hay coches alrededor, cocinas, generadores. Digamos que alguien enciende un generador por la noche y dirige el escape hacia tu tienda o tu autocaravana. El monóxido de carbono podría acumularse y matarte mientras duermes. No es algo inaudito en los festivales. Así que tenemos uno en nuestra estructura, y regalaremos otro a otra persona.

—Hay mucho que hacer en esto... dinero, tiempo, esfuerzo —dijo Diane—. No me había dado cuenta de cuánto.

—Si calculas que el precio varía en función de lo que quieras gastar, es comparable a las vacaciones de una persona normal en algún lugar. Algunas personas gastan más —respondió Stacy—. En cuanto al tiempo, depende de la persona. Algunos de los artistas trabajan todo el año, o durante varios años, para crear el arte que sacan.

—Ahora, no sé ustedes, pero creo que un cóctel y una noche temprana es lo que me apetece. Y probablemente una última ducha caliente.

—Suena bien. ¿Pero no hay duchas en el campamento?

—Tendremos las duchas del campamento preparadas en unos días, pero hasta entonces, son toallitas húmedas.

—¿El campamento tiene un nombre?

—Presidentes muertos.

—Ah, ¿y tienes un nombre de playa?

—Sí. Cometa Tigre, o CT —dijo Stacy—. Es porque vuelo alto y soy muy feroz.

Diane enarcó una ceja ante el extraño nombre.

—Hay que admitir —dijo Stacy—, que la chica que me puso el nombre se estaba descojonando.

CAPÍTULO 4

Jueves, 27 de agosto, nueve días para que comience la Quema del Hombre

Diane y Stacy se levantaron temprano, desayunaron en una cafetería cercana e hicieron un rápido viaje a una parada de camiones para repostar gasolina y llenar algunos bidones. También entraron en una tienda de repuestos para comprar un filtro de aire de repuesto para el camión. Stacy les explicó que cuando salieran de la playa, pondrían el nuevo filtro de aire y se desharían del que estaba obstruido. Al girar a la izquierda de la autopista por una carretera de dos carriles, serpentearon por un valle fluvial bien regado, donde las señales indicaban que estaban entrando en la reserva Paiute.

Diane se lo tomó con ganas mientras la radio ponía música suave, triposa y alegre, la mayoría de la cual era nueva para ella. Stacy, que tardó en despertarse, dio un sorbo a su café mientras conducía. Los límites de velocidad a través de los pequeños pueblos eran muy conservadores, y Stacy los obedecía todos.

El sol empezaba a salir mientras conducían. Diane se fijó en otros coches y algunas autocaravanas que viajaban en la misma dirección, algunos con cinta azul a lo largo de las costuras de las ventanas. Esto la intrigó, pero se guardó sus pensamientos para dejar que Stacy se despertara.

—Ayuda con el polvo —dijo Stacy, rompiendo el cómodo silencio.

—¿Qué?

Stacy señaló el pequeño remolque RV delante de ellos.

—En las costuras de las ventanas. La cinta de pintor exterior mantiene parte del polvo fuera. Sin embargo, puedes ver que también usaron cinta interior. Se va a desprender muy pronto.

—¿Por qué lo hacen antes de llegar?

—El polvo es muy fino. Tan pronto como llegues a la playa, va a estar en todo, realmente. Como hay que limpiar muy bien las costuras para que la cinta se adhiera, hay que hacerlo con antelación —respondió Stacy—. Sin embargo, la cinta sobresale como un pulgar dolorido para las fuerzas del orden.

—¿El acoso policial es un problema?

—Algunos años son mejores que otros. Como el desierto de Black Rock es tierra federal, como las reservas de los Pueblos Originarios, la marihuana no es legal.

—Hace años que no me drogo. ¿Es un problema en nuestro campamento?

—Si alguien se convirtiera en un problema por las decisiones que tomara, tendría que marcharse, y probablemente no se le invitaría a volver. El campamento no está aquí para ser tu niñera, ni tu madre, ni un policía. Te ayudaremos, pero primero tienes que ayudarte a ti mismo, ¿sabes? Esperar que otras personas manejen repetidamente tu vida no es una expectativa realista. Estar juntos, trabajar juntos y divertirse juntos, esa es la razón por la que la gente viene a nuestro campamento.

—¿Alguna vez hay problemas en la Quema por culpa de la gente que se droga?

—A veces pasan cosas —dijo Stacy brevemente, y luego señaló—. ¿Ves eso que viene?

—¿La cosa de metal?

—Sí. Es un guardia de ganado. Las vacas libres andan por aquí. Mantén un ojo hacia fuera para ellos. Una vez vi cómo atropellaban a una. No fue un buen día.

—¿Notas que la casa rodante es de alquiler, y el nombre de alquiler está cubierto? Eso es por la Descomodificación. No hay publicidad. No es obligatorio, pero algunos se lo toman en serio.

—Mencionaste el personal médico, y antes hablaste de una clínica médica. ¿Qué implica eso? —preguntó Diane.

—Ahora hay instalaciones médicas en la playa. El precio de tu billete cubre el uso. ¿Tienes el seguro médico de vuelo que te envié?

—Sí.

—Bien. Hay un aeropuerto. Si te ocurre algo grave y te tienen que sacar en avión, el coste es muy alto. Así que un pequeño seguro puede servir de mucho.

Ambas se quedaron en silencio, contemplando la belleza natural de la dura tierra que las rodeaba. El marrón era el color predominante más arriba y el verde más abajo, alrededor de un pequeño río. Después de pasar por el pequeño pueblo de Nixon, condujeron cuesta arriba desde el valle, la carretera serpenteaba hacia la derecha, abrazando una pequeña montaña.

—Ahí está el lago Pyramid —dijo Stacy—. Es sagrado para los paiutes.

Diane levantó la vista hacia un hermoso y gran lago que se extendía al oeste de ellos. Podía ver una pequeña isla en la distancia. La vista era impresionante, lo más alejada posible del paisaje urbano familiar en el que vivía.

A medida que la carretera ascendía, la vista del lago se desvanecía tras una línea de montañas marrones. Ante ellos se abría una escasa llanura de tierras bajas, con montañas de color pardo cerca, al oeste, y otra cordillera más al este, un paisaje desolado de matorrales y suelo de arena blanca que contrastaba con el valle alimentado por el río que tenían detrás. Diane percibió un olor terroso, acre y ácido en el aire.

—Ese es el primer olor de la playa —dijo Stacy, notando su olfato—. Pronto tendremos que subir las ventanillas y mantener el aire acondicionado al máximo para no aspirar el polvo del aire del interior del camión. Mantener el aire acondicionado al máximo recirculará el aire dentro del coche en lugar de enfriar el aire exterior, sin embargo, así que no hay pedos.

—Como sea —dijo Diane, riendo.

La música ligera era perfecta para el paisaje de ensueño, áspero pero hermoso. Los kilómetros rodaron bajo los neumáticos mientras Stacy y Diane conducían en un silencio etéreo durante la siguiente hora. Diane se sintió como si flotara a través del paisaje, reuniéndose con algo desconocido en la distancia.

—Empire a la vista —dijo Stacy—. ¿Necesitas usar el baño?

—Estoy bien por un rato —respondió Diane.

—Bien, pararemos en Gerlach. Es solo un poco más lejos. Es la última oportunidad hasta la playa. Y la última oportunidad, mientras dure, de tener un baño limpio.

Empire, un pequeño pueblo con solo una tienda y una gasolinera cerca de una gran mina de yeso, iba y venía. Diane vio las señales de Gerlach y un ensanchamiento de la llanura hacia el este. Era un paisaje pálido, desprovisto de cualquier crecimiento o adorno, un paisaje lunar plano en el mejor de los casos. Cerca de la carretera elevada crecían pequeñas franjas de arbustos secos que se extinguían rápidamente en la blancura.

—¿Eso es todo? —preguntó Diane—. ¿Esa es la playa?

—Eso es —dijo Stacy en voz baja.

Diane se volvió para encontrar a su amiga sonriendo débilmente y mirándola intensamente. Stacy parecía estar esperando su reacción.

—Es tan... tan... —Diane buscó palabras para describir lo que estaba viendo.

—¿Un poco difícil de explicar? —Stacy respondió.

Diane respiró profundamente mientras se maravillaba.

—Sí, yo diría eso —respondió Diane.

Stacy guió el coche por encima de unas vías de tren y giró a la izquierda en la estrecha carretera que conducía a la pequeña ciudad de Gerlach. Un pequeño motel y una gasolinera, seguidos de edificios de otra época, y luego algunas casas pequeñas, constituían el pueblo. Un pequeño casino, un bar y una cafetería bordeaban la carretera. Stacy se detuvo ante un bar casero y destartalado. Cuando salieron, Diane se dio cuenta de que había un tráfico constante de coches que atravesaban el pueblo.

—Solo hay que usar el baño y nos vamos —dijo Stacy, dirigiéndose a la puerta—. Los portos en la fila de la Puerta son horribles, y no sabemos cuánto durará la fila de la Puerta.

—¿Una hora más o menos? —preguntó Diane.

—Llegamos temprano para construir el campamento, así que la fila debería ser comparativamente fácil, lo que es un regalo en sí mismo para nosotros. Hoy es miércoles, y la Puerta se abre oficialmente el domingo, es decir, justo a la medianoche del sábado. La Quema se prolonga una semana más, hasta el siguiente domingo. El día siguiente, el lunes, se llama Éxodo, porque después de la quema del Templo, todo el mundo se va. La cola de la puerta para el público en general puede durar seis horas o más, y puede llegar hasta Empire, a veces más allá. Y a veces la cola para el Éxodo dura lo mismo.

—¿Seis horas? —dijo Diane—. Vaya, ¿y estamos aquí durante doce días?

—Si quieres la experiencia completa de construir, quemar y desmontar. Pensé que era importante. Y sí, es un regalo que lleguemos antes. Algunos años, una tormenta de polvo ha cerrado la Puerta durante diez horas. Ah, y cuando llueve, nadie se mueve hasta que se seca. Enormes problemas de barro. Por eso llevamos bolsas de basura extra para envolver nuestros pies. Recoges tres kilos en diez pasos. Además, si la cosa se pone muy fea, hay que usar las bolsas de basura para forrar el cubo y usarlo como retrete.

—Supongo que será mejor que me vaya, entonces —respondió Diane—. Podrías haberme dicho lo otro antes de venir.

—Sí, pero entonces no sería una aventura —dijo Stacy—. Traeré algunos sándwiches y bebidas. La comida fácil de comer es importante en la fila.

El bar era de otra época. El mobiliario antiguo y las paredes de madera estaban limpias pero desgastadas. Las dos señoras utilizaron las instalaciones y se dirigieron de nuevo al camión.

—Aquí vamos —dijo Stacy, arrancando.

Habían recorrido unas dos manzanas cuando Diane divisó lo que parecía ser un pequeño bazar instalado a un lado de la carretera, en las afueras del pequeño pueblo.

—¿Qué es eso? —preguntó Diane.

—Es una tienda de cosas de los Quemadores. Cosas como disfraces, luces, máscaras.

—¿En serio? ¿Aquí fuera?

—Sí. Hay gente que se gana la vida con la Quema. Antes me daba un poco de asco, pero ahora pienso, bien por ellos. A diferencia de los campamentos "plug-and-play" esos todavía me molestan, pero eso es mi propio bagaje. Dejemos de lado eso por un tiempo. Este es el último tramo, me encanta volver a casa, y esta es mi mezcla de vuelta a casa —dijo Stacy mientras pulsaba un botón del equipo de música de su coche.

Stacy dirigió la camioneta en una curva a la derecha, abrazando una pequeña colina a su izquierda. La poca vegetación que habían visto en el pueblo se había reducido a escasos parches cerca de la carretera. Mientras conducían, Diane podía ver otros coches, camiones y autocaravanas que frenaban delante de ellos. Sintió que le invadía la calma y la emoción. La música era una banda sonora perfecta, con ritmos y ritmos alegres.

Una señal electrónica de la autopista mostraba la entrada donde Stacy giraba. El camión abandonó la carretera para adentrarse en la polvorienta tierra blanca. Unas cuerdas designaban varios carriles, y Stacy eligió el más alejado a la derecha, conduciendo lentamente a los diez kilómetros por hora asignados. El carril era firme pero polvoriento. Las huellas de los vehículos anteriores se entrecruzaban en el polvo.

En los bordes de los carriles había pequeños carteles con frases e instrucciones. La playa blanca se extendía a los lados y delante de ellos. Todo se movía con suavidad, pero Diane podía ver las luces de freno de los coches que iban por delante.

Una ligera bruma de polvo se levantó del suelo. El aroma ácido del aire era mucho más potente. Diane pudo ver una brumosa nube blanca de polvo en la distancia.

—¿Es esa la ciudad de Black Rock? ¿Es una tormenta de polvo? —preguntó Diane, mirando a su amiga.

Stacy, con una enorme sonrisa, se inclinó, rodeó a Diane con un brazo y le besó la coronilla.

—¡Estoy tan feliz! —dijo Stacy—. ¡La expresión de tu cara no tiene precio! ¿Cuándo fue la última vez que te sentiste maravillada como una niña?

Diane le devolvió la sonrisa, tímidamente.

—Sí, esa es la ciudad, parte de ella, al menos —dijo Stacy —. Pero no, eso no es una tormenta de polvo. Es que es así muchas veces. Se pondrá peor a medida que más gente venga y conduzca por la playa. Por eso tienes que llevar una máscara antipolvo y unas gafas protectoras todo el tiempo, y quiero decir todo el puto tiempo. A menos que quieras un pulmón de playa.

—Entendido —dijo Diane, empapándose del paisaje surrealista—. ¿Qué es el pulmón de playa?

—Algo así como una bronquitis con yeso encima. Es cuando se te mete demasiado polvo en los pulmones. Es una mierda. La tuve hacia el final de mi primer año —Stacy se inclinó cerca de Diane—, cuando no me tomé lo suficientemente en serio lo de la máscara.

Stacy sostuvo a Diane con una mirada fingidamente seria hasta que Diane movió las cejas y ambas se rieron.

—Vale, vale, estarás bien —dijo Stacy—. Aquí está la Puerta.

Diane levantó la vista para ver que los vehículos que estaban frente a ellas se habían detenido. Había una hilera de múltiples casetas de madera delante. Obviamente, estaban destinadas al tráfico, aunque todas las entradas, excepto dos, estaban bloqueadas. Stacy se detuvo detrás de la fila de vehículos parados.

—¿Es aquí donde se toca la campana? —preguntó Diane, que había leído sobre el ritual.

—No, eso es cosa de los Saludadores —respondió Stacy—. Aquí comprueban los billetes, los pases de los vehículos y los pases de entrada anticipada y registran los vehículos en busca de polizones.

La fila de vehículos avanzaba, registrándose. Diane los observó al igual que a la gente que la rodeaba. Las matrículas eran de todo el país. Sonaba música y la gente parecía estar contenta, aunque un poco cansada.

Cuando llegaron a la primera fila, Stacy entregó los billetes y los pases de acceso al trabajo temprano al trabajador de la Puerta. El pase del vehículo iba en la superficie interior del parabrisas, junto con varios pases de años anteriores. Diane no había reparado en ellos antes.

Al salir de la puerta, se acercaron lentamente a una hilera de grandes estructuras de trípode. Deteniéndose en un carril entre dos de ellas, Stacy detuvo la camioneta y se bajó, llamando a Diane:

—¡Vamos!

Diane salió del coche y se unió a Stacy, que estaba hablando con un hombre alto y una mujer baja.

—¡Tengo entendido que tenemos una Virgen! —dijo el hombre alto en voz alta y extravagante.

—Sí. Sí, supongo que lo soy —dijo Diane.

—Bueno, rueda en el polvo, cariño —dijo la mujer.

—¡Polvo! ¡Polvo! ¡Polvo! —Stacy coreó—. Lo haré contigo.

Diane y Stacy se tumbaron en el suelo, revolcándose en la tierra blanca, fina y polvorienta, que tenía la consistencia y la textura del talco.

—Haz un ángel de polvo, así —dijo Stacy, tumbándose de espaldas y moviendo los brazos y las piernas extendidos.

Diane la imitó hasta que estornudó tan fuerte que el polvo voló de su pelo. Cuando ella y Stacy se pusieron de pie, vio que el polvo les cubría el pelo, la piel y la ropa.

—¡Ahora toca la campana, toca la campana! —dijo Stacy.

—¡Toca la campana con fuerza! —dijo el hombre alto, entregándole a Diane un trozo de pipa.

Diane cogió el tubo y lo golpeó contra la campana, que era un cilindro de gas con el fondo cortado y suspendido por una cadena. El fuerte sonido fue muy satisfactorio.

Los tres que la observaban gritaron y aplaudieron.

—¡Bienvenidos a casa! ¿Te abrazo? —preguntó el hombre alto, con sus dientes brillantes contra su piel oscura.

—Sí, por supuesto —dijo Diane, poniéndose en sus brazos extendidos. Podía sentir la fuerza del hombre mientras se abrazaban. Era muy reconfortante.

—Bienvenida a casa, hermosa alma —dijo él, aún aferrándose a ella.

Diane sonrió y se relajó en el abrazo. No era un abrazo superficial. Era algo realmente diferente. Esperaba que el hombre la soltara para señalar el fin del abrazo, aunque ella aún no lo había soltado, pero no lo hizo.

—Está bien. Toma todo lo que quieras —dijo el hombre—. Bienvenida a casa.

Diane se aferró a él unos instantes más, luego se apartó y miró su apuesto rostro.

—Vas a estar bien —dijo.

Diane asintió con la cabeza, se volvió hacia la mujer y la abrazó también, pensando: *no conozco a esta gente, y ellos no me conocen a mí, pero esto me parece correcto y bueno.*

—Bienvenidas a casa —dijo la mujer, entregándoles a Diane y a Stacy dos fajos de papel y algunos libros pequeños—. Aquí están sus guías. ¿Saben a dónde van?

—Las tres y treinta y E —respondió Stacy—. Presidentes muertos.

—Bien entonces, diviértanse —dijo el hombre, saludando con la mano.

La pareja volvió a subir a la camioneta y avanzó lentamente.

—¿Y ahora qué? —Diane preguntó.

—Ahora encontramos nuestro campamento. Aquí está en el camino de las seis. Síguela hasta la E y -¿ves el mapa?- hasta las tres y media, como las alas de un fénix. Y a partir de ahora, mientras estemos aquí, llámame CT o Cometa Tigre. Estoy en casa.

CT hizo avanzar el coche a ocho kilómetros por hora. El ritmo lento le dio a Diane tiempo para asimilar el extraño paisaje que la rodeaba. La vasta llanura estaba dividida en cuadrículas delimitadas por cuerdas azules y marcadas con pequeñas banderas. El paisaje estaba salpicado de vehículos y tiendas de campaña. Evidentemente, la gente se estaba instalando en zonas sin vegetación.

Diane observó con los ojos muy abiertos a una mujer con chaparreras de cuero, sombrero de vaquero y nada más, que llevaba una sombrilla, que caminaba por la carretera. Un hombre mayor con barba gris, que llevaba un mono verde, montaba un monociclo con un neumático de gran tamaño. Dos personas, una con un disfraz de gorila y otra con un disfraz de plátano, estaban en lados opuestos de la calle haciéndose gestos groseros. Estaba claro que estaba en un lugar diferente.

—Puedes ver cómo se construye la ciudad —dijo CT, sin darse cuenta de las payasadas.

—¿Se construye para setenta mil personas?

—No, setenta mil personas la construyen. Aquí está la E, así que giramos a la derecha y seguimos. Si siguiéramos recto a las seis, llegaríamos al campamento central.

—¿Café con hielo?

—El hielo está en Ártica. Se encuentran en varios lugares alrededor de la ciudad. Probablemente no abran hasta dentro de un día o así —dijo CT.

Diane volvió a observar el paisaje que se arrastraba. La gente estaba caminando, montando en bicicleta, y la creación de sus áreas.

—Aquí está —dijo CT, desviándose de la carretera y entrando en una de las plazas de tierra.

CAPÍTULO 5

—Hola, soy Sequoia. ¿Te gusta abrazar, Diane?

Diane asintió y se adelantó al abrazo que le ofrecía. El hombre era enorme, no solo alto, sino un ser humano legítimo. Unos gruesos brazos le rodearon la cintura. Era tan grande y poderoso que Diane tuvo un poco de miedo de que pudiera hacerle daño.

La preocupación era infundada. El abrazo fue suave, increíblemente fuerte, pero suave. Apenas pudo rodear con sus brazos los lados de su pecho de barril. Unas manos enormes le presionaron la columna vertebral.

—Encantado de conocerles. ¿Tienen hambre, sed? —preguntó Sequoia, mirándola. Su sonrisa era brillantemente blanca, reflejada en sus chispeantes ojos verdes. Su rostro estaba enmarcado por una larga melena castaña y una espesa barba.

—Mi turno —dijo CT, corriendo hacia Sequoia y lanzándose a sus brazos, rodeando su cintura con las piernas.

La risa de Sequoia retumbó mientras sostenía fácilmente a CT en sus brazos y giraba.

—¡Wheeee! —chilló CT, hundiendo su cara en la desgreñada barba marrón y el largo pelo de Sequoia.

—Soy Twinkle. Hola. Diane, ¿verdad? —dijo una mujer pequeña a la izquierda de Diane. Diane se fijó en la bonita cara redonda y el pelo negro azabache cortado en un atractivo bob, rematado con un sombrero de ala ancha. Los brazos de Twinkle estaban abiertos y Diane la abrazó también.

—Gracias, Twinkle —dijo Diane.

—Aquí tienes —dijo Twinkle, entregándole una placa de identificación con una cadena.

—¿Qué es esto? —preguntó Diane, mirando la pieza. En el metal estaba inscrito un relieve de las cuatro cabezas del Monte Rushmore, con "presidentes muertos" grabado en rojo.

—Un botín de campamento —explicó Twinkle—. Tengo un par más que puedes tener para regalar a gente interesante.

—No tengo nada que darte —dijo Diane.

Twinkle se rio.

—Es un regalo, no un trueque ni un intercambio. No tienes que darme nada. Lo tendrás.

Diane observó cómo CT trepaba por el cuerpo de Sequoia como una ardilla para acabar sentada sobre sus anchos hombros. Ambos tenían expresiones de regocijo. Diane deslizó el collar sobre su cabeza.

—Muchas gracias —le dijo Diane a Twinkle, dándole otro abrazo.

—De nada —respondió Twinkle, volviéndose para mirar a CT y Sequoia retozando juntos.

—¡Ja! ¡Dame una vuelta, hijo de puta! —gritó CT, agarrándose a la frente de Sequoia.

Sequoia obedeció y se alejó al galope del campamento, con CT rebotando y riendo.

—Bueno, estarán ocupados durante un rato. Deja que te enseñe el lugar —dijo Twinkle, tomando el brazo de Diane con el suyo—. ¿Está bien que te coja el brazo así?

—Sí —dijo Diane, sintiéndose inmediatamente cómoda.

—¿Eres virgen? —dijo Twinkle.

—Sí.

—¡Genial! Si tienes alguna pregunta o necesitas algo, no dudes en preguntar. Este año soy el alcalde de Presidentes Muertos, así que estoy aquí para ayudarte.

Diane miró alrededor de la parcela. En el centro había un gran contenedor de transporte de color beige. Las puertas estaban abiertas y había una gran variedad de objetos esparcidos por el suelo. Una autocaravana estaba aparcada en el lateral del campo, y dos cocheras de color beige habían sido colocadas a un lado del contenedor de transporte.

—Ustedes estarán aquí en el gueto de la cochera —dijo Twinkle, y luego se acercó a un panel abierto de la cochera y asomó la cabeza—. ¿Hay alguien en casa?

—Hola, ¿qué pasa? —dijo una voz masculina desde el interior.

Diane miró dentro. El suelo tenía una lona pegada a los laterales de vinilo de alta resistencia de la estructura. La lona estaba cubierta por una gran alfombra. En un lado había una tienda de campaña y en el otro una estantería de plástico y sillas. Era bastante acogedor.

—Jeremy, esta es Diane. Acaba de llegar con Cometa Tigre.

Un joven delgado salió de la tienda. Diane lo juzgó de unos veinte años, con el pelo corto y castaño, una complexión enjuta y un rostro desaliñado pero atractivo.

—Hola, Diane —dijo Jeremy tímidamente. Diane se dio cuenta de que no mantenía el contacto visual con ella.

—Jeremy también es virgen. Así que pueden compartir sus experiencias —dijo Twinkle—. ¿Estás terminando la siesta, Jeremy?

—Sí. Todavía estoy un poco cansado. El calor, supongo.

—Bueno, oblígate a beber si es necesario, y tómatelo con calma. Tienes que aclimatarte aquí fuera durante un tiempo. ¿Tienes la mezcla reconstituyente que te di?

—Sí, señora —dijo Jeremy, arriesgando una sonrisa y una mirada a Diane—. Puedo trabajar un poco más.

—Bueno, bébetelo y relájate un poco más. Es un maratón, no un sprint —dijo Twinkle—. Te llevaré a cenar.

—De acuerdo. Encantado de conocerte, Diane —dijo Jeremy.

Twinkle se alejó de la cochera de vuelta al camión y al remolque de CT. Diane la siguió.

—Es el calor —explicó Twinkle—. Jeremy es un chico dulce y tímido. Este año es mi virgen, así que me encargo de que esté bien, como CT lo hace contigo. Deberías tomar nota, tú también necesitas aclimatarte. No te esfuerces demasiado para empezar, y lleva un sombrero cuando te dé el sol. Ayuda mucho.

Twinkle miró a Diane.

—Lo siento, ¿es eso demasiado 'mandón tipo mamá oso' después de conocerme?

—No, creo que necesitaré la ayuda. Te lo agradezco —Diane miró el gran contenedor metálico de color beige que había en el centro de la parcela—. ¿Se queda aquí todo el año? ¿Consigue cada Virgen un patrocinador?

—No y no —se rio Twinkle—. Es nuestro contenedor, pero se almacena con todos los demás y se entrega en cualquier lugar donde se ubique nuestro campamento durante el año. Es una gran ayuda tener nuestra infraestructura en un solo lugar y no tener que transportarla cada vez. Y no, no todas las Vírgenes consiguen un patrocinador, pero es una muy buena idea.

—Oh, eso tiene sentido —dijo Diane.

—Allí están los baños portátiles —Twinkle señaló—. Puedes encontrarlos por la noche por la luz azul.

Diane siguió el dedo y vio una fila de baños portátiles a unos ciento cincuenta metros de distancia. Twinkle y Diane se volvieron al oír el canto para ver a CT y Sequoia saltando de la mano.

—Bien, vamos a prepararlos —dijo Twinkle, subiendo al camión. Lo subió por detrás del contenedor para que las puertas del remolque quedaran a la altura del último aparcamiento de la fila. CT, Sequoia y Diane salieron a su encuentro.

—Bien, allá vamos —dijo CT, abriendo las puertas del remolque.

El remolque estaba repleto de arriba a abajo con un revoltijo de artículos, predominantemente pilas de cubos negros con tapas amarillas. Todos empezaron a sacar cosas del remolque. Pronto, una pila de cubos y postes robustos se encontraba en el suelo.

—Estos primero —dijo CT, arrastrando dos de los

contenedores.

—¿Han bebido agua últimamente? —preguntó Sequoia—. Instalarse puede ser agotador con el calor.

Diane trató de recordar.

—Probablemente me vendría bien un poco.

—Yo también estoy un poco reseca —dijo CT, luego fue a la cabina del camión y sacó dos botellas de agua reutilizables, una roja y otra azul, entregándoselas a Sequoia.

—Tengo mi contenedor de agua preparado —dijo Sequoia, y luego se metió en su cochera.

Diane y CT les siguieron.

La cochera de Sequoia tenía un colchón hinchable de tamaño queen en un lado y una zona para sentarse en el otro. En el centro, en línea con la puerta, una mesa sostenía un gran contenedor de agua azul. Sequoia llenó las botellas de su pico y se las entregó a Diane y a CT.

—Aquí tienen —dijo—. Beban.

Diane bebió a fondo, tragando el agua hasta que la botella estuvo casi vacía, y luego la rellenó.

De vuelta al exterior, Sequoia y CT dispusieron rápidamente los palos en un patrón en el suelo, con piezas de conexión entre ellos.

—Sequoia y yo nos conocimos en mi primer año —dijo CT.

—Sí, compañeros de la Virgen de la playa —dijo Sequoia.

Sequoia y CT ensamblaron las piezas en un entramado de postes más rápido de lo que Diane hubiera creído posible.

—¿Qué puedo hacer? —preguntó Diane.

—Ayúdame con la pieza superior —dijo Twinkle.

Diane siguió a Twinkle hasta donde estaba sacando un gran trozo de vinilo de alta resistencia de un contenedor. La pieza se desplegó en los brazos de Diane, levantando una nube de polvo. Diane soltó un estornudo feroz, la parte delantera de su cuerpo ahora cubierta con el fino polvo blanco.

—Sí, eso es playa —dijo Twinkle.

—Estamos listos —dijo CT.

Diane y Twinkle arrastraron la pieza para colocarla sobre el marco. Los cuatro la extendieron y luego se apartaron.

—Vale, coge una pata —dijo CT.

—Espera —dijo Sequoia—. Primero tenemos que conectar los extremos.

CT y Sequoia cogieron cada uno una sección de vinilo de una papelera y se dirigieron a los lados opuestos de la cochera. Rápidamente, utilizaron gomas elásticas para unir las piezas triangulares a la estructura.

—Bien —dijo Sequoia—. Ahora los postes.

Cada uno de ellos agarró una de las patas del suelo y levantó el lado del carport. La tierra seca y cocida crujía bajo sus pies mientras trabajaban. Diane era muy consciente del sol que pegaba fuerte. Ya podía sentir sus efectos. Debía hacer al menos cien grados.

—Cuidado con los dedos —dijo Sequoia. Deslizó el extremo un poco más pequeño de un robusto palo de metal en un tubo hueco de la estructura, encajando la pata en su sitio. CT, Diane y Twinkle copiaron el movimiento con sus propias pértigas. Ahora había cuatro postes metálicos conectados al armazón de arriba.

—Una vez más en este lado —dijo Sequoia.

Repitieron el procedimiento allí, Sequoia levantando la estructura esta vez y las mujeres encajando las patas en su sitio. Diane pudo sentir al instante la diferencia de estar bajo la tela y fuera del sol.

—Todo el mundo en una esquina —dijo CT.

Cuando todo el mundo estaba en su sitio, levantaron toda la estructura y la pusieron en línea con la siguiente.

—Bien, los dejo en ello —dijo Twinkle.

—Tú haz un bucle con esto y nosotros anclaremos las patas —dijo CT, deslizando los bungees sobre el brazo de Diane—. Sequoia y yo fijaremos las piezas largas a los lados.

Diane deslizó los bungees a través de los agujeros de la tela de vinilo.

—No, espera —dijo CT—. Tienes que ponerlas alrededor del poste y luego en los agujeros superiores y laterales, así.

CT demostró la técnica, y en poco tiempo los laterales estaban colocados, formando una estructura robusta en lo que momentos antes había sido el suelo desnudo. Diane observó cómo CT y Sequoia utilizaban una herramienta eléctrica para clavar tornillos muy largos en las patas de la cochera.

—¿Por qué usan tornillos? —preguntó Diane mientras trabajaba.

—Son tirafondos —explicó Sequoia, alineando otro con un agujero de la placa base y clavándolo en el suelo—. La gente solía usar barras de refuerzo, pero eso es para los tontos. Es demasiado trabajo. Si no anclas la cochera de alguna manera, una gran tormenta de polvo la lanzará por los aires. He visto cocheras enteras que han salido volando a 30 metros de altura.

A Diane le costaba creer que una estructura tan pesada pudiera moverse así. Habían necesitado cuatro personas para moverla.

Siguió enhebrando los agujeros con borde metálico en la tela. El trabajo era sencillo y estaba descubriendo que lo disfrutaba. Era tan diferente a estar en una sala de juntas estéril, discutiendo y decidiendo.

Cuando terminó, CT y Sequoia habían colocado los paneles exteriores y cerrado la cremallera. Un panel exterior central se abría sobre un marco, formando una puerta. En las paredes había cuatro ventanas enrollables.

Diane salió de la cochera y observó la creación. Se había levantado rápidamente. Se alegró de no haber tenido que ingeniárselas sola. Sequoia se alejó para dejarlos terminar.

—Vuelve a beber agua —dijo CT. Diane cumplió obedientemente.

La siguiente hora consistió en que CT y Diane colocaran una lona, la pegaran a los lados de las paredes de vinilo y luego montaran sus dos tiendas de campaña en el interior, una a cada lado de la cochera, para que cada una tuviera una zona para dormir. Era cierto, se daba cuenta Diane, que el polvo llegaba a todas partes, absolutamente a todas partes. Estaba cubierta. Sin embargo, el trabajo físico era bienvenido, aunque no estaba acostumbrada a él, y trabajar con su amiga para hacer su nido era muy satisfactorio.

—Muy bien, un poco de decoración —dijo CT, sacando algunas bufandas grandes de una bolsa.

Diane y CT colgaron las coloridas telas alrededor del interior de la monótona cochera, creando un espacio atractivo y confortable. CT colgó una pequeña lámpara de araña en el centro de la estructura y conectó un cable de extensión al exterior con un pequeño generador.

—Sequoia nos permite aprovechar su generador para obtener energía —explicó CT, pasando el cable alargador por los cables elásticos y conectando una regleta cerca de la puerta —. Ahora échame una mano con la alfombra.

El largo trozo de alfombra enrollado era pesado y polvoriento cuando lo sacaron del remolque. Diane gruñó por el esfuerzo de levantarla, pero CT no pareció afectado. Una vez desenrollada y colocada, colocaron sobre ella dos sillas y una pequeña mesa plegable, añadiendo la gran nevera como reposapiés y mesa.

Al salir y mirar hacia adentro, las dos mujeres examinaron su trabajo.

—Servirá —dijo CT—. ¿Qué te parece?

—Creo que... —comenzó Diane.

—AAAAhhoooooo owt, owt ooooooo —se oyó un ladrido detrás de ellas. Un ruido de metal que se flexiona vino de la parte superior del contenedor de transporte.

—Ah, sí —dijo CT, sonriendo y asintiendo con la cabeza—. Vamos.

—¿Qué es eso?

CT agarró la mano de Diane y tiró de ella hacia una escalera plegable colocada junto al contenedor de transporte. Diane ya podía ver a la gente en la parte superior del contenedor. Obviamente, el sonido de flexión del metal era de ellos moviéndose en la parte superior de la gran caja de metal pálido.

—Sígueme —dijo CT, subiendo a toda prisa la escalera.

Diane la siguió y llegó a la cima, asomando una pierna al borde del contenedor. Al hacerlo, la escalera empezó a moverse.

Una oleada primaria de terror se apoderó de su estómago, e instintivamente cerró los ojos, con el cuerpo congelado, esperando caer y golpear el suelo, pero sin poder hacer nada para evitarlo.

De repente, dos fuertes manos la agarraron por los hombros, la levantaron y la colocaron encima del contenedor.

—No estaba totalmente asentada —oyó decir a Diane una voz —. Tienes que tener cuidado.

Diane abrió los ojos y vio a Jeremy mirándola a la cara. Ella no habría creído que él era lo suficientemente fuerte como para levantarla de esa manera. Nadie más en el contenedor se había dado cuenta del suceso, porque estaban viendo la puesta de sol sobre las montañas.

—Diane, oye, coge... —empezó CT. Luego, al darse cuenta de que algo iba mal, se acercó—. ¿Estás bien?

—Sí. Sí, sí, lo estoy —dijo Diane, comenzando a reír, el miedo desaparecido ahora—. Problemas con la escalera, pero Jeremy aquí lo hizo bien —Diane se volvió hacia Jeremy—. Gracias. ¿Puedo darte un abrazo?

—Claro, cuando quieras —dijo Jeremy, sonriendo al recibir su abrazo.

—Tres por seguridad —dijo CT, tirando de su brazo—. Ahora mira.

Diane caminó con ella, la parte superior del contenedor se flexionaba con fuerza bajo sus pies. No parecía molestar a nadie más, así que pensó que era seguro. Miró el sol que se hundía en la cresta de la línea rocosa que se extendía por el horizonte. En los campamentos que los rodeaban, la gente aullaba y ululaba. El grupo que estaba encima del contenedor se abrazaba. Cada uno de ellos sonreía de oreja a oreja. CT rodeó a Diane con el brazo y, al ver a Jeremy apartado, le hizo un gesto para que se acercara.

La elevación en la parte superior del contenedor permitía ver mucho mejor el paisaje que les rodeaba. Diane podía ver las carreteras y las cuadrículas de otras zonas de acampada que se extendían alrededor y a lo lejos.

—Aquí, mira hacia aquí —dijo CT, girando a Diane y señalando—. Ahí, ¿ves eso?

Diane miró hacia donde su amiga señalaba, a un espacio donde terminaba la cuadrícula y comenzaba la apertura. En el centro había una estructura mucho más grande que todo lo que había alrededor.

—Es el Hombre —dijo CT—. ¿Lo ves, Jeremy?

—Sí, lo veo.

Diane también pudo verlo, a través de la bruma, esta estructura de la que la reunión tomó su nombre. Se alzaba sobre el paisaje, una figura tosca, con las piernas separadas, con un torso en forma de barril y una cabeza triangular invertida. Diane no pudo saber si tenía brazos. Parecía tan simple, pero tan significativa. La brumosa llanura que la rodeaba contenía formas y figuras, el calor hacía brillar espejismos que ocultaban las verdaderas formas.

Unió los brazos y aulló.

CAPÍTULO 6

Diane y CT pasaron la siguiente hora completando su nido. Con la ayuda de la luz de la araña, organizaron su espacio vital para que fuera más accesible y cómodo.

Además de las tiendas de campaña y la zona central de asientos, una mesa sostenía su jarra de agua potable de cinco galones para facilitar el acceso. CT también había traído una amplia gama de ganchos, perchas y dispositivos de almacenamiento que colgaba de los robustos postes de la estructura. Una estantería de plástico mantenía la comida y otros artículos fuera del camino.

Después de inflar los colchones de aire y colocar los sacos de dormir y demás ropa de cama en las tiendas, CT le enseñó a Diane a colgar su equipo de uso diario en un ingenioso dispositivo de cuerda y gancho junto a la puerta. Las chaquetas, la ropa y una bolsa de lavandería para cada uno colgaban de un robusto poste de la estructura. Un largo espejo colgaba con correas en la esquina.

—Aquí están tus luces para salir de noche. Veo que tienes tu faro y un cinturón y una bolsa para las piernas muy bonitos —dijo CT—. ¿De dónde has sacado eso?

—Un amigo —respondió Diane.

—Un buen amigo. Vamos a equiparte —dijo CT, poniendo los artículos sobre la mesa junto al contenedor de agua—. Tienes tu mochila con un depósito de agua. Gafas nocturnas, gafas diurnas, gafas de sol, un par de bocadillos, una máscara antipolvo, un shemagh y una pequeña multiherramienta.

—¿Qué es un shemagh? —preguntó Diane, cogiendo el gran pañuelo cuadrado de colores. La tela de color azul intenso estaba ribeteada con borlas amarillas brillantes y decorada con diseños bordados.

—Es una mierda, eso es lo que es —respondió CT, cogiendo de nuevo la tela—. Puedes envolverla alrededor de la cabeza para que no te dé el sol, usarla para calentarte, lavarte la cara, secarte, vendar una herida. Se puede envolver de diferentes maneras, así. Si necesitas algo, tu shemagh puede servirte.

CT cogió la tela y la dobló por la mitad, haciendo del cuadrado un triángulo.

—Lo más fácil es ponértelo en la cara y atarlo por detrás. Te servirá de protección para la máscara antipolvo en caso de tormenta —demostró CT—. O encima, un extremo más corto, envuelve el extremo largo sobre tu cara y alrededor, así.

La cabeza y la cara de CT estaban bien cubiertas con el shemagh. Tenía un aspecto muy elegante cuando solo se le veían los ojos.

—Ya le cogerás el truco —dijo CT, desenvolviendo el pañuelo —. Ahora, estas son tus luces parpadeantes. Si sales de noche, llévalas. La gente tiene que poder verte por delante y por detrás. De lo contrario, eres un darkwad. Antes se llamaba darktard, pero eso ha perdido el favor por razones obvias.

CT colocó las pequeñas luces LED en el cinturón de Diane y le entregó un collar LED de plástico. A continuación, le colocó un vaso con tapa de rosca en el cinturón.

—Pon tu identificación en una de tus bolsas, y aquí está mi viejo abrigo de playa que debería caber. Pruébatelo —CT le entregó una chaqueta blanca de piel sintética.

Diane se puso el abrigo hasta el muslo. Se dio cuenta de que sería cálido.

—Y lo mejor es la mejora —dijo CT, apagando la lámpara de araña. La cochera quedó a oscuras al instante, con solo una pequeña iluminación a través de las paredes de vinilo—. Mete la mano en el bolsillo derecho, toca el mando y pulsa el interruptor.

Diane lo hizo. El abrigo se iluminó desde dentro con luces de colores que parpadeaban y bailaban. Diane se giró para mirarse en el espejo. Las luces eran hermosas. Sintió que se le saltaban las lágrimas. La generosidad de CT y su propia gratitud eran abrumadoras. Se volvió y abrazó a su amiga.

—Gracias, CT —dijo Diane entre lágrimas—. No puedo creer lo generosa que eres. Yo... yo...

—De nada —dijo CT—. Me has ayudado mucho más de lo que nunca podré pagar.

CT tomó la cara de Diane en sus manos y la miró a los ojos.

—¿Quién dejó todo y voló a través del país para ayudar en el funeral de mi madre? ¿Quién vino a estar conmigo cuando mi padre ingresó en un hospicio? ¿Quién, debo añadir, renunció a su viaje a Tahití y dejó su trabajo para estar conmigo cuando lo necesitaba? Nunca lo olvidaré. Nunca. Te quiero, Diane. Eres mi hermana. Siempre te tendré aquí —dijo CT con fiereza, acariciando su corazón.

Las lágrimas acudieron a los ojos de Diane mientras las dos mujeres se abrazaban en un largo y satisfactorio abrazo.

—Hola, chicos —la voz de Sequoia llegó desde la entrada, seguida de su cabeza—. Oh, lo siento, no quería interrumpir. Bonito abrigo, Diane.

—Estamos bien —dijo CT, luego se volvió hacia Diane—. ¿Verdad? Todo bien.

Diane sonrió y se limpió los ojos, respirando profundamente.

—Sí, estoy muy bien.

—Si ustedes están listos —dijo Sequoia—, Twinkle está cocinando lasaña en la parrilla.

—Puedo comer —dijo CT.

—¿Cómo se cocina la lasaña en una parrilla? —preguntó Diane.

Después de guardar la mayor parte de su equipo en sus lugares de colgado, siguieron a Sequoia hasta la parte delantera del contenedor de transporte. Un molde de aluminio de lasaña había sido colocado directamente en la parrilla. La salsa estaba burbujeando y olía deliciosamente. Los faroles proporcionaban la luz suficiente para ver. Twinkle había preparado una mesa con un gran bol de ensalada y platos de papel, y la lasaña tenía una cuchara para que pudieran servirse. Diane llenó su plato y sacó sillas de la cochera para ella y CT. Equilibrando sus platos en una nevera, comieron en círculo con sus nuevos compañeros de campamento.

Diane miró a su alrededor. Había luces en otros campamentos, pero no muchas. El suyo también estaba escasamente iluminado. Agradeció el faro que llevaba al cuello.

Inclinada hacia atrás, acariciando su vientre, se sintió muy relajada mientras la gente a su alrededor charlaba en la oscuridad. Bebió un sorbo de cerveza hasta que la naturaleza empezó a llamarla.

Mientras caminaba hacia el puerto con el faro encendido, vio el polvo suspendido en el aire. Se veían algunos otros faros moviéndose por la carretera o en otros campos, y a lo lejos Diane podía ver los faros de algunos coches que se movían lentamente, pero la oscuridad era total. Aun así, Diane podía ver mucho en cada dirección. Observó que los campamentos estaban, por ahora, relativamente poco poblados.

Después de usar el porto, lo cual era una aventura en sí mismo, Diane ajustó su faro y volvió a subir por el camino por el que había bajado, observando la cuerda azul en el suelo que marcaba el borde de un campamento, así como el borde de la carretera. A lo largo de la cuerda, espaciadas uniformemente, había pequeñas banderas anaranjadas de señalización. Dos banderas juntas parecían indicar una esquina. Aunque la parcela de los Presidentes Muertos parecía enorme, había otras parcelas con huellas mucho más pequeñas.

Diane estuvo a punto de no ver el campo porque sus formas parecían diferentes en la oscuridad. La voz de CT y la risa de Sequoia fueron puntos de referencia para guiarla.

—Has conseguido volver —dijo CT desde la oscuridad.

Diane miró hacia la voz, iluminando a CT con el faro.

—¡Ah! —dijo CT, levantando las manos para protegerse los ojos—. ¡Apágalo!

Diane apartó la mirada y apagó la luz.

—Lo siento —dijo Diane—. Creo que me voy a acostar.

—Nos vemos por la mañana —dijo CT.

—Que duermas bien —dijo alguien en la oscuridad.

Diane pudo ver las luces de la caja inflable solar que cuelgan en el borde de la cochera. Comenzó a dirigirse hacia ellas, pero inesperadamente se golpeó el pie con algo en la oscuridad.

—Mierda —dijo Diane, tropezando brevemente.

—Cuidado con eso —dijo CT—. Por eso no podemos tener cosas bonitas.

Diane encendió su faro al entrar en la cochera, agradeciendo que se hubieran instalado durante la última luz del día. Encontró las toallitas húmedas y las utilizó para limpiarse la cara y el cuerpo lo mejor posible. La diferencia fue grande. Buscando en el neceser, encontró su cepillo de dientes y se cepilló los dientes después de dar un trago a su vaso de agua. No se le había ocurrido dónde escupir, así que se encogió de hombros y tragó.

Diane se quitó los pantalones cortos y la camiseta y se metió en la tienda y en el saco de dormir. Tumbada en la oscuridad, escuchando las voces que murmuraban en el campamento, se preguntó en qué se había metido.

CAPÍTULO 7

Viernes, 28 de agosto, ocho días para que comience la Quema del Hombre

Diane se despertó con una suave luz que entraba por las paredes de la tienda. Disfrutando del calor de su saco de dormir, giró la cabeza, moviéndose en su colchón de aire. Después de un momento prolongado, la llamada de la naturaleza le llamó la atención.

Al abrir la cremallera de la tienda, se arrastró hasta la alfombra, se sentó en una silla y se puso las botas. Cogió su pañuelo y sus gafas de su gancho junto a la puerta, Diane cogió un rollo de TP y salió al campo.

El entorno estaba tranquilo. Nadie se movía en el campamento a primera hora de la mañana. Saliendo a la calle, Diane miró a su alrededor. El paisaje estaba salpicado de vehículos y tiendas de campaña. Mientras caminaba por la polvorienta carretera, el espacio que la rodeaba se sentía abierto, el paisaje salpicado por el comienzo de... algo.

Un camión de bombeo de aguas residuales estaba trabajando junto a los baños portátiles, bombeando y rociando. Diane esperó a que terminaran para usar uno limpio. *Esto no es terrible*, pensó. *Vendré después de la limpieza.*

Al regresar, Diane pudo ver a la gente agitándose en otros campamentos. Una figura a cierta distancia del camino parecía estar trotando en su dirección. Al acercarse, Diane pudo ver que era un hombre, desnudo excepto por las gafas de sol y las zapatillas de correr. Era alto y delgado, con el pelo bien cortado. Su cuerpo, en forma y recortado, mostraba una musculatura definida. A cada paso, sus piernas y sus abdominales se flexionaban bajo una brillante capa de sudor. Llevaba una botella de agua en la mano. Su grueso pene rebotaba con su paso como un metrónomo.

Diane continuó caminando lentamente, mirándolo a hurtadillas, avergonzada y a la vez paralizada. No pudo evitar maravillarse cuando el hombre pasó junto a ella con un movimiento de cabeza y una sonrisa, justo al llegar al campamento. Diane lo observó mientras pasaba, disfrutando de la vista a pesar de ella misma, el espectáculo de su musculosa espalda y su culo moviéndose por el camino le llamó la atención hasta que se perdió de vista.

—Supongo que tuve una de esas cosas "en el momento" —se dijo Diane en voz baja, sonriendo.

Un ardiente rubor se reflejó en su rostro mientras giraba hacia el campo y se dirigía a la cochera. La experiencia se había sentido extraña, pero extrañamente, nada sexual. Bueno, al menos no mucho. Colgó su equipo y pudo escuchar el ruido de la tienda de CT.

—¿Te has levantado? —Diane preguntó.

—Hmmm, llegando. ¿Hay café todavía? —la voz de CT preguntó.

—No. Aunque puedo calentar el agua.

—Genial.

Diane encendió la pequeña estufa de campamento bajo la percoladora de café ya preparada. Sentada en la silla plegable, comenzó a cepillar los enredos de su cabello. Mientras la cafetera empezaba a burbujear, se limpió la cara, el cuello, los brazos y el cuerpo con sucesivas toallitas húmedas. El polvo parecía haber llegado a todas partes, pero finalmente se sintió más limpia. El montón de toallitas húmedas usadas fue a parar a la bolsa de papel marrón que había junto a la puerta y que estaba destinada a los productos quemables.

—¿Es café lo que huelo? —preguntó Twinkle desde fuera de

la puerta.

—¿Tienes una taza? —preguntó CT, saliendo de su tienda.

—Tengo crema irlandesa *y* una taza —respondió Twinkle, entrando en la cochera.

—Normalmente espero hasta las ocho de la mañana para empezar a beber, pero son vacaciones, supongo —dijo Diane, sirviendo café en tres tazas. Twinkle puso un buen trago de licor blanco en cada una. Las mujeres saborearon el dulce alcohol blanco del café.

—Mmmm —dijo CT, con los ojos cerrados—. Perfección.

—Estamos preparando un pequeño desayuno. Luego nos reuniremos y nos pondremos a trabajar —dijo Twinkle, saliendo de la cochera.

—Taskmaster —dijo CT en tono de broma, y luego se volvió hacia Diane—. ¿Has encontrado todo lo que necesitas hasta ahora?

Diane trató de reprimir una sonrisa. Volvió a sentir un enrojecimiento que le subía por el cuello y la cara.

—¿Te has quemado con el sol? Dios mío, ¿te has sonrojado? —dijo CT—. ¡Lo estás! ¿Qué puede hacer que te sonrojes a estas horas de la mañana?

Diane negó con la cabeza.

—Puede que haya visto a un chico guapo desnudo haciendo footing.

—Bueno, eso es una buena razón para levantarse —dijo CT, y luego pensó por un momento—. ¿Crees que dará otra vuelta?

Diane se rio ante la mirada reflexiva de CT, y luego añadió,

—Tengo hambre. Vamos a comer algo.

—Ve tú. Tengo que hacer mis cosas de la mañana después del café.

Diane cogió uno de los burritos de desayuno apilados en una mesa fuera de la pequeña caravana de Twinkle. Vio a la gente en el contenedor y se acercó a su encuentro.

—Pondremos el bar aquí —dijo Twinkle, señalando la zona situada entre el contenedor y la calle—. Sequoia y CT serán los constructores principales de ese trabajo. Nos dará sombra y una zona de descanso. La cocina estará detrás del contenedor, con la misma perforación. Si logramos levantarlas, veremos qué hace el tiempo y el calor. Bien, diez minutos y empecemos a moler.

Diane engulló su burrito y se unió al grupo para empezar a descargar los materiales del contenedor. Durante el trabajo, conoció a sus nuevos compañeros de campamento, un grupo variopinto de edades y sexos bastante repartidos. Los trabajos eran físicos pero no realmente arduos, y Diane se encontró disfrutando de ser parte del proceso.

Las tres cocheras de la zona del bar se levantaron con bastante rapidez junto a la enorme caja metálica. Estaba claro que los otros campistas tenían experiencia en el montaje. Una barra de madera y una barra trasera se sacaron del contenedor y se montaron en poco tiempo para completar el montaje inicial.

—¡Parada sindical! —Sequoia gritó a la multitud.

—Bien, tomen diez —dijo Twinkle—. Si todavía no tienes que orinar, no estás bebiendo lo suficiente. Hidrátense, gente. Vírgenes preparen su hoyo.

Diane regresó obedientemente a su cochera, cogió su botella de agua y la de CT, y se dirigió a la zona del bar, ahora cubierta. Los lados de la tela se habían dejado fuera, y unas cuantas sillas de camping y taburetes se habían levantado. Se dirigió a donde estaban sentados CT y Jeremy y le dio a CT su botella de agua.

—Gracias. ¿Tienes agua, Jeremy? —preguntó CT, tomando un trago de su propia botella.

—No tengo mucha sed —respondió el joven.

—Error número uno, cabrón —dijo Sequoia, acercándose con un par de cervezas en la mano—. Toma, esto te vendrá bien.

Sequoia le entregó una de las cervezas a Jeremy, que la aceptó.

—Gracias, amiga —dijo Jeremy, descorchando la tapa.

—Menos hablar y más tragar —dijo Sequoia, vaciando su propia lata en un par de tragos rápidos.

—¿Es eso lo que te dijo tu cura? —preguntó CT con sorna.

Diane y Jeremy resoplaron al unísono ante el comentario.

—No, me lo dijo tu madre la última vez que la vi. Estaba cansada de chupársela a tu padre.

—No podía ser mi madre. Ella nunca se cansa de sacar los dientes —replicó CT—. A no ser que se estuviera tomando un descanso de todas las pollas de la estación de autobuses de tus novios que no podías soportar.

Todo el grupo se rio de las irreverentes y saladas bromas. Diane reflexionó que cualquiera de esas declaraciones en sus entornos corporativos habría resultado en una pesadilla de RRHH.

—Maldita sea —dijo Jeremy en voz baja, obviamente incómodo.

—No pasa nada, Jeremy. Este campamento es en su mayoría buena gente que dice mucho 'joder' —dijo CT.

—Vamos a hacer el juego —dijo CT—. Jeremy y Diane contra mí y Sequoia.

Diane vio las dos rampas de madera y la pila de bolsas de frijoles colocadas frente al bar. Jugaron un animado juego, tratando de lanzar las bolsas a través de los agujeros. El resto del campamento observaba y comentaba, animándoles hasta que CT finalmente hizo el lanzamiento ganador y bailó en torno a la victoria.

—¿Están a punto de terminar de joder, hijos de puta? —dijo Twinkle, caminando detrás de ellos.

—Jodidamente bien —dijo Sequoia—. CT y yo nos pondremos en la cocina.

—Jeremy y Diane, me gustaría que trabajaran con Steven aquí para sacar la tecnología de la playa y las cosas del bar del contenedor.

Diane miró a Steven, que era un hombre mayor, compacto y musculoso, vestido con una camiseta azul de manga larga, pantalones cortos de color caqui y botas del desierto. Llevaba el pelo corto y canoso y una larga perilla, y llevaba unas gruesas gafas de montura negra. Le rodeaba un aire de energía y competencia.

—Hola, soy Steven. ¿Me abrazas, hermano? —preguntó

Steven, adelantándose a Jeremy.

Jeremy asintió y fue abrazado.

—Bienvenido a casa, hermano —dijo Steven, dando un fuerte abrazo. Luego dio un paso atrás y miró a Jeremy a los ojos.

—¿Eres veterano?

Jeremy asintió.

—El décimo de la montaña.

—Cabo de la Armada, primeros marines —dijo Steven con la mano en el pecho. Luego se volvió hacia Diane.

—Me abrazo —dijo Diane.

—Genial —dijo Steven, pero no hizo ningún movimiento para abrazarla.

—¿Cómo sabías que Jeremy era un veterano? —preguntó Diane, disimulando su incomodidad.

—De tal palo tal astilla —dijo Steven—. Bien, hacemos la técnica de la playa aquí y aquí. Es todo madera contrachapada recortada que ensamblamos en muebles. Es genial porque se desmonta y se puede guardar fácilmente. Hice algunas piezas nuevas este año. Pegas los cuadros, luego lacas, lacas, lacas. Se llama decoupage. Hice heroínas de cómic en este y héroes de cómic aquí.

Diane y Jeremy miraron las piezas que Steven ya había montado. Eran taburetes montados a partir de cuatro piezas distintas cada uno. Los dibujos de los cómics adornaban las piezas, que habían sido lacadas en su lugar. Las piezas de madera tenían un tacto suave y arenoso a la vez.

—Así que primero separamos las piezas por temas y luego las montamos en la sombra. ¿Entendido?

—Sí —dijo Jeremy mientras Diane asentía.

Separando las piezas bajo la dirección de Steven, el trío comenzó a montar los distintos tipos de muebles.

—Estos son bastante gráficos —dijo Jeremy, indicando una mesa con fotos vintage de mujeres desnudas.

—Depende del artista, de lo que sienta en ese momento —dijo Steven—. También es una desnudez bastante inclusiva, con hombres y mujeres. El bar está bastante bien cubierto con lo que te gusta mirar.

—Dijiste que hiciste las piezas. ¿Eres un artista? —preguntó Jeremy mientras jugueteaba con las piezas de un taburete.

—No sé sobre la descripción 'artista', pero armo cosas y ayudo a los verdaderos artistas con sus cosas —respondió Steven—. Un amigo mío tiene una obra de arte que está montando en la playa. Cuando termine con el campamento hoy, voy a ayudarle a él y a su equipo.

—Eso es dulce —dijo Diane—. ¿Cuál es la obra?

—Corazones de fuego. Es una pieza de fuego, obviamente. ¿Quieren verlo alguna vez?

—Por supuesto —dijo Diane.

—Y yo también pienso lo mismo. Suena genial —respondió Jeremy.

—¿Cómo va todo? —preguntó Twinkle mientras se acercaba.

—Perfecto —dijo Steven en voz alta—. Conseguimos unas buenas Vírgenes este año.

—Bueno, parece que están a punto de terminar. Estamos cocinando perritos calientes para el almuerzo. ¿Quién quiere algunos?

Diane olió la carne que se estaba cocinando y su estómago retumbó. Asintió junto con Jeremy y Steven en respuesta al dedo señalador de Twinkle.

Colocaron los muebles montados alrededor de la estructura del bar y se dirigieron de nuevo a la zona de la cocina. Donde antes había un espacio abierto, ahora había tres cocheras, cerradas por tres lados, con mesas dispuestas en el centro y parrillas de gas y fogones a los lados. Las mesas y las sillas formaban una zona de asientos común en el centro. Más mesas y fogones rodeaban el perímetro de la zona, junto con contenedores de agua, neveras, platos y utensilios. Una lona formaba el suelo de la estructura.

Diane entró y, una vez más, se sorprendió de lo rápido que se había levantado la estructura. El campamento contaba ahora con una cocina comunitaria y un bar funcionales, y solo era el mediodía del primer día de construcción.

Unas doce personas estaban comiendo, hablando y riendo en la cocina. Diane conoció a los que aún no lo habían hecho, intercambiando abrazos y nombres. Tardaría en recordar los nombres de todos.

Cogiendo un perrito caliente y una cerveza, se sentó junto a CT y Sequoia. Ellos tenían platos de papel, mientras que ella había cogido uno de plástico duro.

—La próxima vez coge un plato de papel si puedes —dijo CT, dando un mordisco a su perrito caliente.

—Podemos quemar el papel —explicó Sequoia—. Se ahorra en el lavado hasta que tengamos el estanque de evaporación preparado —en una demostración perfecta de No Dejar Rastro, lavaríamos con nuestra agua helada derretida y no quemaríamos papel. Idealmente, eso es.

—Muy bien, todos, atentos —dijo Twinkle en voz alta al grupo.

Las conversaciones se detuvieron y todos prestaron atención a la pequeña mujer que estaba de pie en la cabecera de la mesa.

—El bar está arriba. Lleven sus donaciones de botellas allí, donde podamos cerrarlas. Steven es el encargado del bar este año, junto con Gracie —dijo Twinkle, indicando a una atractiva mujer rubia sentada en la mesa—, junto con Pétalos, que llegará más tarde esta noche. Steven nos hablará de las reglas del bar, y las repasaremos dentro de un rato. La primera regla es divertirse. Felicitarse por haber salido al polvo.

Aplausos, abucheos y vítores llegaron desde la mesa.

—Tenemos dos Vírgenes este año. Levántense, Jeremy y Diane.

Jeremy y Diane se levantaron entre los aplausos de los demás campistas.

—Todos cuidaremos de ellos. Nuestros jefes médicos son Sparkle y Greebo —dijo Twinkle, indicando a la pareja que estaba al final de la mesa.

—Si se lastiman o se sienten mal y no pueden solucionarlo por sí mismos, consulten con ellos. Yo soy la policía del agua, así que esperen ese mensaje a menudo. Este es nuestro campamento y somos responsables los unos de los otros, así que respétense y ayuden cuando puedan.

—Ahora hablemos del consentimiento. Es imperativo obtener la aprobación para cualquier cosa que hagan entre ustedes, y las acciones no consentidas serán tratadas rápidamente. Si ocurren, deben traérmelas, primero para educar y, si es necesario, para tomar otras medidas. Si no estoy disponible, habla con algunos de nuestros campistas veteranos. Si alguien de fuera del campamento causa problemas, yo me encargaré de ello, o llamaremos a los Rangers si es necesario. Tengo una radio de eventos y puedo pedir ayuda.

Twinkle bebió un trago de su taza y continuó.

—La construcción va bien hasta el momento, pero tenemos un par de días más, así que vayan con calma. Los constructores principales son Cometa Tigre y Sequoia, si tienen alguna duda, pregunten. Hoy será la siesta desde el mediodía hasta las cuatro. Pueden relajarse, explorar, lo que sea, hasta entonces debido al calor.

—Aclimatarse y no sufrir un golpe de calor es crucial en estos momentos. Queremos poner en marcha el estanque de evapotranspiración, si no hace demasiado viento, para poder poner duchas mañana.

—En cuanto a la cocina, nuestra regla es que si *la ensucias, la limpias*. Como se ha dado cuenta, no hay contenedores de basura aquí. Si lo traes, lo sacas. Tendremos el barril para quemar esta noche, los artículos quemables y los residuos de comida pueden ir allí. Quien quiera ser productivo durante la siesta puede decorar el bar a la sombra. Tocaré el timbre a las cuatro menos cuarto, y no quiero ir a buscar a nadie. ¿Todos bien? Muy bien. ¿Steven?

—De acuerdo, el bar —dijo Steven, poniéndose de pie—. Nadie menor de veintiún años bebe en el bar, y punto. La policía nos pondrá una multa de mil dólares. Nadie quiere eso. El documento de identidad tiene que ser un documento físico, emitido por el estado, o un pasaporte. Las impresiones no son aceptables en este bar. Lo siento. Que vuelvan cuando lo tengan. La única excepción es si Twinkle o un gerente del bar lo aprueba, y entonces la responsabilidad es nuestra.

—Cualquier botella que entre en el bar es propiedad del bar. No se pueden coger botellas del bar para uso personal, y punto. El bar estará abierto desde las cuatro y pico hasta la medianoche durante toda la semana. Se cerrará para las quemas, tanto del hombre como del templo. Los turnos son de tres horas, y están disponibles sin necesidad de experiencia. Habla con un encargado para apuntarte. Limpien el bar cuando terminen. Todo el licor debe estar bajo llave cuando no hay barman presente. El camarero elige la música. Gracie, ¿qué me he perdido? —Steven preguntó.

Una mujer de grandes rasgos, con el pelo rojo oscuro, pantalones cortos y una diminuta camiseta sin mangas se levantó.

—Nada de religión ni política en el bar. Una advertencia, luego 86. Nada de camisetas, pero el desnudo está bien. Se publicarán otras normas. Eso es todo.

—De acuerdo, siesta y vamos a golpear de nuevo —dijo Twinkle, y luego salió de la cocina.

Diane y CT salieron del bar y volvieron a la cochera. El día ya era notablemente más cálido.

—¿Cómo te sientes? —preguntó CT—. ¿Quieres relajarte o explorar?

—Estoy bastante bien —respondió Diane—. No me importaría ir a ver el barrio.

—Genial. Recojamos nuestras cosas y demos un paseo.

Tras recoger sus cosas, las dos mujeres salieron por la parte trasera del campamento y se dirigieron a la carretera.

—¿Se van a ir? —preguntó Sequoia desde detrás de ellas.

—Hora de la señora —dijo CT por encima del hombro—. Nos vemos cuando volvamos.

Sequoia saludó con la mano y asomó la cabeza de nuevo a su cochera.

Paseando por la polvorienta carretera, Diane contempló el

surrealista paisaje. Los campamentos se estaban juntando, la ciudad empezaba a tomar forma.

—¿Qué te parece hasta ahora? —preguntó CT.

Diane pensó en la pregunta de CT. El trabajo físico y el sol habían empezado a afectarla.

—Es bueno. Es tan... tan...

—¿Diferente? —CT suministrado.

—Sí, supongo que esa es la palabra. Diferente.

Diane observó el suelo mientras caminaba, sintió el polvo suave bajo sus pies. Sus pies hacían pequeñas ondas en él. Una parte del polvo se pegaba y otra caía hacia atrás. Su amiga caminaba con ella, hablando alegremente. Diane era consciente de la charla, pero no escuchaba realmente. Estaba reflexionando.

Consciente de una emoción en el pecho -una punzada, una sensación de que algo sube a la cima-, Diane se detuvo y se puso la mano sobre el corazón mientras CT seguía caminando. Mirando a su alrededor, Diane pudo ver tanto la modernidad, en la gente que aportaba estructura al duro paisaje, como la antigüedad primigenia de la tierra en bruto que se extendía a su alrededor.

El sol estaba empezando a afectarla, pensó. Eso, y no estar acostumbrada a trabajar en un clima cálido y seco. Si bien estaba en buena forma, el trabajo físico y las crueles condiciones ambientales le estaban pasando factura.

Diane se sintió mareada. Inhaló lentamente, la sensación subió a su garganta, a sus ojos. Podía sentir el comienzo de la humedad allí. Se dio cuenta de que el TAC había vuelto a colocarse junto a su codo.

—Diane, ¿estás bien?

—Sí. Es solo-uff-algo. No sé —Diane asintió, limpiando sus ojos con su shemagh.

CT miró a los ojos de Diane, hundiendo las rodillas mientras tocaba ligeramente la barbilla de Diane para que levantara la cabeza.

—Diane, está bien. Esto es normal aquí.

CT abrazó a su amiga, estrechándola.

—Deja que venga. No tienes que contenerte. No conmigo. Estás a salvo.

Diane podía sentir la tensión en su cuerpo mientras se resistía a la emoción y al abrazo.

—Está bien —dijo CT en voz baja mientras mecía ligeramente a su amiga—. No pasa nada.

Diane pudo sentir que se relajaba contra su amiga mientras las lágrimas empezaban a fluir. No tenía ningún sentido para ella. No era una llorona.

—No pasa nada. Estás bien, estás a salvo —dijo CT.

Diane pudo sentir un temblor en su estómago. Subió por su pecho y se manifestó en su garganta como un sollozo.

—Está bien —dijo CT, meciéndose suavemente—. Estás a salvo. Déjate llevar.

Diane finalmente soltó cualquier intento de control. Dejó salir los sollozos desgarradores. Pronto fue consciente de que había más brazos a su alrededor. Levantó la vista. Dos mujeres jóvenes la abrazaban a ella y a CT. Diane volvió a poner su cara en el hombro de CT. Podía sentir la cabeza de alguien contra su espalda. Se sintió segura y cómoda mientras salían oleadas de emoción.

Tan repentinamente como había llegado, la tormenta de emoción cruda se calmó, disminuyendo rápidamente. Diane respiró hondo y levantó lentamente la vista hacia el rostro sonriente de su amiga.

—Hola —dijo CT, sonriendo intensamente, con los ojos brillantes.

Diane asintió. Se sintió más ligera que en mucho tiempo.

—Hola —dijo CT de nuevo.

Diane miró las caras de las dos mujeres que las acompañaban. Las dos la miraron a la cara, sonriendo. Tan repentinamente como las lágrimas habían llegado, una risa abrumadora brotó del vientre de Diane. En una fracción de segundo, todas las mujeres se rieron a carcajadas. Diane moqueó mientras reía, y una de las mujeres le dio un pañuelo de papel. Cuando se sonó la nariz con fuerza, el grupo se echó a reír de nuevo. CT tuvo que poner las manos en las piernas para recuperar el aliento.

Las risas se fueron calmando poco a poco. Diane y CT abrazaron a las otras mujeres, que siguieron su camino. CT tomó el brazo de Diane y comenzaron a caminar de regreso al campamento.

—Vaya, eso fue simplemente... —Diane se maravilló. Se sintió ligera y alegre. Se había quitado un peso que no sabía que llevaba.

—Sí, eso pasa aquí —dijo CT—. A veces surgen cosas. Cosas que no sabías que tenías.

—Sí ... guau —dijo Diane.

—También significa que probablemente no has tenido suficiente comida y agua. Cuando tu cuerpo está estresado, toda la basura que has estado guardando, enterrando y reprimiendo, sale. Te prepararemos con comida y bebida.

Twinkle estaba en la barra charlando con un hombre alto, de piel oscura, con rastas y barba poblada. Iba sin camiseta, con pantalones cortos y un sombrero de vaquero de paja. Sonaba música rock y tenían bebidas en la mano.

—¡Pepper! —CT chirrió, agarrando al hombre en un abrazo mientras se giraba.

—¡CT! —dijo el hombre, compartiendo un áspero abrazo con el más pequeño CT.

—Pepper —dijo CT, saliendo de sus brazos—, esta es Diane. Diane, este es Pepper. Nos conocemos desde hace mucho tiempo.

—Prepper, ¿te gusta abrazar? —preguntó Diane.

—Por supuesto —respondió Pepper, abrazándola—. Y es Pepper, como la sal y la pimienta. O como la mota de pimienta en este azucarero. 'Token' parecía peyorativo, además de obvio, y de todas formas ya estaba tomado.

Diane sonrió y aceptó el trago de whisky que le ofreció Twinkle. CT se detuvo en la cochera para dejar sus cosas, cogió las botellas de whisky y se dirigió al bar, donde Steven estaba guardando otras botellas.

—Gracias. Ponlas ahí —dijo Steven, indicando con un movimiento de cabeza.

—¿Cómo se ve este año? —preguntó CT, sentándose.

—Bastante sólido hasta ahora —respondió Steven—. ¿Quieren una cerveza fría?

—Eso suena muy bien —respondió Jeremy.

—¿Por qué no? —dijo Diane—. Es casi mediodía.

Steve entregó latas de cerveza fría a Diane, Jeremy y CT. Diane destapó la suya y tomó un sorbo. Estaba deliciosa, y el líquido frío que bajaba por su garganta la hacía sentir mejor. Diane cerró los ojos y la saboreó.

—Maldita sea, esto es bueno —dijo.

—Te lo dije —dijo CT.

—¿Quieren un sándwich? —preguntó Twinkle, acercándose a la barra con un plato—. Quedan dos.

Las mujeres aceptaron con entusiasmo. Charlaron en la barra mientras comían. Otros campistas comenzaron a reunirse. Al reírse de una historia de enfermería subidita de tono de Twinkle, Diane se dio cuenta de que se estaba divirtiendo.

Después de la siesta, el grupo extendió una enorme y gruesa lona negra, de fácilmente seis por seis metros, para el estanque de evaporación. Envolvieron los bordes con largas tablas de dos por cuatro, y luego Diane y CT se tumbaron sobre el pesado material negro y se enrollaron a lo largo de toda la longitud, riendo, para sacar el aire atrapado.

—¿Cómo funciona esto? —preguntó Diane, mirando la estructura desconocida.

—El plástico negro se ancla así —dijo Twinkle, señalando las tablas de los bordes.

En un rincón había palés de plástico para las duchas. Uno tenía postes que sostenían las paredes de vinilo y el otro no tenía paredes. Pero ambas tenían largos postes de PVC con cuerdas y poleas como un asta de bandera.

—Ahora, cuando echamos agua —continuó Twinkle—, el

agua se extiende por una gran superficie y no por la playa. El sol calienta el agua y ésta se evapora sin afectar al medio ambiente. Esparcir el agua donde se acumula acelera el proceso. Cuando hayamos terminado, le daremos tiempo para que se seque y luego nos llevaremos el plástico para eliminarlo.

—Joder, sí —dijo CT—. ¡Duchas esta noche!

CT cogió una bolsa de ducha solar de acampada, la llenó desde el bidón de la cama del camión, enganchó un gran mosquetón a través del asa y la subió al poste.

—¿Por qué hay una ducha envuelta en vinilo y otra abierta? —preguntó Diane.

—Ducha desnuda y ducha modesta —dijo Twinkle—. Si quieres que la gente lave los platos, toma una ducha desnuda. O toma una solo para presumir.

—¿Los platos? —preguntó Diane, riendo.

Twinkle señaló hacia donde Jeremy y Steven estaban montando dos mostradores de playa tech con fregaderos en el extremo opuesto del estanque de evaporación. Diane se acercó y observó cómo se colocaban las líneas de drenaje de PVC blanco en el estanque de evaporación. Un contenedor de agua azul de cinco galones estaba en un lado, con líneas de fontanería que iban al grifo del fregadero. En el otro, había una rejilla para secar los platos. Steven deslizó medias de nylon sobre los extremos de las líneas de drenaje del poste de PVC y las aseguró con cinta adhesiva.

—¿Está más arriba para ayudar a que fluya? —preguntó Diane.

—Sí —respondió Steven, guardando la cinta adhesiva.

—¿Qué pasa con las pantimedias?

—Atrapa todos los restos de comida —respondió Steven, y luego señaló hacia abajo—. La bomba de pie de aquí aspira el agua hacia abajo y luego al grifo. Es una bomba de achique manual para un barco. ¿Quieres probarla?

—Claro —dijo Diane.

—Asegúrate de que el grifo está abierto y el recipiente tiene agua. Empieza a bombear con el pie —dijo Steven.

Diane hizo lo que le dijeron. Después de unos cuantos bombeos, fue recompensada con un chorro de agua del grifo.

—¡Esto es genial! —dijo Diane—. ¿Dónde llenamos el agua?

Steven señaló un enorme contenedor de plástico negro.

—Mañana nos traerán quinientos galones —respondió Steven—. Cuando empecé, tenías que traer la tuya. A veces los campamentos se quedan sin agua, y están básicamente jodidos. Tienes que organizar la entrega del proveedor con mucha antelación. Ahora podemos lavar los platos, lavarnos los dientes y limpiar. Si tienen agua, sugiero que la conserven a menos que tengan mucha, quizás no duchándose esta noche. Tenemos que asegurarnos de que tenemos agua. A veces pueden pasar cosas raras, como un recipiente agrietado.

—Aquí están las escobas de empuje —dijo CT, acercándose —. Las tareas vírgenes son esparcir el agua en el estanque de evapotranspiración para que se evapore, llenar las bolsas de la ducha y llenar los contenedores de agua para lavar los platos.

—¡Eso es todo! —Twinkle gritó—. Todo el mundo al bar. Los chupitos corren a cargo de Sequoia, pero beban agua también. ¡Buen trabajo, gente!

El sol se acercaba al horizonte y, tras tomar una copa en el bar, Diane se unió a otras personas en la parte superior del contenedor. Estaba cansada, dolorida, sucia y hambrienta. Fue el segundo día sin ducharse. Su cama sería un colchón de aire en una tienda de campaña. Y sonreía de oreja a oreja. Rodeada de sus compañeras de campamento y amigos, Diane aulló al sol poniente.

—Buen trabajo —volvió a decir Twinkle—. Ahora estás en tu tiempo libre. Las duchas están abiertas. El primero en llegar, el primero en servirse. Tienes que usar tu propia agua.

—Joder, sí —dijo CT mientras se dirigía a la cochera.

Momentos después, salió envuelta en una toalla. Sequoia caminó detrás de ella con una toalla alrededor de su cintura. Las dos corrieron hacia las duchas, riendo.

Diane recogió sus artículos de aseo, se envolvió en una toalla y se dirigió a las duchas. Sequoia se estaba enjabonando en la impúdica ducha.

—Queda al menos media bolsa —dijo CT, saliendo de la cabina de vinilo—. En cuanto terminemos aquí y comamos algo, nos aventuraremos a salir un rato.

—¿Veinte minutos? —preguntó Sequoia, de pie y desnuda bajo el agua.

Diane mantuvo los ojos en el suelo, sin saber a dónde mirar, un poco avergonzada por su desnudez y queriendo darle privacidad. A Sequoia parecía no importarle en absoluto la privacidad.

—Hecho —dijo CT.

Diane entró en la modesta ducha. Cerrando el vinilo, roció su cuerpo con el agua caliente. La sensación sensual de limpiarse era casi sexual. Después de enjabonarse y enjuagarse rápidamente, se secó y volvió a la cochera. La sensación de limpieza era bienvenida después de los días de calor.

Diane estaba deseando explorar este extraño lugar.

CAPÍTULO 8

—Esa es la tuya, Diane —dijo CT, señalando una bicicleta.

Diane se acercó a la bicicleta de paseo. Su cuadro, cubierto de piel sintética, estaba lleno de LEDs que parpadeaban.

—El código del candado es 'SASS'. No dejes nunca tu bicicleta sin cerrar, ni siquiera para entrar en los portos —dijo CT.

—¿Los robos son un problema? —preguntó Diane, montando la bicicleta.

—Por lo general, solo una persona alterada agarra la que no es, pero sucede —dijo CT, montando la suya—. Las bicicletas tienen una etiqueta con el nombre del campamento y su ubicación, y te sorprendería saber cuántas encuentran el camino de vuelta. Pero si no hay etiqueta, no hay devolución. Los Rangers no consideran ninguna bicicleta perdida hasta el final de la Quema, así que solo hay que encerrarla.

—¡Síganme! —Sequoia rugió y comenzó a pedalear.

El grupo comenzó a pedalear lentamente, girando a la derecha por una calle oscura. Diane siguió las luces intermitentes de la bicicleta de CT. Las partículas de polvo en suspensión parpadeaban a la luz de su faro. La noche era fresca pero no fría. Con la puesta de sol, la única iluminación era escasa o provenía de sus propias luces. Una vuelta tras otra. El suelo blanco y polvoriento no era difícil de pedalear, y los gruesos neumáticos del crucero se deslizaban.

Diane pudo ver que Jeremy también disfrutaba de las vistas. Admiró su pelo oscuro y rizado, más largo por arriba y corto por los lados, y su rostro estrecho y apuesto. Él vio que ella le miraba y sonrió. Ella le devolvió la sonrisa, disfrutando del momento.

—No, gira a la izquierda. Vamos hacia el Hombre! —le gritó CT a Sequoia, que empezaba a adelantarlos.

—¡Ahhh, te voy a ganar, lerda! —Sequoia rugió y aceleró hacia la noche.

—¡Idiota! ¡Tenemos Vírgenes! —CT gritó tras él, pero fue inútil.

Diane se alegró de que CT se hubiera quedado con ellos. Ahora estaba completamente volcada.

—Lo encontraremos allí —dijo CT.

—No querría perderse la primera noche —dijo Jeremy.

—Tienes comida y agua, te las arreglarías —dijo CT—. Perderse durante un tiempo puede ser muy divertido.

CT los guió hasta que se acabaron las calles transversales. Tiró hacia adelante y se detuvo. Diane y Jeremy se detuvieron junto a ella.

—Bien —dijo CT, señalando—. Acabamos de llegar a las cuatro, y esto —barrió la mano—, es la Explanada, donde empieza la playa. A la derecha están las tres, y allí están las cinco —Diane arrugó la frente, tratando de orientarse. CT la observó a la luz de sus faros.

—Esto te ayudará —dijo CT—. Levanta la mano izquierda delante de la cara.

CT señaló el centro de la palma de la mano de Diane. Jeremy observó con interés.

—Ahí es donde está el Hombre, en el centro —CT movió su dedo hasta justo debajo del dedo índice de Diane y trazó un semicírculo hacia abajo de la palma de la mano hasta terminar debajo del dedo meñique—. Esta es la ciudad. Está basada en la esfera de un reloj —CT señaló la parte inferior de la palma —. Aquí son las seis —CT señaló el lado derecho de la palma de Diane—. Las tres en punto —señaló el lado izquierdo—. Las nueve en punto. ¿Lo pillas?

Diane contempló la escasa y enorme extensión de tierra que tenía ante sí. Incluso en la creciente oscuridad, la sensación de apertura la llenó de una sensación de vacilación y miedo.

Agradeció que la acompañara un guía, sin saber si el valor para aventurarse en ella habría surgido.

—Pensé que estábamos en las tres y media. ¿Dónde está eso? —preguntó Jeremy.

—Las medias calles están en el centro, pero hay que retroceder y girar para llegar a ellas. Estos bloques son bloques completos. ¿Lo entiendes?

—Sí —respondió Diane.

—Muy bien. Ahora date la vuelta. ¿Ves las farolas?

Los altos postes de madera se alineaban en el carril en dos filas paralelas, que se adentraban en la distancia.

—Están a las tres, a las seis y a las nueve —dijo CT—. Son muy útiles para saber dónde estás, sobre todo si te pilla una tormenta de polvo.

—¿A dónde van? —preguntó Diane.

—Es curioso que lo preguntes —dijo CT, empezando a pedalear de nuevo—. Las seis es el centro de la ciudad. Lleva directamente al Hombre. Las tres y las nueve también, pero están al este y al oeste. Más allá del Hombre debería estar el Templo, y luego es playa profunda todo el camino hasta la valla de la basura.

Los tres serpentearon entre los postes. Más adelante, Diane pudo ver brillantes luces de construcción. Después de estar en las calles de la ciudad, la apertura era un cambio. Podía ver figuras -no estatuas en realidad, sino, bueno, la impresión de cosas de arte- a su alrededor. Podía distinguir lo que parecían ser pequeñas estructuras que se estaban construyendo con luces dispersas y ruidos de construcción procedentes de distintas direcciones.

En ese momento, CT se detuvo ante una cuerda tendida en el suelo. Diane y Jeremy se detuvieron junto a ella. Ante ellos había una gran estructura con una enorme figura de madera en lo alto. Las fuertes luces de la construcción convertían la noche en día. Las figuras caminaban por el interior de la obra.

—¡Whoop, whoop! Te gané —Sequoia salió disparada de la oscuridad.

—¿Trabajará la gente las 24 horas del día? ¿Podremos visitarlos? —preguntó Jeremy.

—Los equipos suelen construir hasta que no pueden, para tenerlo listo —dijo Sequoia—. Una vez que esté terminado, entonces se podrá subir hasta que arda.

Diane observó a los trabajadores que se movían de un lado a otro mientras daba un largo trago al tubo de su mochila. Se había quedado sorprendentemente sedienta en muy poco tiempo.

—¿Quieres ir al Templo? —preguntó CT.

—Claro —dijo Diane.

Comenzaron a pedalear hacia el interior de la playa, con la luz de la construcción del Hombre a sus espaldas. Pequeños puntos de luz brillaban delante de ellos, guiándolos.

—Mantén los ojos abiertos para las piezas de arte no iluminadas —dijo Sequoia—. A estas alturas, puede que no estén totalmente terminadas. Esa es una de las razones por las que las bicicletas de pedales son mejores que las eléctricas. Algunas de esas cosas van a treinta millas por hora, y eso causa muchas lesiones graves.

El paseo fue de diez minutos lentos. La temperatura había bajado ligeramente pero no era incómoda.

—Ah, mierda —dijo CT.

—¿Qué? —preguntó Sequoia.

—Mira hacia atrás, hacia el Hombre.

Diane y Jeremy se giraron también. Donde había sido una vista clara a las luces de la construcción, ahora era nebuloso. Mientras miraban, la vista se volvía cada vez más borrosa.

—Bien, pónganse las gafas y la máscara antipolvo. Rápido —dijo CT, subiendo su shemagh y bajando sus gafas.

Diane se revolvió torpemente con su mochila y la moto hasta que se limitó a dejar la moto en el suelo en lugar de andar a tientas con ella. Se quitó las gafas, se las colocó en la frente y se las puso sobre los ojos. Al levantar la vista, se alegró de haberlas colocado en su sitio, ya que la nube de polvo la rodeó inmediatamente. Agarró el shemagh y lo ató rápidamente alrededor de su cara.

Podía ver a los demás y sus luces, pero nada más allá de eso. Las vistas del Templo y del Hombre habían desaparecido de su vista. Una creciente sensación de pánico comenzó a envolver a Diane junto con la vorágine de polvo. Se quedó paralizada sin ningún punto de referencia visual más allá de unos pocos metros delante de ella en la oscuridad. El viento y el polvo tiraban de su ropa y de su pelo. Apretando la tela del shemagh más cerca de su cara, cerró los ojos.

Unos brazos fuertes la abrazaron, luego otro conjunto y otro. En el centro del abrazo de CT, Sequoia y Jeremy, se tensó aún más y luego se relajó. Acurrucada en el abrazo, se sintió cálida y segura. El calor de los cuerpos cercanos a ella contrarrestaba la sensación de estar sola. CT apoyó su cabeza en el hombro de Diane. La barba de Sequoia descansaba sobre la cabeza de Diane.

—¡Sí, nena! ¡Sí! —bramó Sequoia.

Tan repentinamente como había llegado, el polvo se disipó. Diane abrió los ojos para ver a CT bajar su shemagh y sonreírle en el resplandor de las luces LED. La parte inferior de la cara de CT estaba limpia en comparación con su nariz y sus gafas, que estaban cubiertas por el fino polvo blanco. La amplia sonrisa de CT era contagiosa, y Diane se rio.

—Mierda —dijo Jeremy—. Eso fue intenso.

—¡Maldita sea! —dijo Sequoia, soltando su abrazo y dando un paso atrás.

—Te lo dije, ¿verdad? —dijo CT—. ¿Estás bien?

—Sí —dijo Diane, asintiendo—. Hasta aquí la ducha.

—Hay que apreciar cuando uno está limpio —dijo CT.

Jeremy dio un paso atrás y fue a recoger su bicicleta, que había volado. CT recogió la suya y la montó.

Saliendo en grupo, se dirigieron hacia las brillantes luces del Templo. El edificio estaba solo en la sombría iluminación proporcionada por las lámparas de construcción montadas en postes. Los generadores zumbaban y los trabajadores pululaban por el lugar. Se oían gritos y martillazos alrededor y dentro de la estructura. El aire era cada vez más frío.

—¿Cuánto tiempo ha tardado en construirse? —preguntó Diane.

—He oído que empezaron hace dos semanas —dijo CT—. Mira allí. Diane, ¿ves a la señora con el poste?

—Sí —dijo Jeremy.

—Es una guardiana del templo —dijo CT—. Mantienen a la gente alejada hasta que está terminado, y vigilan el Templo cuando está abierto, veinticuatro horas al día. Son voluntarios. Los voluntarios hacen posible todo esto.

—¿Por qué se necesita un Guardián? —preguntó Jeremy.

—En el Templo pasan cosas —dijo Sequoia.

Observando la actividad, Diane quedó impresionada por la dedicación de los trabajadores, que seguían trabajando hasta tan tarde.

—¿Listos para volver? —preguntó CT por encima del hombro.

—Sí, lo estoy —dijo Diane, echando un último vistazo a la estructura a medio construir y preguntándose qué sería cuando estuviera terminada.

CAPÍTULO 9

Sábado 29 de agosto, siete días para que comience la Quema del Hombre

Diane abrió los ojos al oír el ruido del viento que soplaba suavemente y arremetía contra la cochera. Había luz suficiente para ver fuera de su tienda. El campamento parecía tranquilo. Se sentó y se estiró, sintiendo una cierta tensión en los músculos por el trabajo que no le resultaba familiar.

Intentando no hacer ruido, se sacó el saco de dormir y parpadeó para quitar el sueño de sus ojos. Se puso la ropa del día anterior y encendió el hornillo de la mesa. Mientras la llama acariciaba el fondo de la cafetera a fuego lento, Diane se puso los zapatos y recogió la pañoleta y las gafas.

La ducha había sido magnífica, el rápido lavado y enjuagado era vigorizante y reconstituyente a la vez. No obstante, el aire de la noche había sido algo frío. Se recordó a sí misma que la próxima vez debería ducharse antes de la puesta de sol. Le costaría acostumbrarse al breve período que transcurría entre estar limpia y poco después recubrirse del siempre presente polvo.

Al salir de la cochera, Diane pudo ver que nadie se movía aún en el campamento. Cuando se dirigió a los baños portátiles, respiró el aire de la mañana. Estaba lo suficientemente fresco como para ser cómodo, pero no demasiado frío. Al terminar sus abluciones matutinas y tomar una taza del café preparado, Diane subió la escalera hasta la parte superior del contenedor de almacenamiento y se sentó en una silla.

Sorbiendo el café, Diane contempló el cielo iluminado, la bruma de polvo roja en el amanecer. Sonrió. Hacía tiempo que la mañana era un momento para ella misma, un momento para concentrarse y prepararse para lo que el día pudiera presentar. En otros campamentos, los más madrugadores también empezaban a despertarse.

Mientras estaba sentada, sacó su teléfono e intentó conectarse a su correo electrónico del trabajo. Hacía años que no estaba desconectada de su oficina durante tanto tiempo. Se sintió culpable por haber iniciado la sesión, pero se sintió obligada a saber al menos qué estaba pasando. Sin embargo, su correo electrónico no se conectaba. Cada entrada daba lugar a un mensaje de acceso denegado.

Al cambiar a los mensajes de texto, vio que su equipo se había puesto frenético al principio, pero que luego parecía haberse calmado. Stella debió de decirles que Diane estaba bien y que siguieran adelante. Diane también vio un mensaje de Stella en el que le informaba de que le habían cortado el acceso hasta su regreso.

—Pillada —dijo una voz, directamente detrás de ella.

Diane se incorporó, sobresaltada. Jeremy estaba de pie mirando su teléfono.

—No he oído nada —dijo Diane—. ¿Cómo lo has hecho?

—A veces puedo ser silencioso —respondió Jeremy, mirándola—. Perdona si te he asustado. ¿Comprobando el mundo?

—Sí —respondió Diane tímidamente.

—Es difícil dejarse llevar. Yo también soy culpable de ello.

—Hmmm —respondió Diane. Luego, al notar cómo estaba vestido, preguntó—: ¿Sales?

—Pensé que podría salir antes de que haga demasiado calor. ¿Quieres venir?

—¿Adónde?

—Al campamento de mi hermano. Anoche me mandó un mensaje diciendo que había llegado.

—Déjame coger mis cosas —respondió Diane.

Jeremy bajó la escalera y la sostuvo. Metiéndose en la cochera, Diane cogió lo esencial, contenta de haber colocado el equipo en un solo lugar. Tras anotar una breve nota para CT en la pequeña pizarra que había junto a la puerta, cogió su bicicleta y se unió a Jeremy en la carretera. La calle era tranquila, el ritmo lento y fácil.

—¿Por qué no está tu hermano acampando contigo? —preguntó Diane mientras conducían.

—Está acampando con su club de rugby, un grupo de Nueva Zelanda —respondió Jeremy—. Es un campamento pequeño, así que no pude conseguir una entrada a través de ellos. Pero podría pasar por Presidentes Muertos.

—Tiene sentido —dijo Diane.

—Calle K. Ahora nos toca a nosotros —dijo Jeremy—. ¿Ya es sábado? Estoy perdiendo la cuenta.

—Sí, creo que sí —respondió Diane—. CT dijo que la Puerta se abre esta noche a la medianoche, por lo que la quemadura solo se hace más grande de aquí.

—Creo que es aquí —dijo Jeremy, deteniéndose frente a una parcela polvorienta—. Ahí está el camión de mi hermano.

Bloquearon sus bicicletas y miraron alrededor del campamento a medio construir.

—¿Crees que es demasiado pronto? —preguntó Diane.

—No, no para Ollie.

Cuando se abrieron paso entre el equipo y los montones de objetos, una lona se levantó de repente del suelo y un hombre surgió, moviéndose rápidamente. Diane se congeló, sorprendida. Jeremy giró suavemente, agarró el brazo del hombre y lo tiró al suelo.

—Diane, te presento a Ollie —dijo Jeremy mientras sujetaba el brazo del hombre con firmeza en la muñeca.

—¡Ay, déjalo! —dijo Ollie.

Jeremy le soltó el brazo y se puso en cuclillas a su lado.

—¿Estás bien? —preguntó Jeremy.

—Más que bien —contestó Ollie, poniéndose en pie—. ¿Cómo

has estado?

—Bien —respondió Jeremy, estrechando la mano de Ollie.

Diane pudo ver el parecido en los rostros de los hombres, aunque Ollie tenía diez centímetros y diez kilos de músculo más que Jeremy. Sin embargo, Jeremy había controlado a Ollie con mucha más facilidad de lo que Diane hubiera esperado. Había más en él de lo que parecía.

—Chicos, ¿han comido? —preguntó Ollie.

—Todavía no —dijo Jeremy.

—Bueno, vamos entonces —respondió Ollie.

Diane y Jeremy le siguieron hasta una gran tienda verde del ejército y luego dentro. Cuando sus ojos se adaptaron a la penumbra, Diane vio a cinco hombres grandes y dos mujeres comiendo y bebiendo café.

—¡Tane! —tronó Ollie—. Este es mi hermano Jeremy y... Diane, ¿verdad?

—Sí.

Un hombre enorme y musculoso se levantó de la mesa y se acercó a Jeremy. Su rostro estaba cubierto de tatuajes tribales negros. Su aspecto imponente se compensaba con la amabilidad de sus ojos.

—*Tena koe*, Jeremy, si eres el hermano de este —dijo Tane—. Bienvenido. ¿Conoces al *hongi*?

El hombre se alzaba sobre Jeremy, pero Diane podía ver que estaba relajado, a pesar de su fiereza. Diane no había visto a nadie como él en su vida.

—No, creo que no —respondió Jeremy.

—Deja que te lo enseñe, si estás de acuerdo. Es el saludo tradicional maorí.

Jeremy asintió.

—Coloco mi mano en tu hombro —dijo Tane, y luego nos tocamos la frente y la nariz. Compartimos el aliento de la vida.

Tane se inclinó y tocó la frente de Jeremy.

—Bienvenido a casa —dijo Tane, y luego miró a Diane—. ¿Y tú, Diane?

—Sí, por favor.

Diane se acercó a Tane, que colocó su frente suavemente contra la de ella, sus narices se tocaron brevemente. De esta manera, ella y Jeremy fueron presentados al resto de la gente. Todos ellos, excepto Ollie, eran maoríes.

—Nuestras primeras víctimas... o estudiantes —dijo una bonita mujer llamada Ahora. A diferencia de los hombres, tenía un intrincado tatuaje solo en la barbilla.

Jeremy miró extrañamente a Ollie, que se rio.

—Quieren introducir la cultura maorí en la Quema. Una de las formas es hacer la haka y enseñarla —dijo Ollie.

—¿Qué es una *haka*? —preguntó Jeremy.

—Es curioso que lo preguntes —dijo Tane, sonriendo y haciéndoles un gesto para que salieran.

Diane y Jeremy salieron de la tienda, y luego se volvieron para ver a las personas que acababan de conocer alineadas como bolos, frente a ellos.

—No se asusten —dijo Tane—. La haka es una danza ceremonial tradicional maorí o un desafío. También es un símbolo de comunidad y fuerza. La traemos aquí para enseñar e incluir a otros. Y ahora... el Ka Mate, escrito por Te Rauparaha.

Diane observó cómo Tane empezaba a cantar. Otros miembros del grupo adoptaron posturas feroces, con la cara retorcida y la lengua fuera.

—*¡Ka mate, ka mate! ¡Ka ora! ¡Ka ora!* —Tane y los demás coreaban mientras hacían poses y se golpeaban los muslos.

La actuación terminó rápidamente.

—¡Ha sido potente! —dijo Diane, aplaudiendo.

—¿Te gustaría aprenderlo? —preguntó Ahora.

—Sí, absolutamente —respondió Diane—. ¿Está bien si lo hago yo?

—Sí —dijo Tane—. Si te interesa, ven a nuestras clases. Tenemos mucha historia que compartir. Incluso hay *hakas* que son solo para mujeres. Planeamos dar las clases y luego hacer una *haka* por la noche. Pásate si puedes.

Jeremy y Diane se quedaron un rato en el campamento, aprendiendo más sobre la *haka*. Ambos se divirtieron. Ahora le enseñó a Diane a poner su cara en un ceño fruncido hasta que todos se rieron. Otras personas habían empezado a acercarse y a ser introducidas en la ceremonia.

—Probablemente deberíamos volver al campamento para terminar la preparación —dijo Jeremy.

—Gracias por venir, amigos míos —dijo Tane—. Tomen un pedazo de pan. Es nuestro pan *rēwena*, hecho con patatas.

Diane y Jeremy intercambiaron abrazos con cada uno de los miembros del campamento, y cada uno tomó una rebanada del pan ofrecido. Era sabroso y dulce.

—*Mihi mo inaianei* —dijo Ahora—. Adiós, amigos míos.

—Vuelvan pronto —dijo Ollie.

—Vengan a nuestro bar esta noche —le gritó Jeremy—. Estamos justo al final de la calle.

—Apuesta por ello —respondió Ollie.

Jeremy y Diane regresaron al campamento en sus bicicletas.

—Vaya —dijo Jeremy—. ¡Ha sido divertido!

—La mejor mañana de todas —dijo Diane.

En el campamento, la mayoría de la gente ya estaba levantada. Después de aparcar su bicicleta y cerrarla, Diane se unió a los demás bajo el toldo del bar. Encontró un asiento junto a CT y se sentó.

—¿Lo has pasado bien? —preguntó CT.

—Mejor mañana —respondió Diane.

—Muy bien gente, este es el plan —dijo Twinkle—. Levantar la carpa de yoga y el jardín de luces, ultimar la decoración del bar. Y luego las tareas del campamento. Todas las Vírgenes con Steven para aprender las tareas del campamento, el resto con CT y Sequoia.

En ese momento, una gran furgoneta entró en la zona frente al bar, haciendo sonar su bocina. Al sonido de los frenos de aire poniéndose en marcha le siguió la apertura de la puerta. Salió una mujer pequeña, delgada y musculosa, con el pelo azul oscuro. Llevaba unas botas de cuero rojas hasta la rodilla con hebillas, unos pantalones cortos rojos brillantes y una camiseta ajustada de baby doll con la palabra PERRA deslumbrada, que dejaba al descubierto un definido six-pack. Unas grandes gafas de sol tipo Jackie O realzaban un rostro espléndido.

—¿A quién hay que follar para conseguir una bebida por aquí? —reclamó la mujer al grupo en voz alta.

—¡Sheba! —CT y Sequoia dijeron juntos y corrieron hacia la mujer.

Sheba se acercó, agarró el pelo de Sequoia con una mano y le dio un enorme beso. Luego se acercó a CT y la sumergió mientras le daba un profundo beso en la boca. Todos se reían mientras se dirigían a la barra, Sheba se detenía para dar profundos besos y abrazos a tres personas.

—Sheba —dijo CT, guiando a la mujer—, esta es Diane, mi amiga y virgen.

Sheba miró a Diane de arriba abajo y se adelantó con los brazos en alto.

—¿Lo consientes, Diane? —preguntó Sheba.

—Claro —dijo Diane.

Sheba se inclinó, tomando a Diane en sus brazos, y le dio un profundo beso en la boca. Diane se sorprendió y sus ojos se abrieron de par en par. Podía sentir el beso desde la base de los dedos de los pies hasta la parte superior de la cabeza.

—Mwah —dijo Sheba, apartándose—. ¡Qué bien besas! ¿En qué equipo juegas? ¿O eres un bateador de cambio?

—¿Q-qué? —Diane pudo sentir que se sonrojaba hasta las raíces de su cabello.

—Solo intento planificar mi semana —dijo Sheba, mirando hacia Jeremy—. ¿Quién es ese?

—Ese es Jeremy, el virgen de Twinkle —dijo Sequoia.

—¿Se habla de él? —preguntó Sheba.

—No que yo haya oído —dijo CT.

—Perdóname, entonces. Mamá tiene una necesidad —dijo Sheba, y luego se acercó a Jeremy.

Diane observó el paso de Sheba. Era una poesía con botas de cuero, la confianza personificada. Sheba posó con la mano en la cadera mientras hablaba con Jeremy. Diane vio cómo se inclinaba y besaba al joven, y luego los dos se dirigieron a la autocaravana de Sheba y atravesaron la puerta. Un joven y una mujer salieron de la casa rodante y luego la puerta se cerró.

—Santo cielo —dijo Diane asombrada por la escena, y añadió —: no me lo *esperaba* cuando di mi consentimiento.

CT y Sequoia se rieron de ella.

—Sí, a veces es mejor aclarar —dijo CT—. Sheba es Sheba.

Diane observó cómo la autocaravana de Sheba empezó a mecerse lentamente.

—Espera —dijo Diane—. ¿Es eso lo que yo...?

—Esa es Sheba —dijo CT—. Viviendo el momento.

—Yo no me molestaría en llamar a la puerta —dijo Sequoia.

Diane sonrió a su pesar. Se acercó a donde Steven estaba de pie en la barra.

—Supongo que estoy contigo —dijo Diane.

—Le daremos un poco a Jeremy —respondió Steven—. Toma asiento.

Diane terminó su taza de café. A tiempo, la puerta de la caravana se abrió y Jeremy y Sheba salieron. Sheba se agarró a la cabeza de Jeremy y lo besó, luego señaló la autocaravana y luego hacia el campamento. Jeremy volvió a subir a la autocaravana y cerró la puerta, encendiéndola. Sheba se dirigió decididamente hacia el bar.

—Steven —dijo Sheba, sacando una larga boquilla negra y poniendo un cigarrillo en el extremo. Steven colocó un vaso delante de Sheba en la barra, le echó un poco de whisky y le tendió un mechero. Sheba bebió el whisky y se inclinó hacia el fuego que le ofrecía.

—Eres un melocotón —le dijo Sheba a Steven, y luego se alejó.

Diane la vio acercarse a la zona de la tienda de yoga y empezar a ladrar órdenes. Jeremy entró en el bar con una sonrisa tonta en la cara.

—¿Lista para trabajar? —preguntó Steven—. ¿O necesitas un descanso?

—Supongo que estoy lista.

—Bueno, vamos a por ello —dijo Steven.

Diane observó a Jeremy, desconcertada. El tranquilo joven parecía algo más ligero de energía.

—¿Mañana divertida? —preguntó Diane burlonamente.

—Se está perfilando bien —respondió Jeremy, sonriendo.

—Y aún no ha terminado —dijo Steven—. Vamos a coger estas bolsas de ducha y a llenarlas.

Los tres se pusieron a trabajar. Steven les enseñó a llenar las bolsas de ducha, a repostar y a poner en marcha los generadores, y a esparcir el agua con los cepillos en el estanque de evaporación para que se disipara rápidamente. A continuación, los tres hicieron un barrido MOOP por el campamento, recogiendo pequeños trozos de basura y escombros. Caminando lentamente por el campamento, Diane recogió astillas de madera, lentejuelas y una colilla.

Trasladaron el barril para quemar, un bidón de acero de cincuenta y cinco galones con figuras y diseños artísticos recortados en sus lados, a un lugar cercano a la parte delantera del campamento. Para cuando terminaron, el resto de los campistas había levantado la gran estructura de la tienda de campaña para el yoga.

Dirigidos por Steven, Diane y Jeremy pasaron a clavar gruesas y largas estacas de acero en el suelo, dejando unos 60 centímetros de cada una en alto. A continuación, deslizaron largos tubos de PVC sobre las barras de refuerzo, con altas y coloridas banderas que se deslizaban por toda la longitud de los tubos. Con ellas marcaron los bordes de su parcela. Los llamativos colores de las banderas alegraban el monótono paisaje. El viento aumentaba mientras terminaban, lo suficiente como para empezar a doblar los postes de PVC.

Diane cogió sus gafas y su máscara y siguió yendo de un trabajo a otro, echando una mano cuando era necesario. Su cuerpo estaba cansado y le dolían las manos por el trabajo manual desconocido, pero lo ignoró y siguió adelante. La ciudad crecía a su alrededor. A pesar del esfuerzo físico, se sentía parte de algo más grande que ella misma, un grupo que trabajaba por un objetivo.

Una gran cúpula geodésica de barras metálicas se levantó de forma complicada tras un par de intentos. Había gente en las escaleras y también de pie apoyando las distintas barras. CT estaba sobre los hombros de Sequoia, apretando los pernos y maldiciendo y riendo hasta que se logró todo. La luz empezaba a desvanecerse en el cielo, y el fuerte viento había vuelto a amainar.

—Hielo, ¿quién necesita hielo? —dijo Twinkle al grupo—. El Ártico está abierto durante un corto periodo de tiempo. Coge tu dinero y habla con CT.

—Diane —dijo CT, acercándose a ella—, ¿quieres ir a una carrera de hielo?

—Claro —respondió Diane—. ¿Qué tenemos que hacer?

—Coge una lista de pedidos y dinero, yo cogeré la moto de hielo. Coge tus cosas y reúnete conmigo en el bar —dijo CT, y luego le entregó una pequeña bolsa con cremallera—. Pon el dinero aquí.

Diane cogió su equipo y un bloc de papel de la cochera. La gente estaba esperando en el bar cuando ella volvió. Anotó los pedidos de bolsas y bloques de hielo y metió el dinero en la bolsa con cremallera tal y como le habían indicado. CT se acercó en una bicicleta de crucero cubierta de pieles, con un pequeño carro acoplado detrás.

—Vamos —dijo CT, arrancando la moto.

Diane se apresuró a meter el dinero y el cuaderno en su bolsa, luego desbloqueó la moto y se puso en marcha. CT avanzaba lentamente, esperándola, y no le costó alcanzarla.

—Queda un poco de camino, no hay que apresurarse —dijo CT, saludando a la gente de un campamento por el que pasaban.

—Entonces, Sheba —comenzó Diane—. ¿De qué se trata?

—¿Celos? —se burló CT.

—Nunca he visto que alguien agarre a alguien y se vaya así —respondió Diane.

—No seas prejuiciosa —dijo CT—. ¿Tienes el ojo puesto en Jeremy?

—Yo... yo... —Diane tartamudeó.

—No tienes que avergonzarte. Es guapo y parece agradable.

—¿Y qué pasa con Sheba?

—Sheba— no volverá a acostarse con él. Ese es su modus operandi. Ella solo vive el momento —dijo CT—. Más que nadie que haya conocido.

—Ya veo —respondió Diane.

—Probablemente no, pero puede que sí. Sheba es una gran persona y muy, muy moral. La suya es simplemente una moral diferente a la de la mayoría de la gente. No hay zonas grises con Sheba, todo es honestidad radical.

—¿El undécimo principio?

—No, se trata del derecho —contestó CT.

—Pensé que era el consentimiento —dijo Diane—. Había una cosa que me daba curiosidad.

—¿Sí? —CT respondió.

—No es nada, pero me hizo sentir incómoda. No sabía si había hecho algo malo.

—Estoy segura de que no lo hiciste —dijo CT.

—Me encontré con Steven con Jeremy —dijo Diane—. Saludó a Jeremy y lo abrazó. Esperaba un abrazo y le dije que yo también lo abrazaba, pero se limitó a decir 'Genial' y no me abrazó. Dios, me siento estúpida solo con decirlo. ¿Es eso un derecho? ¿Me siento con derecho a un abrazo?

CT se rio.

—No. Aquí casi todo el mundo se abraza, es una cosa de la Quema. Steven no estaba siendo grosero. Es un mormón, y estuvo casado durante mucho tiempo, luego su esposa murió. Su estructura de creencias es que está casado con ella para siempre, en esta vida y en la siguiente. Es muy cauteloso con las conexiones con mujeres que no conoce. Hablamos de ello un largo rato en el bar una noche.

—Eso tiene sentido ahora —dijo Diane—. Pensé que los mormones no bebían.

—No lo hace, solo es camarero —respondió CT—. Aquí estamos.

Diane la siguió y se detuvo cerca de una cúpula alta cubierta de material pesado de color canela. Aparcando sus bicicletas y cerrándolas, caminaron hasta el final de la larga fila.

—Esto no está mal. A última hora del día y durante la semana, pueden pasar horas —dijo CT.

Observaron y charlaron con las demás personas de la cola. Avanzando a un ritmo moderado, se acercaron a la entrada.

—Diane, allí —dijo CT, señalando—. ¿Ves a esas dos personas de color caqui? ¿Con las radios y los sombreros? Son Rangers.

—Parecen oficiales, como policías o algo así —dijo Diane.

—No, son Rangers del Polvo. Ellos son solo Quemadores como nosotros —dijo CT—. ¿Ves los camiones de los ayudantes del sheriff y del Bureau of Land Management con luces? Esos son policías. Los Rangers son a quienes se acude primero si se tienen conflictos o problemas. Así los policías no tienen que ocuparse y hacer cosas de policías.

—Oh —dijo Diane—. ¿Ahora soy una Quemadora?

—Siempre lo fuiste, solo que no lo sabías —dijo CT—. ¡Whoot, whoot! ¡Gracias, Rangers!

Los Rangers devolvieron el saludo. De repente, toda la fila gritaba:

—¡Gracias, Rangers! ¡Gracias, Rangers!

Los Rangers se rieron, saludaron y siguieron su camino. CT y Diane entraron en Arctica para su turno y compraron su pedido de hielo. La carga en el carro de la bicicleta se llevó a cabo, y se dirigieron de nuevo. El calor había aumentado sin duda. Diane era muy consciente del sol.

—Hombre —dijo Diane mientras pedaleaba—. Debería haber traído mi sombrero para el sol.

—Sí, se empieza a notar el calor a esta hora del día —contestó CT—. Mira ahí, eso es genial.

—¿Qué? —preguntó Diane.

—Mira el diablo de polvo. Detrás de la chica de delante.

Diane miró hacia adelante. Había lo que parecía un minúsculo tornado, de unos dos metros de altura, moviéndose lentamente detrás de una chica en bicicleta, acompasando perfectamente su paso. Diane siguió observando mientras la chica giraba a la derecha en la siguiente calle. El demonio de polvo giró también y la siguió por detrás.

CT y Diane se detuvieron y se quedaron boquiabiertos, luego miraron a su alrededor para ver si alguien más había presenciado esto. Un hombre que estaba junto a la carretera se giró y se encontró con sus miradas.

—¿Ustedes también vieron eso? —preguntó.

—Sí —dijo CT—. Un poco raro.

—La magia de la playa —dijo. Las saludó con un gesto casual y volvió a su campamento.

Continuando, las mujeres estaban de vuelta en su campamento en poco tiempo. Diane ayudó a descargar el hielo, disfrutando del frío contra su cuerpo después del caluroso viaje bajo el sol.

—¿Todavía sientes el calor? —CT preguntó.

—Sí, supongo que todavía tengo que aclimatarme un poco —admitió Diane.

—Yo me encargo. Échame una mano con el hielo y te enseñaré algo —dijo CT, levantando dos bolsas.

Diane levantó las bolsas restantes y siguió a su amiga. Cuando entró en la cochera, CT había colocado dos de los cubos de plástico en el suelo.

—Agarra el otro asa de la nevera —dijo CT—. Levántalo todo sobre el único cubo del centro, con el pico sobre el otro.

Diane hizo lo que le pidieron y vio cómo CT abría el pico de la nevera. El agua salpicó y llenó el cubo hasta que solo quedó un hilillo. CT cerró el grifo y volvió a colocar la nevera en su sitio. Después de llenar la nevera con hielo fresco, CT sacó una jarra de vinagre y vertió una medida en el agua. Luego cogió un par de cervezas y cogió el cubo por el asa.

—Sígueme —dijo CT, saliendo y entrando en el bar y encontrando un asiento allí. Curiosa, Diane la siguió y tomó asiento junto a ella.

—Ahora quítate los zapatos y los calcetines y mete los pies ahí —dijo CT.

Diane hizo lo que se le indicó. Se estremeció. El agua estaba helada. Pero sintió que la temperatura de su cuerpo se enfriaba mientras metía primero un pie y luego el otro en el agua.

CT le dio una cerveza. Diane la abrió y tomó un sorbo.

—Ahhh, qué bien —dijo Diane, relajándose en su silla.

—Es una buena manera de refrescarse. Y el vinagre ayudará a tu piel —respondió CT.

Pasaron el resto de la tarde durmiendo la siesta allí, a la sombra del bar. Diane conoció y charló con otros campistas, se enteró de sus quemaduras y experiencias pasadas. La tarde era muy calurosa para explorar, el viento era racheado y el campamento estaba casi construido, así que hubo mucho tiempo para la conversación amistosa, y las risas fueron un bienvenido respiro. Diane se quedó dormida después de unas cuantas cervezas y whiskys. Se despertó con el sonido de la música. Había gente sentada en el bar.

—Hola, dormilona —dijo Twinkle—. ¿Has dormido bien la siesta?

—Supongo que sí —dijo Diane, incorporándose. El sol había bajado y la temperatura parecía más fresca. Sacó los pies del cubo. Los dedos de los pies se habían arrugado—. No era mi intención quedarme dormida. Quería ayudar.

—No te preocupes. Ya tenemos bastante gente terminando. Como eres virgen, quería asegurarme de que no trabajaras demasiado. Te habría dejado dormir, pero pensé que querrías una ducha con agua más caliente antes de que anochezca. Puede hacer un poco de frío cuando se pone el sol.

—¿Qué hago con este agua con vinagre? —preguntó Diane—. ¿La vierto en el estanque de evaporación?

—No —dijo CT—. Eso solo añade más agua para evaporar. Viértela en la regadera de flores de allí y espárcela por el camino. Mantiene el polvo bajo.

Diane lo hizo.

—¿Ahora te duchas? —preguntó CT.

—Una ducha suena fantástico —respondió Diane.

—Bueno, coge una bolsa y toma tu turno.

Diane pudo ver a un campista terminando su ducha y fue

a recoger sus propias cosas. De pie sobre la paleta de plástico, dejando que el agua la humedeciera y luego enjabonándose, se sintió espectacular. El agua estaba lo suficientemente caliente como para estar cómoda. Diane se tomó su tiempo para fregar y enjabonar, queriendo quedar lo más limpia posible.

Mientras caminaba de vuelta a la cochera, el viento se sentía glorioso en su piel limpia. La tela de gasa del chal que llevaba la acariciaba con la ligera brisa. Vio que la luz se desvanecía a medida que se acercaba el atardecer. Se apresuró a guardar sus artículos de aseo, se puso algo de ropa y subió a la parte superior del contenedor para ver la puesta de sol. Sus pasos en la escalera eran ahora más seguros. CT, que ya estaba allí, le pasó un brazo por la cintura y la abrazó.

—No puedo creer que solo hayan pasado tres días — dijo Diane mientras miraba los campamentos que se estaban construyendo. Los espacios se estaban llenando.

—A partir de aquí se hace cada vez más grande —contestó CT —. ¿Te sientes con ganas de salir después de esto?

—Sí. ¿Qué tienes pensado? —contestó Diane.

—Steven se dirige a la instalación de arte de su amigo después de comer —dijo CT.

—Suena genial.

Vieron el sol tocando las montañas, escucharon los aullidos y se unieron.

CAPÍTULO 10

La espalda y los hombros del hombre estaban tensos. El polvo estaba en los pliegues de sus músculos, acentuándolos. El pelo largo, oscuro y rizado, atado con un cordón, le caía casi hasta la cintura. Una polvorienta falda negra sujeta con un ancho cinturón de cuero le llegaba hasta las estrechas caderas. Su torso tenía forma de V y ascendía hasta sus anchos hombros. Las gruesas y musculosas pantorrillas desaparecían dentro de unas gastadas botas de cuero negro.

Todo esto lo percibió Diane mientras se acercaba a la imponente obra de arte iluminada por las luces de la construcción. El hombre se giró y miró a Steven, luego a Diane. Su rostro severo y serio, intimidante, curtido y robusto, se iluminó, la espesa barba negra partida por dientes blancos. Sus ojos, de un verde ardiente, brillaban de placer. Se posaron en Diane y mantuvieron su mirada, y ella se perdió en ellos.

—Malcolm —dijo Steven—. ¿Cómo estás, amigo mío?

Los dos hombres se abrazaron, dándose fuertes palmadas en la espalda. CT se detuvo junto a Diane con Sequoia. Diane intentaba apartar los ojos del dios polvoriento que tenía delante. Sequoia se bajó de la moto, inclinándose hacia atrás para contemplar la enorme estructura de tubos y formas. CT extendió la mano y tocó la barbilla de Diane, cerrando suavemente su boca.

—Me pregunto cómo será esto trabajando —dijo Sequoia.

—Me pregunto a qué saben sus muslos, hmmm, Diane —dijo CT en voz baja para que solo Diane pudiera escuchar. Diane se sonrojó furiosamente y tomó un trago de su agua en lugar de hablar. Agradeció las sombras, segura de que su cara estaba escarlata.

Steven acercó a Malcolm y su equipo al grupo y los presentó. Se repartieron abrazos por doquier. Al abrazar a Malcolm, Diane aspiró su aroma de masculinidad y esfuerzo físico y se sintió embriagada.

—¿Qué están construyendo? —preguntó Jeremy.

—Corazones de fuego —respondió Malcolm—. Dos esculturas de metal de cinco metros, una mujer y un hombre experimentando la pasión. Las llamas salen de sus pechos para que se lancen fuego el uno al otro, encendiendo la rosa del amor entre ellos.

—Tomen, chicos, les he traído comida —dijo Steven, sacando bandejas cubiertas y agua de su carrito de la bicicleta.

—Gracias, amigo —dijo Malcolm—. Estoy famélico.

—¿Cuánto tiempo has estado construyendo esto? —preguntó CT mientras el equipo empezaba a comer.

—Cuatro días seguidos hasta ahora —dijo Malcolm después de tragar—. Dormimos donde nos caemos. Las esculturas están en su sitio, estamos haciendo las últimas comprobaciones de nuestras conexiones, la inspección es dentro de un rato. Parece que vamos a cumplir el plazo para nuestra subvención de arte.

—¿Este es un proyecto de subvención para la Organización del Burning Man? —preguntó Sequoia.

—Sí —respondió Malcolm—. Tienen una fecha límite. Si no lo consigues, no obtienes la subvención.

Diane dio un paso atrás, observando la estructura. Había un par de luces brillantes de construcción en el lugar. Las figuras tenían sentido, un hombre y una mujer frente a frente. Formas crudamente humanas pero sensuales, hechas de acero retorcido, que se elevaban por encima de la multitud. Los óvalos de acero inoxidable se centraban en sus pechos.

Ella nunca había visto nada parecido.

—Estábamos a punto de probarlo —dijo Malcolm—. ¿Quieres ver?

—Claro que sí —dijo CT.

—Muy bien. Dougie, ¿estamos listos para ir? —preguntó Malcolm a un hombre polvoriento junto a la consola de control.

Un pulgar hacia arriba del hombre y Malcolm asintió.

—Muy bien, con ustedes aquí tenemos suficiente para un cordón de seguridad —dijo Malcolm—. Dispérsense en un círculo y mantengan a la gente alejada.

El grupo se dispersó. Diane observó cómo se hacían algunas comprobaciones de última hora. A seis metros de la estructura, estaba en la oscuridad de la noche, concentrada en las piezas de acero.

—Allá vamos —gritó Malcolm. Las luces de la construcción se apagaron, la oscuridad se hizo presente.

Mientras Diane observaba, pudo oír un ligero siseo. Pequeñas llamas, igualmente espaciadas a lo largo de las figuras, surgieron. Donde antes había acero bruto, ahora brillaban gráciles siluetas.

—Fase 2 —la voz de Malcolm salió de la oscuridad.

Más llamas, que fluían en el interior de las figuras, desviadas a través de varios conductos y orificios, les daban movimiento. Pequeños reflectores metálicos y cristales, astutamente colocados, hacían girar el fuego y la luz.

—Ohhh. Ooooh —los sonidos salieron de los labios de Diane y de la oscuridad que la rodeaba.

—Fase 3.

Dentro de los cofres de las esculturas, empezaron a surgir fuegos incandescentes. Un siseo y un zumbido se convirtieron en un rugido hasta que ambas entraron en erupción, escupiendo fuego la una hacia la otra. Una pieza de metal entre sus pechos -una sola rosa de metal- empezó a brillar.

Guau, pensó Diane. *Simplemente, guau.*

La rosa quedó suspendida en el aire mientras los fuegos empezaban a apagarse. Diane pudo oír los vítores y gritos de las demás personas que rodeaban la estructura. Se unió a ellos.

—¡Hombre, eso fue increíble! —dijo Jeremy.

—Felicidades, Malcolm —dijo Steven—. ¿Tres años para conseguirlo?

—Sí, más o menos —dijo Malcolm. Se giró para mirar a Diane mientras se acercaba—. ¿Qué te parece?

—Fue extraordinario y hermoso —dijo Diane—. Impresionante, simplemente impresionante.

Malcolm la abrazó.

—Me alegro de que hayas venido —dijo Malcolm, y luego se volvió hacia el grupo—. Unos pocos ajustes más y entonces deberíamos estar bien. ¿Te veré mañana en la fiesta, Steven?

—Por supuesto —respondió Steven—. Los presidentes muertos se reventarán mañana por la noche.

—Vigilaremos la pieza toda la noche por turnos y luego durante el día. Deberíamos poder escabullirnos para entonces —dijo Malcolm.

Los grupos se despidieron con un gesto. Los Presidentes Muertos montaron en sus bicicletas y se dirigieron a la oscura playa, de vuelta a las luces de la ciudad. Diane mantuvo las luces parpadeantes de Steven delante de ella, para no perderse.

—Oye, tú —dijo CT, pedaleando a su lado. Estaba sonriendo.

—Hola —respondió Diane, sonriendo ella misma.

—¿Te gusta el arte?

—Bueno, sí —dijo Diane—. Fue increíble.

—Estás tarareando y sonriendo.

—¿Lo estoy? —Diane respondió—. Una carrera hasta la Explanada.

Diane se puso de pie sobre sus pedales y comenzó a bombear furiosamente, acelerando en la noche, pasando a Steven, dirigiéndose a la luz. Su equipo -así los consideraba ahora- gritaba y animaba detrás de ella. Diane se orientó hacia la farola más cercana y se dirigió a toda velocidad hacia el lugar donde se estaban construyendo los primeros campamentos. Frenó de golpe, jadeando y riendo, cuando CT y Sequoia se detuvieron a su lado.

—Dios, tengo que orinar —dijo Sequoia.

—Yo también —respondió Diane.

—Sigue las luces azules, deberían estar dos calles más arriba. Esto es a las cinco —dijo CT, y luego pedaleó por la carretera.

Diane se dio cuenta de que los espacios a su alrededor, que habían sido parcelas vacías en su paseo de la noche anterior, se estaban llenando o ya estaban llenos. El grupo pasó junto a formas, torres y lo que parecían ser edificios que estaban tomando forma. La gente se movía bajo el resplandor de las luces de trabajo, las linternas y los faros que se balanceaban por los campos. Voces, música y risas surgieron de la oscuridad.

—¡Oh, gracias a Dios! —dijo Sequoia, acercándose a una fila de portos.

—Yo vigilaré tu moto —dijo CT—. Adelante.

Sequoia se bajó de la moto y corrió hacia el porto. Volvió pronto, y CT y Diane se dirigieron a otros portos.

—Asegúrate de comprobar el asiento y el suelo antes de sentarte —dijo CT antes de desaparecer.

Diane entró en su porto y tanteó con su faro.

—Mierda —dijo, tratando de imaginar todas las correas que tendría que deshacer solo para orinar.

—¿Qué pasa? —la voz de Sequoia llegó desde fuera.

—Cosas de mujeres. Necesito luz...

—Aquí —dijo Sequoia.

Diane pudo escuchar algo en la parte superior del porto. El interior se iluminó de repente lo suficiente para que ella pudiera ver. Sequoia debe estar presionando su linterna contra el techo.

—¡Gracias! —dijo Diane, mirando a su alrededor. El espacio estaba bastante limpio, incluso tenía un rollo de papel. Deshaciendo lo suficiente de sus cosas para hacer su negocio, ella había terminado en un instante. Se abrochó el cinturón lo suficiente como para moverse y salió.

—Desinfectante al final —dijo CT.

Diane se acercó, se echó un chorro en las manos y se dirigió a las motos. Montada, siguió las luces de CT y Sequoia. Las calles estaban muy oscuras, y ella estaba un poco confundida en cuanto a dónde estaba.

—¿Dónde está Jeremy? ¿Lo hemos perdido? —preguntó Diane.

—Eso pasa —dijo Sequoia—. Pasa mucho cuando hay más gente. Por eso tienes que llevar todas tus cosas. ¿Cuál es la ubicación del campamento, Diane?

—Tres y media y E —respondió Diane.

—Bien. No lo olvides. Está en las etiquetas de tus cosas, ¿verdad?

—¿Como la moto?

—Cualquier cosa que pueda perder y que quiera volver a ver, como la bicicleta, el abrigo, las bolsas, el cinturón, las botellas de agua.

—¿La gente devolverá esas cosas?

—Sí, o a los objetos perdidos —dijo CT, pedaleando—. Pero sin nombre ni campamento, no hay vuelta atrás.

—Aquí estamos —dijo Sequoia, deslizándose hacia el campamento.

El bar estaba iluminado, la gente se arremolinaba, la música sonaba. Diane dejó su bicicleta y sus cosas, y se acercó a tomar asiento en la barra.

—¿Qué puedo ofrecerte? —preguntó Twinkle con una sonrisa desde detrás de la barra.

—Whisky, supongo —dijo Diane—. ¿Qué es bueno?

—Prueba esto. A ver si te gusta —dijo Twinkle, vertiendo un chorrito en la taza de Diane.

Diane probó el líquido. Era ahumado y dulce. Asintió con la cabeza. Twinkle añadió un buen trago a su taza y se marchó.

—¿Disfrutas del día, querida?

Diane se volvió y vio a Sheba de pie detrás de ella. Llevaba el pelo recogido en la parte superior de la cabeza. Llevaba un vestido de seda oscura que fluía y se ceñía al mismo tiempo. El resplandor de los candelabros y las lámparas del bar la iluminaban tenuemente.

—¿Tienes fuego? —preguntó Sheba, indicando su cigarrillo.

—¿Tienes otro? —preguntó Diane, sacando un mechero.

Sheba cogió el mechero que se le ofrecía, cogiendo la muñeca de Diane para estabilizarla, e inhaló. Luego sacó un paquete de la parte superior de su bota y le ofreció un cigarrillo a Diane.

Diane cogió el cigarrillo y lo encendió. Sheba se sentó a su lado.

—Entiendo que hoy te haya sorprendido mi atrevimiento. Te pido disculpas si te he hecho sentir incómoda de algún modo.

Diane negó con la cabeza, sorprendida.

—No respondas, cariño, puedo verlo en tu cara —dijo Sheba, tocando su brazo—. ¿Estaba tu gorra puesta hacia Jeremy? ¿Me he entrometido en tus planes?

A Diane le pilló desprevenida la pregunta directa.

—Yo . . . —Diane comenzó.

—De nuevo —dijo Sheba—, puedo verlo en tu cara. No te preocupes. *Nous avons eu une bonne baise*, nada más. Es muy gentil, ese.

—¿Qué ha hecho? —preguntó Diane, sin entender la frase en francés.

—No importa. Ahora seremos buenas amigas. ¿Qué piensas hasta ahora de... —Sheba hizo un gesto con el cigarrillo— ... todo esto?

—Es mucho —respondió Diane—. Mucho que asimilar.

Sheba se rio y echó la ceniza en el cenicero.

—Cuéntame más —dijo Sheba, acercándose.

—Esta noche he visto obras de arte como nunca había visto. Fuego y acero... y...

—¿Y qué? —Sheba se acercó más, buscando en la cara de Diane—. Hmmm, ¿algo más?

—Bueno —dijo Diane, bajando los ojos—. Había...

—¿Un hombre? —preguntó Sheba, con sus ojos azules brillando—. ¿Una mujer? ¿Cuál? Exijo que me lo digas ahora.

—Un artista.

—Oh, delicioso —dijo Sheba, riéndose—. ¿Una Adonis de extremidades finas, pintando gasas en pechos maduros?

Diane se rio. Después de solo unos minutos, se sentía completamente cómoda con esta mujer inusual.

—No —dijo Diane definitivamente—. Es definitivamente masculino, trabajando en el fuego y el acero.

—Hmmm —dijo Sheba, dando un trago a su taza—. ¿Y quieres a este hombre? ¿Sexualmente?

—Yo... yo... —Diane tartamudeó.

—Espera —dijo Sheba—. Necesitamos bebidas.

Con esto, Sheba bajó de su taburete, se giró y se puso de rodillas, alcanzando la barra y llenando dos tazas. Diane se sorprendió al ver que, cuando el vestido de Sheba se levantó, quedó al descubierto su trasero, sin ropa interior a la vista. Un silbido de lobo sonó desde la oscuridad. Sheba se giró, hizo un gesto a la oscuridad y volvió a sentarse.

—Ahora, ¿quieres a este hombre, sí? —preguntó Sheba, entregándole a Diane la taza casi llena—. Dime, y lo que es más importante, dilo de verdad.

Diane bebió un trago de la taza y reflexionó, luego compartió un pensamiento más profundo de lo que normalmente se hubiera atrevido.

—Sí, más que nada en este momento —dijo Diane—. No puedo explicarlo.

—Sí —dijo Sheba—. Ahora la verdad sale a la luz. Debes ir con él. Llévatelo.

—Yo . . . —Diane comenzó—. Es un poco tarde. A qué hora...

Sheba agarró a Diane por el cuello y la miró profundamente a los ojos.

—La hora es ahora. Tu hora es ahora —dijo Sheba intensamente.

—¿Y si se ha ido? ¿Qué...?

—No pienses, solo hazlo. Ahora bebe conmigo, amiga mía, y vive.

Sheba bebió, levantando la copa de Diane con la otra mano y acercándola a los labios de esta. Diane tragó, atragantándose con el whisky, terminando la copa, respirando con dificultad.

—Bien —dijo Diane, jadeando—. Ya lo tengo.

—Bien —dijo Sheba, tomando a Diane por los hombros, poniéndola de pie y dándole la vuelta—. Recuerda, un beso no es un contrato, y esta noche no es mañana. Vive ahora.

Con eso, Sheba le dio una palmada en el trasero a Diane, impulsándola hacia adelante, y caminó con ella hacia su cochera.

—Recoge tus cosas —dijo Sheba.

CT se acercó a ellos.

—¿A dónde vas? —preguntó CT.

—Va a vivir —dijo Sheba—, a probar la vida, a experimentar la pasión y la verdad.

—¿Una cena? —preguntó CT.

—Un artista —dijo Sheba, metiendo la mano en una bolsa de su cinturón y entregándole algo a Diane.

—¿Condones? —preguntó Diane, mirando los paquetes.

—Por supuesto —dijo Sheba—. Vivimos como adultos, no como niños. Ya tienes suficiente, tus gafas, tu máscara, tu shemagh. Agua —Sheba metió la mano en la nevera del suelo —. Aquí hay algunas cervezas. Ahora vete. Tienes todo lo que necesitas. Tienes lo más importante.

—¿Su vagina? —preguntó CT.

Sheba se volvió hacia CT.

—Su alma —dijo Sheba con dramatismo, y luego se volvió para mirar a Diane a los ojos—. Su alma.

—Hazme sentir orgullosa —dijo CT.

CAPÍTULO 11

Diane montó la moto y encendió las luces intermitentes. La cabeza le daba vueltas. El discurso de Sheba había sido estimulante, como el de un rey en la víspera de la batalla. Diane salió al encuentro de su búsqueda.

Mientras dirigía la moto por la calle oscura, pasaban más coches, camiones y caravanas de lo que ella hubiera esperado. El ruido de los motores, la música y las risas estaban en el aire. Los vehículos se arrastraban lentamente, con el polvo suspendido en los múltiples faros mientras se dirigían lentamente a sus destinos.

—Así es, la Puerta se ha abierto esta noche —dijo Diane a la oscuridad.

Navegando por una miríada de calles, Diane llegó por fin a la Explanada, la última carretera antes de la playa. Se dirigió entre las farolas, tratando de recordar dónde estaba la obra de arte. Se sintió un poco confundida sobre la dirección, pero sabía que estaba más allá del Hombre, más allá del Templo. En la playa profunda.

Mientras pedaleaba en la oscuridad, con el viento pasándole por encima y alborotándole el pelo, sus pensamientos se convirtieron en dudas.

—¿Qué coño estoy haciendo? —dijo Diane a la noche mientras empujaba la bicicleta, queriendo volver atrás pero queriendo seguir adelante. Una visión de energía masculina la impulsaba. Pasó las luces del Hombre, cada bajada de su pie producía un ligero chirrido de la cadena. Apenas había luz de luna. Las luces de su bicicleta eran un aura resplandeciente que alejaba la oscuridad bajo el cielo infinito. El haz de luz de su faro se extendía ante ella sobre el gris polvoriento de la playa.

Diane avanzó durante lo que pareció una eternidad. El sitio del templo iba y venía. Se detuvo en el borde de la luz más allá del perímetro y escudriñó la desalentadora oscuridad ante ella, tomando un trago de agua de la botella, el sabor alcalino del polvo en su boca aclarándose con el líquido caliente.

Con el Templo a su espalda, apuntando su bicicleta hacia la izquierda, siguió adelante.

Probablemente ni siquiera lo encuentre, pensó Diane. *Dios, deben ser las dos de la mañana y estoy dando tumbos en medio de la nada.*

La emoción y la resolución se apoderaron de ella. Su estómago se agitaba, su boca estaba seca, el sudor se acumulaba en su frente, desapareciendo en la sequedad de la noche fresca. Una onda de luces rojas parpadeantes le resultaba familiar a lo lejos, y se dirigió hacia ella. Las piernas empezaban a arder, cada vez que pisaba el pedal le temblaban por el esfuerzo.

¿Qué coño estoy haciendo? pensó Diane de nuevo. *No sé nada de este tipo.*

Al detenerse de nuevo en la silenciosa oscuridad, se sintió sola pero sin miedo. Se sentó a horcajadas sobre la bicicleta y bebió de la botella de agua hasta que se vació. Al volverse por un momento, pudo ver la ciudad, las luces y el movimiento de los vehículos a lo lejos. La noche era un silencio a su alrededor. Empezó a avanzar de nuevo, con su respiración y los latidos de su corazón como piedras de toque en el aura de luz.

Diane guardó la botella de agua en su soporte cuando el viento empezó a arreciar. Se enderezó las gafas y se colocó el pañuelo alrededor de la cabeza, luego sobre la cara y la máscara antipolvo. Entonces, al levantar la vista, se dio cuenta de que había llegado a la obra de arte. Los intermitentes rojos la habían guiado hasta aquí a través de la silenciosa y polvorienta llanura.

El lugar era oscuro y silencioso. Aparcó la moto y se quedó

parada un momento, con la obra de arte sobresaliendo por encima de ella. Apagó las luces de la moto y el faro y respiró profundamente, esperando a que volviera su visión nocturna. Tomando las latas de cerveza de su alforja, recorrió lentamente el perímetro, dirigiéndose a la consola de control. La mínima luz de las estrellas y el tenue destello de las luces del perímetro eran todo lo que tenía para ver.

Respiró superficialmente, sorbiendo el aire fresco de la noche. Su estómago se agitaba por la ansiedad y la excitación. Diane intentó pensar en lo que podría decir, pero no se le ocurrió nada. Con cuidado, pudo distinguir la consola de control. Pensando en hombros fuertes y manos grandes, se armó de valor para avanzar.

—¿Puedo ayudarte? —la voz de una mujer salió directamente de la penumbra a los pies de Diane.

Diane dio un salto, sobresaltada, y dejó escapar un aullido.

—¿Estás bien? —preguntó la mujer.

—Bueno, eh... —Diane tartamudeó. Esto no era lo que ella esperaba.

—¿Has venido a buscar a Malcolm? —preguntó la voz, sonando divertida.

Diane se sonrojó profundamente, sorprendida de que el resplandor de su rostro no aumentara la luz.

—Sí, me encontré con él esta noche. Y yo...

—¿. . . querías hablar de arte?

Diane creyó detectar un matiz de burla.

—Bueno, sí, supongo —respondió Diane—. Bueno, yo... supongo que... . .

—¿Tienes una cerveza en la mano? —preguntó la voz—. Me llamo Susan, por cierto.

—Diane. ¿Quieres una?

—Claro, siéntate.

Diane tomó un lugar en el suelo, la playa áspera y seca crujiendo bajo ella, y le entregó a Susan una cerveza. Las dos abrieron las tapas y tomaron un sorbo cada una.

—Ahhh, qué bien —dijo Susan—. Tengo la guardia hasta el

amanecer. Tengo que proteger la pieza de arte.

Las dos mujeres se sentaron en silencio. Diane sintió que la estaban midiendo un poco.

—Entonces, ¿realmente viniste a hablar con Malcolm sobre el arte? —Susan añadió, con un tono ligero—. ¿O de otra cosa?

Diane sonrió en la oscuridad. Podía distinguir la figura de Susan.

—Algo más, tal vez —admitió Diane—. ¿Es tan evidente?

Susan se rio.

—Cariño, eres la segunda esta noche.

Hubo un tiempo de silencio cuando Diane se dio cuenta de lo que había dicho Susan. Entonces las dos mujeres comenzaron a reírse.

—Oh, eso no tiene precio —dijo Diane—. No puedo creer que haya rodado hasta aquí en medio de la noche.

—Bueno —dijo Susan, riendo—, al menos no fuiste voluntaria en un proyecto de arte durante un año.

Hubo otro latido, y luego las mujeres comenzaron a reírse en oleadas.

—¿Te ofreciste como voluntaria porque querías estar con Malcolm? —preguntó Diane—. ¿Funcionó?

—No, es un maldito despistado —dijo Susan—. Brillante, guapísimo y completamente concentrado en su trabajo. Estaba llegando al punto de considerar la posibilidad de hacerle un roofie -no es que lo haría nunca-, pero entonces sucedió algo más.

—¿Qué es eso? —preguntó Diane.

—La obra —dijo Susan, señalando la escultura—. Me enamoré de la obra. Cuando empecé, no sabía soldar, no entendía de electricidad, ni de metalistería, ni de fuegos de propano, nada. La mujer que era antes no habría pasado la noche protegiendo una obra de arte en un desierto en un saco de dormir. Pero cambió. . . Yo cambié. Y ahora la pieza está aquí, y yo ayudé, realmente ayudé. Mi trabajo como parte de un equipo hizo que esto sucediera. Y ahora que sé cómo hacerlo, estoy planeando mi propia pieza.

Las dos mujeres se sentaron en la oscuridad. Diane terminó su cerveza.

—Si te sirve de consuelo, tiene un micropene —dijo Susan mientras Diane se ponía en pie.

—¿Qué? —dijo Diane—. ¿Cómo lo sabes si no han estado juntos?

—Lleva una falda escocesa —dijo Susan—. Sostengo escaleras.

—¿De verdad tiene un micropene? —preguntó Diane, riendo.

—No, en realidad no. Es una trompa de elefante —dijo Susan, sacudiendo la cabeza—. Qué desperdicio. Lo conozco desde hace un año y no conozco a nadie con quien haya salido.

—De acuerdo —dijo Diane—. Supongo que debería irme, entonces. Ha sido un placer conocerte.

—A ti también —dijo Susan.

Diane se dirigió a su moto. Se montó en ella, encendió las luces y se marchó.

—Si no te arriesgas, no ganas —reflexionó en voz alta.

Al adentrarse en la noche, Diane notó que el camino era más fácil. Se preguntó si la llanura aparentemente plana estaba en realidad un poco inclinada, con un descenso gradual a medida que se dirigía a la ciudad. Las luces en la distancia parpadeaban. Al observarlas, Diane se dio cuenta de que eran cada vez más tenues, no más brillantes. De repente se dio cuenta de lo que estaba pasando.

Se colocó la máscara de neopreno y se ató el pañuelo con más fuerza. Justo cuando se había ajustado las gafas, se desató la tormenta de polvo. La visibilidad se redujo instantáneamente a cero. Entre el polvo y la oscuridad de la noche, Diane estaba casi ciega. Controlando su respiración, Diane se esfuerza por calmarse. La máscara y el chaleco le permiten respirar, aunque con esfuerzo. Sin ellos, el polvo habría sido demasiado. Agradeció que le hubieran advertido tantas veces de que debía ir equipada.

Al bajarse de la moto, Diane comenzó a caminar lentamente en la dirección que creía que la llevaría a la ciudad, o al menos al Templo o al Hombre, para orientarse.

¿Cuánto tiempo podría durar? pensó Diane mientras caminaba.

La dirección parecía correcta y Diane estaba segura de que la ciudad no podía estar muy lejos. Estaba muy cansada -el viaje le había costado muchas fuerzas-, pero sonreía para sí misma. Todo aquello era bastante ridículo. Diane siguió avanzando, empujando lentamente la moto, bostezando bajo la máscara. Se limpió la película de polvo de las gafas.

Debe de estar desapareciendo, pensó Diane. Podía ver un poco mejor.

Le empezaban a doler las piernas y los pies. Entonces pudo distinguir un débil resplandor amarillo, una especie de globo, pequeño en la oscuridad. Cambiando de dirección, se dirigió hacia la luz.

Pronto Diane pudo ver que la luz decía TAXI en letras negras. Al acercarse, pudo ver que estaba encima de un taxi amarillo antiguo. Su mente tenía problemas para procesar que había un taxi antiguo en medio de una tormenta de polvo en el desierto. Caminando hacia la puerta del conductor, pudo distinguir un cartel en la puerta que decía "Black Rock City Taxi". Otro cartel, en la ventanilla del pasajero, decía "Video en uso".

—¿Necesitas que te lleven? —dijo una voz desde la ventanilla del conductor, ahora resquebrajada.

—Um —dijo Diane, con la voz amortiguada por la máscara—, sí, supongo que sí. Estoy un poco perdida.

—Pon tu bici en la parte de atrás y sube —dijo el conductor antes de subir la ventanilla.

Diane subió su bicicleta al portaequipajes fijado en el parachoques trasero del coche. Abrió la puerta del pasajero y se deslizó en el enorme asiento trasero. El polvo era mínimo en el interior y el coche estaba en silencio. Unas pequeñas luces iluminaban el asiento trasero. No pudo ver mucho del conductor.

—Reglas del viaje —dijo el conductor—. O hablas o te vas. Esto es un archivo de vídeo de las experiencias de Burning Man, video y audio. Haz lo que quieras, pero tienes que contar una historia. ¿Estás de acuerdo? ¿Das tu consentimiento?

—Claro —respondió Diane—. Doy mi consentimiento.

—¿A dónde te diriges?

—¿Por qué estás aquí? —preguntó Diane.

—A esperarte, por supuesto —respondió el conductor—. Ahora, ¿a dónde?

—A mi campamento, supongo —dijo Diane—. Tres y media y E, Presidentes Muertos.

—De acuerdo —dijo el conductor—. ¿Cuál es tu historia?

El taxi comenzó a avanzar lentamente. El conductor pulsó un interruptor y los LED amarillos del exterior del coche empezaron a parpadear. Diane empezó a hablar de su aventura de aquella noche. Se había quitado la máscara pero seguía con las gafas puestas, y con este disfraz se sentía segura al hablar de los acontecimientos de la noche en vídeo.

El conductor estaba casi siempre callado. Ahora Diane podía ver que era un poco mayor que ella. Llevaba una camisa con cuello y un sombrero. Su voz era tranquilizadora y le sonsacaba más detalles de su historia. Le pidió más detalles en algunos puntos y se rio en otros.

El viaje transcurrió sin problemas y, casi con demasiada rapidez, el coche se detuvo.

—Tres y media y E —dijo el conductor—. Su parada.

—Gracias —dijo Diane, y abrió la puerta.

La tormenta había pasado, y ella estaba frente a Presidentes Muertos. Todo estaba oscuro y silencioso, y ya se había aclarado el cielo. Sacó su bicicleta de la parte trasera del taxi y dio un golpe en el lateral. El taxi se alejó, con sus luces amarillas parpadeando, iluminando la calle. Diane miró hacia la bicicleta para apagar sus luces. Cuando levantó la vista, el taxi había desaparecido.

Vaya, qué noche más rara, se dijo Diane, y luego entró en el campamento y se fue a la cama.

CAPÍTULO 12

Domingo, 30 de agosto, seis días hasta que comience la Quema del Hombre

Diane se despertó con el sonido de la cremallera de su tienda de campaña abriéndose. Al abrir un párpado, vio que CT le sonreía.

—Diez minutos más —murmuró Diane.

—No —dijo CT mientras se metía en la tienda y se ponía encima de Diane, hundiendo la cara en el cuello de ésta y emitiendo sonidos de resoplido.

Diane giró la cabeza de un lado a otro y, a pesar de su somnolencia, empezó a reírse con su amiga.

—¿Cómo ha ido? —preguntó CT, moviendo las cejas en la cara de Diane.

—Hmmph —dijo Diane—. Nunca lo contaré.

—¿Café? —preguntó CT—. Es el primer día del resto de tu vida. No te dejaré dormir durante el Burning Man. Todavía tenemos que terminar de construir.

—Café —aceptó Diane.

CT salió de la tienda. Diane pudo oírla rebuscar mientras tarareaba para sí misma. Parpadeando, Diane se incorporó. A pesar de la falta de sueño, se sentía bastante bien.

CT se arrodilló junto a la puerta de la tienda y le dio una taza de café. Diane le dio un sorbo, despertándose. Podía saborear la crema irlandesa. Sería fácil acostumbrarse a ella.

Sonriendo ante el entusiasmo de su amiga, Diane se levantó

y se ocupó de sus necesidades matutinas, luego se acercó al lavabo del estanque de evaporación. Al asomarse a la estructura vacía de la ducha, vio una bolsa de ducha medio llena colgando. Volvió a la cochera y cogió los artículos de aseo y una toalla. El agua estaba fría pero era estimulante, y el rápido enjuague la despertó por completo y la preparó para afrontar el día. El tiempo estaba despejado y el sol de la mañana se sentía bien en su piel.

Diane se vistió rápidamente y se dirigió al bar. CT estaba de pie junto al barril de la hoguera, hablando con un hombre que, obviamente, acababa de llegar. Diane había notado que los recién llegados eran fáciles de distinguir. Estaban limpios. Todos los que llevaban más de un día en la playa tenían un aspecto polvoriento.

—Diane —dijo CT—, te presento a Billy.

—Hola, Billy —dijo Diane.

—Hola, Diane —dijo Billy. Levantó los brazos y ella se acercó a ellos de buena gana. Sus brazos delgados y fuertes la abrazaron. Era por lo menos una cabeza más bajo que ella.

—Estuvo en la fila de la Puerta durante ocho horas —dijo CT.

—Vaya —dijo Diane.

—La tormenta de polvo de anoche cerró la Puerta —dijo Billy, apoyándose en su camión—. Hubo alguna fiesta improvisada en la cola, pero yo solo me desbordé.

—¿Qué hay en el remolque? —preguntó Diane.

—¡Es la Estrella de Mar! —exclamó CT.

Diane ladeó la cabeza con desconcierto.

—¡El coche artístico Estrella de Mar! —dijo CT—. ¡Una atracción con encanto submarino!

Billy se rio.

—Lo montaré hoy en algún momento —dijo Billy—. Primero, encontraré a Twinkle y veré dónde instalarlo. Luego pondré en marcha la Estrella de Mar. El registro comienza hoy.

—Tenemos que ir al DMV —dijo CT—. Departamento de vehículos mutantes. Podrás ver todos los coches artísticos.

—Suena bien —dijo Billy—. Encantado de conocerte, Diane.

Hablamos más tarde, CT.

—¿Qué pasa con las tareas del campamento? —Diane preguntó a CT mientras Billy se alejaba.

—Las hice por ti —dijo CT—. Gaseé los generadores, clasifiqué los materiales para quemar, llené las bolsas de las duchas e hice la limpieza del bar. Podemos hacer la patrulla MOOP mientras te tomas el café. Luego completamos la construcción.

Recorriendo el campamento en una cuadrícula, superponiendo líneas, las dos mujeres escudriñaron el terreno. A Diane le sorprendió que CT recogiera los objetos más pequeños, como purpurina, astillas de tablas, lentejuelas y otros pequeños detritos. Nada era demasiado insignificante para ser recogido. Diane también se sorprendió de la cantidad de cosas que ya estaban en el suelo.

—Círculo arriba —anunció Twinkle desde la barra.

El campamento se reunió. A Diane le sorprendió ver tantas caras nuevas. La parcela que ocupaba el campamento se estaba llenando. Los campamentos de alrededor también se iban llenando, a medida que llegaba más gente. La ciudad estaba tomando forma.

—Hoy es el último empujón antes de la fiesta de esta noche —dijo Twinkle al grupo reunido—. Tenemos que poner el suelo en la tienda de yoga, terminar las luces del bar y luego recoger nuestras zonas. Vamos a ello.

Diane fue con el grupo a hacer el suelo de la carpa de yoga. Cargaron pesados y polvorientos rollos de láminas de vinilo en el carro de servicio pesado, luego los colocaron debajo de la estructura y los fijaron con estacas al suelo. El trabajo se hizo más difícil por el viento que se levantó en oleadas, pero finalmente se hizo.

Tras una breve pausa, Diane ayudó a colgar más luces en el bar. Las cuerdas de LED y las lámparas de araña estaban conectadas a los cables de alimentación, cada uno de los cuales tenía que estar cubierto para que nadie tropezara con él. Diane trabajó con Jeremy, cavando una zanja en la tierra.

Justo cuando terminaron esta tarea, el viento comenzó a aumentar, el polvo se movía en oleadas por el camino frente al campamento. Diane podía sentir que el aire seco le absorbía la humedad del cuerpo.

—Tomen un descanso —dijo Twinkle, a través de su máscara antipolvo, a Diane y Jeremy—. Esperen a que pase la tormenta. El contenedor no es un mal lugar para eso. Cojan una silla.

Encontraron sillas de camping y se dirigieron al contenedor. La mayor parte de su campamento ya estaba allí. La caja tenía poca luz en su interior, pero daba cobijo al duro viento y al polvo. Diane bebió un trago de agua cuando le pasaron una botella de whisky. Al escuchar las conversaciones de la gente que apenas conocía, pudo sentir la camaradería inherente a realizar una tarea difícil juntos. Eso hacía que la gente se uniera rápidamente para enfrentarse a la adversidad, los sacaba de sus rutinas habituales.

Al cabo de una hora, el viento fue amainando poco a poco. El sonido del polvo que raspaba los lados de acero del contenedor disminuyó.

—Hagamos un MOOP y empecemos a empaquetar todo lo que no necesitamos —dijo Twinkle en la puerta.

El viento había movido muchos objetos sueltos, y algunos estaban completamente esparcidos por la parcela. Caminando por la zona de acampada, Diane se sorprendió de lo rápido que se había llenado con la llegada de los campistas. Las autocaravanas se alineaban en los perímetros para reducir el viento. Tiendas de campaña, estructuras de sombra, vehículos y una estructura hexagonal reflectante con lados duros sujetos con cinta adhesiva hacían un revoltijo de caminos a través de la parcela ya llena.

Con todos los campistas trabajando, el terreno quedó listo en una hora. Por último, se terminaron los toques de iluminación alrededor del campamento y del bar. Se erigió un mástil y se colgó la bandera de los Presidentes Muertos.

Con CT y Jeremy, Diane terminó de colocar un buzón unido a un trozo de barra de refuerzo en el lado de la carretera.

—¿Para qué es esto? —preguntó Jeremy.

—Recibimos el correo —respondió CT—. Hay una oficina de correos de Burning Man, y puedes enviar mensajes desde allí a cualquier campamento si conoces su nombre y su ubicación. También hay un periódico, llamado Piss Clear. Los voluntarios lo reparten.

—¿Acaso se lee? —preguntó Diane.

—Más de lo que crees —respondió CT.

Pasaron a montar dos carteles que decían —no pasar, zona privada.

—¿La gente se pasea por aquí?

—Sí —dijo CT—. Se considera de mala educación deambular por las zonas de acampada privadas de otras personas. Sin embargo, se supone que todos los campamentos tienen algunas zonas interactivas abiertas, como nuestro bar y la tienda de yoga.

Era media tarde cuando el trabajo estaba terminado a satisfacción de CT y Sequoia. La mayor parte del campamento se relajaba en las zonas del bar y la cúpula, rehidratándose y disfrutando de cócteles. Diane, agotada por el trabajo físico desconocido, el sol y el polvo, tomó un trago de whisky y se acostó en la sofocante tienda.

El sonido de la música sacó a Diane de su siesta. Había sido buena a pesar del calor. Limpiándose la baba y el sudor de la cara, parpadeó despierta, estiró los brazos y se sentó. Todavía había luz en el exterior.

Diane buscó a tientas su botella de agua y bebió un trago profundo y satisfactorio hasta vaciar todo el cuarto de galón. Salió de la tienda, se estiró y se retorció de nuevo, recuperando fuerzas. Al hacerlo, Diane se dio cuenta de que había una gruesa capa de polvo sobre todo lo que había en el garaje, sobre cada cosa. La insistencia de CT en poner su ropa de vuelta a casa en una bolsa de plástico tenía ahora mucho más sentido. Diane llenó su botella del recipiente de cinco galones que había sobre la mesa y se sentó a dar un sorbo.

¿Cuándo fue eso? ¿Cuándo he llegado? pensó Diane. *¿Solo cinco*

días? ¿Solo han pasado cinco días hasta ahora?

Gran parte de la experiencia había sido vivir en otro nivel, condensar lo que se podía experimentar en el día a día en una marcha nueva y superior. Era emocionante cuando lo hacías, abrumador si intentabas asimilarlo todo. Diane entendía ahora por qué no se podía explicar esto a nadie que no estuviera aquí. Había que sumergirse en él.

Cerrando los ojos, dejó que su mente vagara. En el campamento se oían voces, risas y música. El calor había disminuido pero seguía siendo agobiante. Diane sentía que se estaba aclimatando, pero probablemente seguía deshidratada. Se dio cuenta de que no había orinado durante la tarde. Al terminar su segundo litro de agua, se dio cuenta de que, probablemente, la deshidratación era la razón por la que el trago de whisky después del almuerzo la había golpeado tan fuerte. Rellenó su botella de agua y decidió beber agua hasta que tuviera que ir al baño.

¿Cómo puede funcionar todo esto tan bien? pensó Diane mientras daba un sorbo. *¿Cómo puede venir tanta gente a una zona tan desolada y hostil y prosperar?*

—Bien, estás despierta —dijo CT, entrando en la cochera.

—Estoy despierta —dijo Diane, abriendo los ojos.

—Estamos en el equipo de ensalada para la cena —dijo CT—. Te sugiero que tomes una ducha y te encuentres conmigo en la cocina. Esta noche es la tradicional noche de espaguetis. Buena base de carbohidratos para el alcohol.

—Estás planeando emborracharte —dijo Diane, sacando los pies y sentándose en el borde del colchón de aire. Pudo ver que CT ya se había duchado, porque estaba allí de pie envuelta en una toalla.

—Sé que probablemente me emborracharé esta noche —dijo CT—. Pero los espaguetis ralentizarán la bebida, y el agua que voy a beber me ayudará a no pasar mañana con resaca.

—Claro, ya lo veo —dijo Diane, levantándose.

Diane recogió sus cosas y utilizó el porto, luego fue a la ducha. Tuvo que esperar a otro campista y preparar una bolsa de ducha llena. Como antes, el agua calentada por el sol le pareció gloriosa. El tornado la había empolvado y le había formado una costra de sudor y crema solar, y el simple jabón y el agua la restauraron. Mientras se enjabonaba, se dio cuenta de que la piel de las piernas y los brazos se estaba bronceando.

De vuelta al garaje, se aplicó loción, se puso un sencillo vestido de algodón ceñido y calcetines y zapatos nuevos y se dirigió a la cocina. CT señaló con un cuchillo un montón de verduras. La cocina estaba llena de gente, con ollas de salsa y fideos cocinándose a fuego lento en las parrillas de gas. La gente charlaba y bebía en las mesas centrales. Se respiraba el ambiente de una gran cena familiar.

Diane colaboró alegremente cortando pepinos, tomates, calabazas y otras verduras. Alguien le ofreció un poco de sangría helada y ella aceptó. Antes de que se diera cuenta, la preparación de las verduras había terminado. La gente empezó a llenar sus platos, a buscar sitio para sentarse y a comer los montones de comida.

—¿Qué tenemos que hacer para la fiesta? —preguntó Diane.

—Los platos, la basura, poner en marcha el barril de la quema, en general enderezar —dijo CT—. Luego nos ponemos guapos y nos divertimos.

Diane, CT y Jeremy terminaron sus tareas de limpieza rápidamente. CT y Diane se retiraron a su espacio y se maquillaron mientras tomaban más sangría. El bar ya atraía a la gente y la música estaba muy alta. Al entrar de nuevo en el bar, Diane vio a Tane, Ahora y Ollie hablando con Jeremy.

—Hola, amiga —dijo Ahora, compartiendo el *hongi* con Diane, seguido de un abrazo.

—Hola, Ahora —Diane compartió el *hongi* con Tane y Ollie—. Qué traje tan fantástico.

Diane admiraba la capa que rodeaba los hombros de Ahora. Era multicolor, con muchas texturas y tejidos. Los hombres llevaban telas similares alrededor de la cintura.

—¿Qué puedo ofrecerte? —preguntó Diane.

—Siempre me gusta la cerveza —dijo Ollie.

—Te traeré una fría —dijo Diane—. ¿Tane? ¿Ahora?

—Nada de alcohol, gracias. Agua o zumo estarán bien —dijo Tane.

—Lo mismo —dijo Ahora.

El bar solo servía whisky, así que Diane buscó en su nevera y se dio cuenta de que CT había rellenado el hielo. Encontró una cerveza fría y dos aguas de coco.

—¿Funcionarán? —preguntó Diane.

Ollie cogió su cerveza con ganas, abriéndola y dando un sorbo.

—¿Es una broma? —dijo Tane con un tono potente y serio, mirando el agua de coco. Su rostro, cubierto de tatuajes, tenía un aspecto ominoso a la luz del fuego del barril quemado —. ¿Crees que porque somos nativos de la isla y gente de piel morena queremos agua de coco? ¿Es eso lo que piensa de nosotros?

Los ojos de Diane se abrieron de par en par. Tane se cernió sobre ella al acercarse, mirándola fijamente a los ojos. Jeremy fue a dar un paso adelante, con el rostro serio, pero Ollie le agarró del brazo.

—¡Oh, tu cara! —dijo Tane, con una sonrisa en la cara. Rodeó los hombros de Diane con un gran brazo—. Eso no tiene precio.

Tane se reía, abrazando a Diane.

—Gran imbécil —dijo Ahora, apartando a Tane con brusquedad—. La has asustado.

Ahora rodeó a Diane con sus brazos, dándole un abrazo.

—¿Estás bien? —preguntó Ahora, mirando a la cara de Diane.

—Sí —dijo Diane—. Estoy bien.

Ahora se volvió para reñir a Tane un poco más. Jeremy se puso delante de Diane.

—¿Estás bien? —preguntó.

—Sí. ¿Por qué siguen preguntándome? —preguntó Diane.

—Porque parecía que estabas a punto de orinarte en los pantalones —dijo CT, acercándose.

Tane se acercó a Diane, con la cabeza colgando, y se arrodilló. Tane se acercó a ella con sus grandes manos. Diane dudó, y luego colocó sus manos en las enormes de él. Tane levantó la vista, con el rostro serio.

—Diane —dijo Tane, mirándola con seriedad—, te pido disculpas si te he asustado. A veces me olvido de mí mismo. ¿Me perdonas? ¿Podemos seguir siendo amigos?

—Sí —dijo Diane, sonriendo.

Tane se levantó y realizó una amplia reverencia.

—Entonces tomaré una copa contigo para celebrar nuestra amistad —Tane tomó su mano y la puso en el pliegue de su codo mientras la acompañaba al bar.

Riendo y sentada en la barra, Diane charló con mucha gente. Al terminar su bebida, sentada entre Tane y Ahora, observó a Sheba entrar en el bar, vestida de punta en blanco con un vestido de terciopelo azul de corte bajo y sujeto con un broche por debajo de los pechos. Por debajo del cierre, el vestido se abría para mostrar los abdominales de Sheba. Unos pantalones cortos de terciopelo azul y unas botas de terciopelo azul hasta el muslo completaban el conjunto. El cabello de Sheba estaba formado por intrincados rizos adornados con una corona de palitos negros. Su rostro estaba perfectamente maquillado, con un delineador de ojos oscuro y un lápiz de labios rojo brillante.

Sheba se acercó a la barra como una pantera y se colocó justo delante de Tane. El hombre era fácilmente tres veces más grande que ella, pero se inclinó sin miedo hacia él. Tane le devolvió la mirada, tomándola en cuenta.

—Estás en mi asiento, amor —dijo Sheba.

Tane levantó las cejas y dejó libre la silla.

—Gracias —dijo Sheba. Se sentó, deslizó su taza sobre la barra y dirigió su atención a Ahora, ignorando a Tane, que estaba de pie junto a ellos, incómodo.

—Es precioso —dijo Sheba, mirando el tatuaje facial de Ahora —. ¿Es tradicional?

Diane no estaba segura de cómo lo había hecho Sheba, pero en cuestión de segundos, Sheba y Ahora estaban charlando como si fueran amigas perdidas. Tane se alejó para situarse junto al grupo de gente que estaba al lado del barril de la hoguera.

—Vaya —dijo Ahora, levantando su vaso para cubrirse al hablar—. ¿Quién es ese?

Diane miró hacia allí. Malcolm había entrado en el bar con Susan y Steven. Con unos pantalones de cuero desgastados, una camiseta blanca de tirantes y un abrigo negro de cola larga, sonrió al acercarse.

—Diane —dijo Malcolm, dándole un abrazo—. ¿Cómo estás?

Su abrazo olía a cielo. Diane se sonrojó a su pesar. Miró por encima de su hombro a Sheba, que enarbolaba una ceja inquisitiva.

—¿Quién es? —preguntó Malcolm.

—Malcolm, estas son Sheba y Ahora —dijo Diane.

Malcolm les dio un abrazo a cada una. Cuando fue a alejarse de Sheba, ella lo atrajo de nuevo por un momento. Malcolm se rio, cogió las bebidas de Sequoia y se reunió con Susan y Steven a unos metros de distancia.

—¿Es ese el artista? —preguntó Sheba.

—Sí —dijo Diane—. Por desgracia, parece que no tiene ni idea de su atractivo. Solo le importa el arte.

—Qué desperdicio —dijo Ahora, echando un último vistazo.

—Bueno, ya sabes lo que significa esto, entonces —dijo Sheba.

—¿Qué es eso? —preguntó Diane.

—Tendremos que sujetarlo los tres y sacarle el arte —respondió Sheba.

—Creo que yo les ayudaría —dijo Sequoia detrás de ellas.

Las tres mujeres, a las que pronto se unió Sequoia, estallaron en carcajadas. Malcolm miró a su alrededor extrañado.

CT apareció junto al codo de Diane con una copa en la mano.

—¿Se están divirtiendo? —preguntó.

—Siento que te he estado descuidando —dijo Diane—. ¿Qué vamos a hacer esta noche?

—Estoy disfrutando viendo cómo se divierten —dijo CT—. Pero pensé que podríamos explorar el arte en la playa después de algunas cosas de la ciudad. Un amigo mío tiene un coche de arte y accedió a llevarnos fuera.

CAPÍTULO 13

—Eso suena fantástico —dijo Diane, dando otra calada a su cigarrillo.

—¿Quieren venir? —preguntó CT a Ahora y Sheba.

—Tengo planes —dijo Sheba—, así que, lamentablemente, no.

—Me temo que para mí también es un no —dijo Ahora—. Otra noche, sin embargo.

Diane encendió otro cigarrillo y refrescó su bebida. Mientras bebía un sorbo, un pequeño barco de madera se detuvo en la carretera frente al bar. Había llegado un barco de verdad. Llevaba luces a lo largo de las barandillas y desde la proa hasta el mástil.

—¡CT! —gritó un hombre desde el barco.

—¡Garrett! —CT gritó de nuevo, luego se volvió hacia Diane —. Te va a encantar este tipo.

CT se dirigió a la carretera. Diane le siguió, depositando su cigarrillo en el barril de la hoguera, que tenía recortes de figuras y las palabras Presidentes muertos. Las palabras y las figuras estaban iluminadas por el fuego danzante de su interior. Diane se dirigió hacia donde CT estaba charlando con el hombre. Llevaba el pelo largo bajo un sombrero de copa colocado en un ángulo alegre. Su atractivo rostro estaba enmarcado por una perilla y dividido por una sonrisa de dientes blancos. Tenía el aspecto de un alegre sátiro.

—Diane —dijo CT, con su brazo alrededor del hombre—, este es Garrett.

—Hola, Garrett —dijo Diane, haciendo el abrazo ya habitual.

—¿Eres una Virgen? —preguntó Garrett—. ¿Vienes a dar una vuelta?

—Sí y sí —dijo Diane.

—Bueno —dijo Garrett—, recoge tus cosas. Tomaremos una copa mientras te preparas.

—Genial —dijo CT.

CT y Diane volvieron a recoger sus cosas. Garrett y los otros del barco fueron al bar.

—¿Estás bien? —preguntó CT mientras se ponían los abrigos, las luces y las mochilas.

—¿Por qué? —Contestó Diane—. ¿No parezco estar bien?

—No, pareces estar bien. Solo quería comprobarlo —respondió CT—. No te olvides de llevar un faro. Y ponte el abrigo.

Diane metió la mano en el bolsillo y activó el interruptor. Unas luces multicolores cobraron vida en la tela e iluminaron el interior de la cochera. Diane se miró en el espejo. CT se dirigió a la puerta.

—CT —dijo Diane.

CT se volvió para mirarla.

—Gracias —dijo Diane, mirando a los ojos de su amiga—. Nunca podré agradecértelo lo suficiente. Lo que me has dado aquí es más de lo que podría haber imaginado. Te quiero.

CT la agarró en un abrazo.

—Me vas a hacer llorar —respondió CT—. Eres muy bienvenida. Es un regalo tan grande poder ver este lugar a través de tus ojos, de tu experiencia.

—No hay palabras —dijo Diane, sacudiendo la cabeza.

—Espera hasta esta noche —dijo CT—. No has visto ni una pizca de este lugar.

Del brazo, las dos amigas se unieron a los demás en el barco de arte.

—¿Todos acomodados? —Garrett dijo, mirando a su alrededor—. Entonces nos vamos.

El barco se balanceó cuando CT y Diane subieron a bordo, y rápidamente se sentaron en la cubierta, con las piernas colgando, todavía del brazo. Garrett explicó que el barco estaba montado en un carrito de golf eléctrico para dos personas con resortes de aire. Garrett se sentó al volante y encendió el carro. El barco se balanceó como si realmente estuviera en el agua.

Al avanzar por el polvoriento camino, Garrett encendió la música. La barca se deslizó junto a campamentos oscuros y otros iluminados. La gente iba sola, en parejas o en grandes grupos, algunos a pie pero más en bicicletas iluminadas. La mayoría de la gente llevaba algún tipo de atuendo o disfraz de Quemador. Algunos llevaban trajes realmente fantásticos. Las edades de las personas eran muy variadas. Casi todos sonreían.

Mirando hacia abajo, Diane vio que un hombre se detenía y miraba lo que parecía ser un palo luminoso. Al agacharse para cogerlo, el bastón luminoso se le escapó de las manos. La situación se repitió una y otra vez, y el hombre se alejó cada vez más de la carretera. Al pasar el barco, Diane vio a un hombre risueño con una caña de pescar, oculto en las sombras, que enrollaba lentamente el palo luminoso.

—Pesca hippie —explicó Garrett, inclinándose—. No se necesita licencia.

Giraron por una calle muy transitada, donde más gente se dirigía hacia la playa. El número de bicicletas y la cantidad de tráfico general aumentaron. Los bares de varios pisos ponían música a todo volumen. Otros bares eran grandes carpas con una iluminación tenue y sin nadie. Había hogueras y flameros por todas partes. En las rotondas había arte y bancos para sentarse. Había nombres de campamentos fantásticos como "Mac IN Cheese" "Kitten Crush" y "Spicy Balls".

Era tanto lo que había que asimilar -no solo las imágenes, sino también el ruido y el polvo- que Diane tuvo que cerrar los ojos por un momento para concentrarse y ordenar todo. Sintió que CT le tendía una petaca y bebió un buen trago. El whisky estaba caliente en su boca y bajaba caliente por su garganta. La hizo sentir mejor al instante. La sensación de ardor la conectó con su físico interior, dándole un punto de referencia para la tormenta de vista y sonido que la rodeaba.

Al cabo de un rato, Diane se dio cuenta de que había dejado de hablar con CT. Solo estaba asimilando la locura que la rodeaba. Un conejo gigante pasó corriendo, perseguido por una zanahoria. En un campamento había gente bailando en enormes jaulas y saltando en trampolines al ritmo de un DJ. Un hombre que manejaba un dispositivo de pértiga conectado a un tanque de propano lanzaba llamas al aire.

—Eso es el Conocimiento carnal masivo —dijo CT, señalando un gran grupo de tiendas azules cuadradas.

—¿Qué es eso? —preguntó Diane.

—¿A qué suena?

—Una orgía, supongo —respondió Diane, y luego se burló de su amiga—. ¿Has estado en una?

—¿Meterme con algo así? —dijo CT—. Me da miedo que me salga la conjuntivitis solo con pasar por delante.

—¿Miedo? —dijo Diane, riendo.

—No seas ridícula —respondió CT—. Estoy bromeando. Las personas que lo dirigen son de las más agradables que he conocido.

Llegaron a la Explanada, la última calle antes de la playa. El tráfico era intenso. Pasaban múltiples coches artísticos, iluminados con luces de neón. Diane vio una alfombra voladora con adornos de neón y una casa gigante de dos pisos llena de gente. Había carrozas e incluso un artilugio hecho de lo que parecía ser un autobús de dos pisos. Por todas partes había gente, gente, y más gente.

—¿Has visto ya al Hombre? —preguntó Garrett.

—La llevé —dijo CT—. Todavía no estaba abierto.

—Ya está terminada —dijo Garrett—. Vamos.

Cruzando la explanada, Garrett dirigió el barco hacia la playa. Con las luces de la ciudad cada vez más tenues detrás de ellos, Diane observó las luces en toda la oscura extensión de la playa, que se extendían en todas las direcciones. Había luciérnagas y hadas de neón, bicicletas con neumáticos perfilados de neón, látigos luminosos parpadeantes que se agitaban en la parte trasera de las bicicletas. La gente caminaba en la oscuridad, con sus luces mostrando su ubicación.

Las obras de arte estaban espaciadas en la llanura oscura, y las luces rojas de advertencia marcaban la ubicación de cada pieza. Pasaron junto a una colosal escultura de metal, iluminada por los cuatro costados, de seis metros de altura, la figura de metal soldado de un dragón esquelético en vuelo.

—Garrett —dijo CT—, quiero mirar.

Garrett asintió, se acercó al arte y detuvo el coche. Al bajar del coche, Diane y CT caminaron alrededor de la obra. Diane se acercó y tocó la figura. El metal parecía ser pernos soldados individualmente, ennegrecidos con algún tipo de revestimiento. Las alas se asomaban amenazantes cuando ella pasaba por debajo de ellas. Todo el arte era intimidante, pero hermoso. Caminando hacia la cabeza, Diane se maravilló del tiempo y el esfuerzo que debió de costar hacer algo así, y mucho más arrastrarlo hasta el desierto.

Un hombre estaba subido a la espalda de la bestia. Parecía estar indecisamente borracho. Caminó hasta donde Garrett se apoyaba en su barco.

—¿Está permitido, o es seguro? —le preguntó Diane, señalando al hombre.

—No hay ninguna señal que diga que no —respondió Garrett —. ¿Seguro? Bueno, eso es discutible.

Mientras lo observaban, el hombre dio una voltereta al intentar desmontar, cayendo de espaldas en una nube de polvo.

—Oh, no —dijo Diane.

—La seguridad es lo tercero —dijo Garrett.

Garrett se acercó y habló con el hombre, que agitó una mano débilmente. Ayudó al hombre a levantarse y regresó al barco.

—Está bien —dijo Garrett. Luego, a la obra de arte en general, gritó—: Carguen.

Diane se montó de nuevo con el TAC mientras el barco arrancaba y cambiaba de dirección. La figura del Hombre se alzaba en el aire, con su cabeza triangular y sus piernas y brazos de palo perfilados en neón. Los brazos apuntaban al costado de la figura.

A medida que se acercaban, Diane pudo ver que la figura estaba montada sobre una gran plataforma con gente caminando y arremolinándose debajo. Mientras se acercaban, se celebraba un espectáculo de danza coordinado. Unos elegantes bailarines giraban y saltaban, haciendo girar palos con cintas. Diane pudo ver que eran muy hábiles. No era un espectáculo de aficionados. Había música en directo, con grandes tambores, flautas y cuernos. La música iba in crescendo. Cada vez había más gente que se acercaba a mirar, de pie en un gran anillo. Los bailarines giran cada vez más rápido.

Un repentino estruendo y los bailarines se detienen en sus poses, respirando con dificultad y sonriendo. La multitud que los rodea aplaude.

Mientras la multitud se dispersaba, Diane caminó alrededor y debajo de la plataforma del Hombre, contemplando desde abajo la figura de madera del techo en la cúspide. Se paseó mirando las pinturas y murales dispuestos en las patas y paredes de la estructura base. Le fascinó, de nuevo, todo el esfuerzo que debió costar montarlo.

Al volver a la embarcación, pudo ver que el grupo se había reunido y estaba listo para partir.

—Veo a Billy —dijo CT, señalando hacia la playa.

Diane miró y pudo ver un coche decorado como una estrella de mar, con una especie de techo, iluminado con luces ondulantes. Estaba con otros coches artísticos iluminados, a lo lejos.

—Debe estar en el Departamento de Tráfico para obtener una licencia nocturna. Podemos encontrarnos con él allí —dijo Garrett.

—¿Necesitas una licencia para un coche de arte? —Diane preguntó, tomando su asiento.

—Sí —dijo Garrett, encendiendo el bote—. Tienes una licencia de día y otra de noche para conducir. A no ser que tengas una discapacidad diferente, entonces puedes conducir cuando lo necesites. ¿Has estado en un coche de arte antes?

—No, pero he montado en un taxi —respondió Diane.

Garrett ladeó la cabeza hacia ella.

—La recogió el taxi de Black Rock City en Playa Profunda, perdido en una tormenta de polvo a altas horas de la madrugada —dijo CT.

—He oído hablar de ese taxi —dijo Garrett—. Es un viaje legendario. ¿Quién conducía?

—No he oído su nombre. Buen tipo —dijo Diane—. Mayor, distinguido. Voz distintiva y amable. Vestía mejor de lo que hubiera pensado. Llevaba una camisa con cuello, caquis. Un precioso Stetson pálido. El sombrero era más redondo que otros que he visto.

Garrett redujo la velocidad del coche hasta detenerlo. Tanto él como CT la miraron a ella y luego al otro.

—No puede ser —dijo Garrett.

—¿Qué? —preguntó Diane, confundida por sus miradas—. ¿He dicho algo malo?

—No —dijo Garrett.

—Acabas de describir a alguien muy particular —dijo CT.

—¿Quién? —preguntó Diane.

—No importa —dijo Garrett mientras avanzaba el coche.

—Te lo diré más tarde —susurró CT a Diane.

El barco se acercó a una fila de otros coches de arte en una fila de al menos cuarenta coches. Había diseños de todo tipo y todos los coches estaban iluminados. En algunos había fiestas, gente bailando y bebiendo. Un enorme velero de madera, de unos quince metros de largo, se alzaba por encima de ellos cuando pasaban por la fila. Las mujeres y los hombres que iban a bordo bailaban frenéticamente al ritmo de un número de baile.

—Me gusta más el tuyo —le dijo CT a Garrett en tono burlón, estirando el cuello para mirar el velero.

—No es el tamaño de tu barco, es cómo lo conduces — respondió él.

Los vehículos eran muy variados, desde un pequeño y sencillo coche para dos personas hasta una gran bestia de carreras postapocalíptica e infernal con tubos de acero por todas partes. Delante del coche de la muerte había un delicado coche mariposa con alas de gas iluminadas. Sus alas batían lentamente.

—Ahí está —dijo CT.

Garrett se detuvo junto a la Estrella de Mar.

—¡Billy! —Garrett dijo—. ¿Llevas mucho tiempo aquí?

—Garrett —dijo Billy, bajando del coche y abrazando al otro hombre—. Unas pocas horas. Después de la cola al sol de hoy, estoy a punto de agotarme.

—¿Quieres que te hagamos compañía? —le preguntó CT—. Tenemos comida, cerveza y agua.

—Eso suena muy bien —dijo Billy—. Apenas he comido hoy. Me muero de hambre.

—Nos quedaremos aquí —dijo CT, acercándose a abrazar a Garrett.

—De acuerdo —dijo Garrett—. Ha sido un placer conocerte.

Diane abrazó al hombre. Mirando su rostro sonriente, sintió como si lo conociera desde hace años. Garrett le devolvió la mirada.

—Creo que encajas aquí —dijo Garrett, con los ojos brillantes —. Toma, coge esto.

Garrett buscó en su bolsillo y sacó un medallón. Diane lo miró bajo el resplandor de las luces del coche de arte. Era sólido y se sentía bien en su mano. Tenía las palabras "Lluvia Fría" inscritas en el borde.

—Lluvia Fría es mi campamento —explicó Garrett—. Ven cuando quieras refrescarte. CT te lo enseñará.

Diane se abrochó la cadena al cuello.

—¿Tienes una de Presidentes Muertos? —preguntó, acercándose al cierre de ese medallón que llevaba al cuello.

Garrett levantó la mano.

—Twinkle se ocupó de mí, ¿ves? —se inclinó hacia delante, abriendo su camisa, y mostró la etiqueta que coincidía con la de ella.

—Gracias —dijo Diane sinceramente, abrazando a Garrett—. Muchas gracias.

—Diviértanse —dijo Garrett, montando su bote—. Nos vemos luego.

Diane observó cómo el barco se adentraba en la noche, y luego tuvo un pensamiento repentino y perturbador. *¡Oh, mierda! Todas mis cosas están ahí.*

—¡Diane! —la voz de CT la hizo volverse y mirar.

CT indicó la pila donde ya había trasladado todas sus cosas a la Estrella de Mar.

El coche que estaba delante de ellos, un gigantesco Buda reclinado, se alejó. Billy hizo avanzar el coche artístico hasta el lugar indicado por un hombre con un portapapeles. CT y Diane se situaron a un lado mientras el hombre y Billy caminaban alrededor del coche inspeccionando varias cosas. Mientras CT y Diane observaban, Billy y el hombre empezaron a gesticular y a discutir sobre algo. El hombre con el portapapeles se alejó y Billy levantó las manos exasperado. CT y Diane se acercaron a él.

—¿Qué pasa? —preguntó CT.

—El tipo se está comportando como un imbécil —respondió Billy, con los ojos caídos—. Dice que no tengo suficientes luces.

Diane miró el coche. Le pareció que tenía tantas o más luces que otros que había visto circular.

—No es un gran problema —dijo Billy—. No las he puesto todas. Me ocuparé de ello mañana. Estoy agotado por hoy. ¿Te importaría conducir?

—Claro que sí, conduciré —dijo CT.

—De acuerdo —dijo Billy, estirándose en la parte trasera del coche artístico acolchado—. Llévanos de vuelta al campamento.

CT y Diane se subieron al asiento delantero sumergido, con CT al volante. Diane observó el regocijo maníaco en la cara de su amiga mientras giraba la llave y metía la palanca automática en la marcha.

Poco a poco fueron avanzando, rodeados de luces que brillaban y palpitaban.

—¿Sabes conducir esto? —preguntó Diane.

—Vamos a averiguarlo —dijo CT, dirigiendo el coche lentamente hacia la oscuridad.

CAPÍTULO 14

Lunes, 31 de agosto, cinco días para que comience la Quema del Hombre

Diane parpadeó ante la suave luz de la mañana que se filtraba en la tienda. La naturaleza la llamaba, así que se sacó el saco de dormir y se arrastró fuera de la tienda. Cogió su pañuelo y sus gafas, se puso los zapatos y salió hacia los portos. Billy estaba tumbado, profundamente dormido, en la Estrella de Mar, donde lo habían aparcado frente al bar la noche anterior.

Era temprano, el sol acababa de salir y, como de costumbre, no había nadie levantado en el campamento. Sin embargo, se podía ver a la gente fuera del campamento deambulando por la carretera, y algunos se movían un poco. Se oía música en algún lugar de la ciudad. La gente seguía celebrando.

Después de terminar en el porto, Diane se acercó a tomar una dosis de desinfectante de manos. En un campamento cercano a la carretera, un hombre que solo llevaba una camiseta y chanclas estaba trabajando en un generador de caravana de alquiler. Diane pudo oír que funcionaba mal, el hombre jugueteaba con algo.

Así que eso es un cocker de camisa, pensó Diane al pasar.

El hombre levantó la cabeza.

—¿Sabes algo de generadores? —preguntó sin inmutarse.

—No —dijo Diane, intentando no mirar su falta de pantalones. Era un poco difícil.

—Yo tampoco —dijo el hombre, cogiendo un destornillador

—. Funcionó cuando lo cogí. Ahora no coopera. Mi mujer se va a cabrear si no puedo mantener el aire acondicionado.

—Buena suerte —dijo Diane, y luego continuó de vuelta al campamento.

Era extraño, reflexionó Diane mientras caminaba. Había visto a mucha gente, hombres y mujeres, en varias etapas de desnudez desde que estaba aquí. Pero había algo en la camisa amartillada que parecía... fuera de lugar. El hombre no era poco atractivo y, desde luego, ella no se sentía amenazada por él. Simplemente no se sentía, así, bien.

Diane regresó al campamento, puso en marcha el agua para el café y se sentó obedientemente a beber otro litro de agua. Deslizando su mano en una bolsa colgada en la pared, sacó su teléfono. Vio un mensaje de Stella y lo abrió.

—Guarda tu teléfono, todo está bien, disfruta tu Quema —decía el mensaje.

Diane sonrió con ironía y apagó el aparato. Stella la conocía demasiado bien. ¿Había tenido experiencias como las de Diane? La intensidad de vivir aquí era abrumadora, en un nivel completamente diferente.

¿Es así para todos? se preguntó Diane. *¿Hay algo en común en la experiencia de la Quema?*

Con la cafetera burbujeando, se sirvió una taza de café. Le interesaba que una sola taza pareciera satisfacer un montón de necesidades -café, whisky, agua- cuando en casa utilizaba una nueva cada vez. Diane sacó la guía y miró los eventos de ese día, tomando algunas notas. Después de llenar su taza, salió al campo y se dirigió a la ducha. Después de unos cuantos sorbos de café, recogió las bolsas de ducha vacías y las llenó, luego se dirigió a los generadores del campamento, comprobó el nivel de gasolina y los llenó.

Pasó por la cocina, recogió la basura que se podía quemar y la depositó en el barril para quemar. Al volver a pasar por el estanque de evaporación, se dedicó a esparcir el agua con la escoba para que se evaporara más rápidamente. Luego se dirigió al fregadero para fregar las pocas ollas y sartenes que había dejado en remojo durante la noche. Las tareas manuales le parecieron sorprendentemente buenas y sencillas.

Diane levantó la vista y vio a Sheba dirigirse a grandes zancadas hacia la estructura de la tienda que habían levantado el día anterior. Vestida con unos pantalones cortos metálicos y un top ceñido a juego, Sheba entró en la tienda y desenrolló una esterilla de yoga sobre la lámina de vinilo colocada en el suelo. Diane pudo ver que un grupo de unas quince personas ya estaba en la tienda, la mayoría de ellas no eran de Presidentes Muertos.

—Oh, genial —dijo CT—. Yoga de la muerte. Sheba es la mejor.

—¿Yoga de la muerte? —preguntó Diane.

—Sí —dijo CT—. Voy a coger las colchonetas y nos vemos allí.

Diane puso su taza vacía en la barra y se dirigió a la clase. CT llegó con las colchonetas y las colocó una al lado de la otra. Diane se quitó los zapatos y dirigió su atención a Sheba, que estaba de pie frente a la clase.

—Muy bien —empezó Sheba con voz potente—. ¡*Namaste*, hijos de puta! Comenzamos.

Diane había tomado muchas clases de yoga en su época, y estaba familiarizada con la mayoría de las posturas. Esta clase era algo que nunca había experimentado, una mezcla de poses de yoga tradicionales con una dirección marcial y desafiante. Sheba comenzó lentamente, reprendiendo y animando a los participantes, aumentando la intensidad. Su dura dirección de sargento instructor les empujó a través de la desafiante rutina.

—¡Pongan esos culos apuntando al cielo! —exclamó Sheba—. Soporten el dolor. Es la debilidad que abandona su cuerpo.

En la posición del perro boca abajo, apoyada sobre las manos y los pies, Diane sintió que le temblaban los brazos y que el sudor le caía del cuerpo. De repente, Sheba estaba frente a ella, a centímetros de distancia, mirándola fijamente a los ojos.

—¡Tienes la fuerza! —dijo Sheba—. Aguanta tres, dos, uno. Y abajo.

Hubo un suspiro colectivo de los participantes en la clase

mientras se hundían en sus respectivas colchonetas.

—Mientras estén en la postura del cadáver, recuperen su centro. Recuperen su esencia desde donde la han dejado —dijo Sheba, dando zancadas por el espacio—. ¿Qué han aprendido, amigos míos?

—Que el yoga puede ser duro —murmuró un hombre.

La clase se rio, y Sheba dio dos zancadas rápidas y se arrodilló junto a la cara del hombre. Hubo una pausa colectiva en el grupo, como la de los niños atrapados en una travesura.

—No —empezó Sheba—. Has descubierto que puedes ser duro. ¿Lo consientes?

Sheba puso su mano en el pecho del hombre, sobre su corazón.

—¿Te has muerto, *mon ami*? —preguntó Sheba.

El hombre negó con la cabeza.

—Entonces ahora eres más fuerte que antes —dijo Sheba mientras colocaba sus dedos en la frente del hombre.

—Todo es posible mediante la fe y la disciplina —dijo Sheba, dirigiendo su voz a la clase—. De pie.

Sheba se dirigió al frente de la clase.

—Gracias por estar aquí y compartir este momento conmigo. *Namaste*, hijos de puta —dijo Sheba.

La clase respondió con sus *namastes* también. Sheba se dirigió a la barra. Diane y CT enrollaron sus alfombras y se dirigieron también hacia allí. Sheba sirvió tres tragos de whisky y encendió un cigarrillo en una boquilla negra.

—Acompañénme, amigos —dijo Sheba, entregándoles un vaso a cada uno.

Diane parpadeó ante el whisky del desayuno y luego lo tomó. Sheba levantó su trago.

—Que todas las personas que amamos sepan que las amamos —dijo Sheba—. Que sepan que son dignas de ese amor. Y que el amor les encuentre todos sus días.

Sheba golpeó su vaso en la barra y se lo bebió. Diane y CT siguieron su ejemplo.

—Me voy. Gracias, señoras —dijo Sheba después de recoger

los vasos y marcharse.

—Es una fuerza de la naturaleza —dijo Diane, observando a Sheba recorrer el campo.

—Así es —dijo CT—. Ahora coge tu libro. Vamos a hacer un plan que completamente no va a funcionar.

Diane cogió la guía que le habían dado al llegar a la Puerta, lo que le pareció una eternidad. El libro era pequeño y colorido, y contenía descripciones de las actividades junto con las fechas, los horarios y las ubicaciones de los campamentos que acogían las actividades. En su escaso tiempo de descanso, Diane había estado hojeando las entradas, marcando las páginas que le parecían interesantes.

—¿Cuál es el plan de hoy? —preguntó Diane.

—Pasear. ¿Tienes algo en mente? —dijo CT—. Hay un pub que quiero encontrar también.

—Tengo las tareas hechas —dijo Diane—. Pensé que podríamos pasar por el campamento maorí para el *haka*.

—*¿Haka?* —CT preguntó.

—La danza maorí de Nueva Zelanda —dijo Diane.

—Bueno, vamos a hacerlo —dijo CT—. Y Yester Jester tiene un espectáculo esta noche.

—¿Burritos de desayuno? —dijo Twinkle, acercándose a ellas.

Ambas mujeres tomaron un envoltorio de tortilla ofrecido.

—Gracias —dijo Diane después de dar un mordisco.

Twinkle siguió con su bandeja.

—El desayuno está resuelto —dijo CT, recogiendo sus cosas —. ¿Salimos en diez?

Después de llenar su botella de agua, Diane guardó algunos bocadillos en las alforjas de su bicicleta.

—¿Lista? —preguntó CT, montando su bicicleta.

—Vamos —dijo Diane, pedaleando hacia adelante.

En pocos minutos llegaron al campamento maorí. Un sorprendente número de personas se arremolinaba delante. Diane y CT aparcaron sus bicicletas y entraron en el campamento, donde Diane saludó a Tane y Ahora.

—Diane, has vuelto —dijo Tane, inclinándose hacia delante para saludarla con el hongi.

Diane saludó a Ahora de la misma manera.

—Esta es mi amiga CT —dijo Diane—. Le he hablado de la haka.

—Hola, CT —dijo Tane—. ¿Diane también te habló del hongi?

—¿Es eso lo que acabas de hacer? —preguntó CT.

—Sí —dijo Tane—. ¿Estás de acuerdo? Compartimos el aliento de la vida. Un saludo tradicional maorí.

—Sí —dijo CT con entusiasmo.

Interesante, pensó Diane, viendo al enorme Tane tocarse la frente con la comparativamente diminuta CT. *En ningún otro lugar del mundo vería algo así.*

CT también hizo el hongi con Ahora.

—¿Así que el intercambio cultural está funcionando? —preguntó Diane a Tane.

—Se está haciendo popular —dijo Tane—. Algunos guardabosques se han pasado por aquí y nos han sugerido que traslademos la clase, si se hace más grande, a la Explanada. Así que lo hicimos en la Explanada anoche, y ahora tenemos el doble de gente aprendiendo. Es muy gratificante.

—Qué bonito collar —dijo CT, mirando el cuello de Ahora.

Diane miró y vio que Ahora llevaba una pequeña piedra verde intrincadamente tallada alrededor del cuello en una correa de cuero.

—Es un *hei-tiki* —dijo Ahora—. Ha estado en mi familia durante seis generaciones.

—¿Es jade? —preguntó Diane, observando el intrincado medallón tallado.

—Piedra verde —respondió Ahora.

—Estamos listos para empezar —dijo Tane—. Ocupen sus puestos.

Caminando hacia el camino, Diane y CT tomaron sus lugares y escucharon a Tane dar la explicación del haka. Debía haber al menos doscientas personas reunidas en el campamento y en la carretera.

Con tanta gente, el ruido de los cánticos gritados era abrumador. Ahora y Tane, junto con sus compañeros de campamento, estaban repartidos, enseñando a gente nueva. Diane podía sentir el poder de la gente unida en esta experiencia. Era una lección de humildad.

—Gracias, amigos míos —dijo Tane al final del canto—. A partir de ahora, estaremos dos manzanas más abajo, en la Explanada, a las mismas horas, una por la mañana y otra por la noche. Acompáñanos para empezar tu día o tu noche. *¡E pai ana!* ¡Todo está bien!

—Y ahora, ¿dónde? —preguntó CT a Diane cuando el grupo se separó.

Diane sacó su libro y lo consultó.

—Bueno, es lunes, siempre es un buen día para descansar después de la construcción —dijo CT—. He oído hablar de un pub que me gustaría encontrar.

—¿Como un bar?

—Como un auténtico pub irlandés construido en un contenedor de transporte —dijo CT—. Tomar una cerveza negra en la oscura AC suena como un gran día.

Diane tuvo que admitir que sonaba bien.

—Me gustaría ir antes de que haga demasiado calor —dijo Diane.

—Se supone que hoy va a hacer mucho calor —dijo CT, levantándose—. También planearemos pasar por casa de Garrett.

El sol era implacable. Diane se alegró de haber traído un sombrero de ala para el sol, realmente hacía la diferencia. La ciudad estaba en plena marcha. Pasaron por delante de una furiosa fiesta de baile en pleno apogeo. La música a todo volumen y el sol abrasador no interesaban a ninguno de los dos.

CT se detuvo ante un edificio de gran tamaño con una carretera que lo rodeaba por ambos lados. Los aparcamientos para bicicletas se extendían a cada lado, rodeando la estructura de lados abiertos.

—Campamento central —explicó CT, colocando su bicicleta en un bastidor y cerrándola con llave—. Vamos a tomar un café y a la sombra.

El campamento estaba agitado, con gente por todas partes descansando en los bancos, haciendo cola para el café, escuchando a los oradores. Una tropa de lo que parecían ser acróbatas hacían equilibrios y se levantaban unos a otros en el centro mientras la gente los observaba. Cuando Diane recibió su café y de repente se dio cuenta de que no llevaba dinero en efectivo, CT sacó algo y pagó. Encontraron un banco y se relajaron observando a la gente.

Entre las diversas voces que la rodeaban, Diane podía oír que se hablaban diferentes idiomas, muchos. Le recordó la escena de un bar en una película de ciencia ficción. La sombra era bienvenida después del calor del sol. Terminaron sus cafés y salieron.

—Esa es la cabina de información de allí —señaló CT.

—¿Qué hay allí? —preguntó Diane.

—No estoy del todo seguro. Nunca he estado —dijo CT—. Mapas, cosas generales.

—¿Sabes dónde está el pub? —preguntó Diane.

—No exactamente —dijo CT.

—¿Quieres probar la información?

—¿Por qué no?

Mientras CT se acercaba al mostrador de Información en el edificio de madera de fachada abierta, Diane se apoyó en la pared, observando el flujo de tráfico.

—¡Mierda! —gritó alguien por encima de ella—. ¡Cuidado!

Diane se estremeció y miró a su alrededor. A metro y medio delante de ella, un hombre se lanzó al suelo en paracaídas, tropezando al aterrizar. Se agarró rápidamente, se dio la vuelta y enseguida recogió el paracaídas en un fardo en sus brazos. Miró directamente a los ojos de Diane.

—No has visto nada —dijo el hombre antes de salir corriendo por un callejón y perderse de vista.

CT salió del edificio.

—Lo he encontrado —dijo CT a Diane, que miraba por el polvoriento callejón—. ¿Qué pasa?

—Nada —dijo Diane—. No he visto nada.

CAPÍTULO 15

CT y Diane atravesaron la ciudad hasta llegar a la dirección. Un pequeño y polvoriento letrero de trébol junto a la carretera decía "O'Donnelle Public House" estaba situado en la parte trasera de la ciudad. El calor empezaba a ser agobiante y Diane se alegró de no tener que ir en moto.

No había señales de un bar. Solo había algunas tiendas de campaña vacías y un contenedor de transporte. El cartel tenía una pequeña flecha que señalaba el estrecho espacio entre el contenedor de transporte y la parte trasera de una gran tienda de campaña.

—Supongo que ahí abajo —dijo CT.

Caminaron en fila india por el pequeño espacio. Se oía el zumbido de un generador y el zumbido de algunas máquinas. Al llegar al final del contenedor y doblar la esquina, vieron a un par de hombres hablando con un altavoz montado en el contenedor. Solo había un pequeño espacio para estar de pie, con otro contenedor de transporte frente a ellos.

—¿Por qué no nos dejan entrar? —preguntó uno de los hombres con enfado.

—Porque no han respondido correctamente al acertijo. Ahora, fuera de aquí, o les echaré los perros encima —gruñó una voz con acento irlandés.

Refunfuñando, los dos hombres pasaron junto a CT y Diane. CT miró a Diane y se encogió de hombros, luego se dirigió a la caja del altavoz y pulsó el botón.

—Sí, chicas, hola —dijo la cadenciosa voz masculina—. ¿En qué puedo servirles?

—He oído que sirven la cerveza más fría de la ciudad —dijo CT.

—Es cierto, si es verdad puedes convencerme.

—Me apunto —dijo CT—. Dispara.

—Dispara, dice ella. Qué americana —dijo la voz—. Nombra un poeta irlandés famoso.

CT ladeó la cabeza y miró a Diane.

—Yeats —dijo Diane.

—Oh, mira quién es la lista —dijo la voz—. Nombra un héroe irlandés famoso.

—Cú Chulainn —dijo Diane.

—Oh, Dios mío, hacía tiempo que no oía esa respuesta —dijo la voz.

—¿Cómo lo sabes? —preguntó CT a Diane.

—Algunos hemos estudiado —respondió Diane.

CT le sacó la lengua a su amiga.

—¿Cómo llaman los irlandeses a Irlanda?

—Éire —dijo CT, negando con la cabeza a Diane—. Salí con un irlandés.

El sonido de un cerrojo disparado hacia atrás se oyó detrás de ellas en el otro contenedor de transporte. Una puerta hábilmente escondida se abrió una rendija.

—Entra antes de que salga el fresco —dijo una voz.

Diane siguió a CT a través de la puerta hacia el oscuro frescor del interior. La puerta se cerró tras ellos mientras sus ojos se adaptaban a la escasa luz.

Esto no puede ser real, pensó Diane, mirando a su alrededor.

La habitación debería ser las paredes de acero de un contenedor de transporte. Pero era un pub, un pub diminuto con paredes y suelo de madera oscura. Una barra de madera brillante con cuatro taburetes estaba contra una pared, con un par de mesas y sillas pequeñas delante. Diane miró detrás de ella. La puerta que acababan de atravesar tenía paneles de madera en el interior y estaba inteligentemente hecha para que la puerta se mezclara con las paredes paneladas.

El bar era frío. La tenue iluminación provenía de pequeñas

lámparas en las paredes y de luces ocultas detrás de la barra. Un hombre canoso estaba sentado al final de la barra, vestido limpiamente con pantalones y camisa, con un vaso de cerveza oscura frente a él. El camarero era un hombre sonriente de unos sesenta años, con camisa blanca, corbata negra y un largo delantal blanco. En unos altavoces ocultos sonaba una suave música irlandesa. Ambos hombres parecían divertidos mientras CT y Diane miraban a su alrededor.

—¿Qué van a tomar? —preguntó el camarero.

—Dos pintas, por favor —dijo CT, sentándose en la barra.

Diane tomó un taburete a su lado. Su cerebro todavía estaba tratando de procesar el pub. No estaba teniendo mucha suerte. El camarero llenó dos pintas a dos tercios y las dejó reposar.

—*Mar, sin cò às a tha thu* —dijo el hombre sentado en la barra.

Diane le miró extrañada.

—Ha preguntado de dónde eres —respondió el camarero.

Diane le dijo.

—¿Es erse? Quiero decir, ¿Gaelico irlandés? —preguntó CT.

—Oh, es inteligente —dijo el camarero, llenando las pintas.

—*Tha fàilte an-còmhnaidh air boireannaich breagha* —dijo el hombre al final de la barra.

—Aquí tienen —dijo el camarero, colocando las pintas ante ellos en posavasos que decían "O'Donnelle's Pub" alrededor de un trébol.

—Gracias —dijo CT, y luego tomó un sorbo—. Oh, esto es glorioso. Soy CT, y ella es Diane.

—Un placer conocerte, CT, Diane —dijo el camarero—. Soy Seamus, y este es Finn.

—Salud —dijo Diane, levantando su copa.

—*Slàinte* —dijo Finn, levantando su copa.

CT y Diane pasaron una tarde maravillosa hablando y bromeando con Seamus y Finn. No dejaron entrar a ningún otro cliente, y después de un par de zumbidos y de que nadie respondiera correctamente a las preguntas, Finn apagó el timbre. Cuando terminó el tiempo de alquiler de cerveza, Seamus les mostró una pequeña puerta que daba a un baño real que podían utilizar.

Seamus cantó canciones irlandesas, Finn bailó con Diane y CT. Hicieron un baile lento y luego Finn les enseñó a bailar la giga. Diane pensó que podría quedarse allí para siempre. El tiempo no parecía tener ningún sentido en este pub mágico. Pinta tras pinta, los cuatro rieron, cantaron y bailaron. El mundo fuera del pub había desaparecido.

—Bueno, caballeros —dijo CT, arrastrando las palabras—, han sido unos anfitriones maravillosos. Pero creo que debemos irnos.

Diane se revolvió en su asiento.

—¿Tan pronto? —dijo Seamus.

CT se rio y rebuscó en su mochila. Sacó dos medallones de los Presidentes Muertos, entregándole uno a Seamus y dirigiéndose a Finn para darle el suyo. CT y Diane se despidieron con un abrazo de Finn y Seamus, agradeciéndoles profusamente.

Seamus abrió la puerta por un pestillo oculto. CT y Diane salieron tambaleándose del pub. Se dirigieron, riendo y zigzagueando, de vuelta a sus bicicletas. El sol ya se había puesto.

—Bueno, eso fue una novedad —dijo Diane, desbloqueando su bicicleta.

CT se montó en su propia bicicleta y enseguida se cayó. Se tumbó en el suelo riendo, aparentemente ilesa. Diane se acercó, quitó el candado de la rueda de CT y la ayudó a levantarse.

—Probablemente deberíamos caminar un poco —dijo Diane, quitándole el polvo a su amiga.

—Quedémonos en la parte de atrás de la ciudad —dijo CT—. No he visto mucho este año.

Caminando con sus bicicletas, CT y Diane se tambaleaban por la carretera.

La ciudad estaba más apagada más lejos de la playa. Las casas rodantes, las estructuras de sombra y las tiendas de campaña estaban salpicadas en lotes escasamente llenos.

—Gran parte de esto es camping abierto —dijo CT.

—¿Qué significa eso? —preguntó Diane.

—Consigues una entrada pero no estás con un campamento. Los colocadores te ponen aquí, o simplemente reclamas un lugar.

—¡Hola! ¿Quieres unirte a nosotros? —una voz vino de la estructura de sombra a su izquierda.

CT miró a Diane.

—¿Por qué no? —dijo Diane.

CAPÍTULO 16

Una linterna colgaba de la estructura, revelando a un hombre de unos sesenta años sentado en una silla de campaña. Una mujer que debía tener más de ochenta años, con una piel tan fina que parecía translúcida, estaba sentada en una silla de ruedas eléctrica. Otra anciana, con una bata de casa, cuyo rostro regordete, sepia y bruñido se reflejaba en la luz de la linterna, estaba sentada en una mecedora a su lado, tejiendo. Se veían unas cuantas tiendas pequeñas alrededor, pero no parecía haber nadie en ellas.

—Hola, hola. Siéntense, siéntense —dijo la mujer con un fuerte acento sureño—. Oh, espera, ¿eres abrazable? Se supone que tengo que preguntar eso.

CT se rio y se inclinó para dar un abrazo a la mujer. Diane también lo hizo.

—Tranquila, tranquila —dijo la mujer, devolviendo el abrazo. Se sentía frágil en los brazos de Diane -sus huesos eran como los de un pájaro- pero su abrazo era fuerte—. Me gusta eso, los abrazos. Esta es Rayleen —indicó a la mujer que tejía a su lado.

Rayleen se balanceó en su silla, con los ojos bajos, tejiendo.

—Siéntate ahí —le indicó la mujer—. Paul no es de los que se abrazan.

Diane y CT tomaron asiento.

—¿Tienen hambre, chicas? —preguntó la mujer. Luego, sin esperar respuesta—, Paul, tráeles un plato, querida, el étouffée de langostas y arroz. Hay tantas chicas flacas aquí, Rayleen. Tenemos que alimentarlas.

—Mhmm —dijo Rayleen, balanceándose en su silla.

—¿Cómo te llamas? —CT preguntó a la mujer mientras Paul entraba en la caravana.

—Abuela del polvo —dijo la mujer, riendo—. Pero respondo a Maybelle.

Paul regresó con dos platos de papel apilados de una mezcla marrón y humeante sobre el arroz. Les entregó a Diane y a CT tenedores y servilletas también. Cada una tomó un bocado y luego se miraron con los ojos muy abiertos. Era celestial.

—¿Te gusta? —preguntó la abuela del polvo, inclinándose hacia delante con ojos ansiosos.

—Oh, Dios mío —dijo Diane, tragando—. ¿Qué lleva esto?

—Cangrejo y bondad —dijo Dust Granny, inclinándose hacia atrás en su silla—. El secreto es el roux. Tráeles una cerveza, Paul.

—¿De dónde eres? —preguntó CT, tomando otro bocado, y luego aceptando la cerveza de Paul. Paul volvió a sentarse en silencio, observando a Maybelle, con una expresión de desconcierto en su rostro.

—Thibodaux, Luisiana —dijo la abuela del polvo—. ¿Han estado todos ustedes en el Burning Man antes?

—Yo sí —dijo CT, sin dejar de comer.

—Es mi primera vez —respondió Diane.

—Entonces eres como yo —dijo la Abuela del Polvo, aplaudiendo—. Una virgen. Señor, hace tiempo que no soy una de ellas.

CT se atragantó con su comida, riendo.

—Mhmm —dijo Rayleen, balanceándose en su silla.

—¿Qué te trajo aquí, Abuela del Polvo? —preguntó Diane.

—Llámame Maybelle, me gusta más. Dos chicos que conocimos nos sugirieron Abuela del Polvo. Hay que acostumbrarse.

—Maybelle.

—Vi una entrevista en la televisión sobre este lugar hace unos quince años. Pensé, bueno, eso parece divertido, pero nunca llegué a hacerlo. Entonces un día estaba en la iglesia, y tenían un predicador invitado, y comenzó a hablar de ello, poniéndose muy nervioso, lo hizo. Empezó a decir que era un pozo de pecado, con homosexuales y lesbianas, gente drogada, gente sucia haciendo cosas, cosas terribles. Sacudiendo la cabeza y llorando.

—¿Por eso hiciste el viaje? —preguntó CT, persiguiendo lo último de su comida alrededor de su plato.

—Sí. Bueno, sí es —dijo Maybelle—. Era tan odioso. No me creí sus lágrimas ni sus palabras. Ni por un minuto. Cuando esos predicadores se ponen a llorar, sabes que el plato de la colecta se acerca.

—Mhmm —dijo Rayleen, continuando con su balanceo.

Maybelle continuó.

—Así que estaba allí con mi amiga Rayleen, y decidí que no me importaba que ese predicador hablara con odio a gente que no conocía. Le dije: 'No conoces a esa gente". No le gustó que yo hablara. Su forma de ser no me gustaba nada.

—Mhmm —dijo Rayleen, balanceándose en su silla.

—Conozco su tipo. Le he visto mirar cuando no cree que nadie más lo haga, pensando que todos son estúpidos menos él, como si se saliera con la suya. Así que me sonrió con una mirada como si la mantequilla no se derritiera en su boca. ¿Y sabes lo que dijo?

—¿Qué? —preguntó Diane, embelesada.

—Dijo: 'No sabes de lo que estás hablando, madre Maybelle'. Tenía información de fuentes oficiales de que aquí sale gente mala que hace cosas malas. Y no, él no había estado, pero tampoco yo. ¿Así que sabes lo que le dije?

—¿Qué? —preguntó CT, inclinándose hacia delante.

—Le dije: 'Voy a salir y ver por mí mismo. Saldré y encontraré a esa gente. Los alimentaré y hablaré con ellos y les hablaré de Jesucristo, mi Salvador, si quieren, y veré lo que hay que ver'. ¿No es así, Rayleen?

—Mhmm —dijo Rayleen, meciéndose en su silla.

—¿Y sabes lo que encontré? —preguntó Maybelle.

—¿Qué? —preguntó Diane.

—Gente —dijo Maybelle, dando un sorbo a su vaso—. Gente, como en casa.

—Mhmm —dijo Rayleen, balanceándose en su silla.

—Conocí a un chino, a un hombre de África y a un par de chicos jóvenes de Suecia que ayudaron a Paul a instalarse —dijo Maybelle—. Buenos chicos, aunque olían como la lechuga del diablo, eran tan dulces como podían ser. Hablé con algunos Rangers y los Placers y la gente del DPW, Departamento de Obras Públicas. Ellos construyen el lugar, ya sabes. Hablé con los hombres que conducían el camión de agua, con los hombres del carro de la miel y con dos bonitas mujeres que estaban enamoradas y se iban a casar. Conocí a una pareja de hombres que llevaban diez años juntos, con tres niños de acogida que habían adoptado. Y les di de comer, y hablé con ellos, y todo lo que encontré fue gente.

—Vino un hombre —continuó—, y estaba disgustado. Estaba cubierto de tatuajes, simplemente cubierto. Tenía un aspecto feroz, ¿verdad, Rayleen?

—Mhmm —dijo Rayleen, balanceándose en su silla.

—Le pregunté qué le pasaba y me dijo que nadie le quería. Le dije que Jesús lo ama y que yo lo amo. Se sentó en esa silla con un plato de comida y lloró como nunca se ha visto. Lo abracé y lloró en mis brazos como nunca nadie le había dicho que lo amaba. Le dije que pusiera su tienda allí mismo y que trajera a sus amigos. Se lo dije a un grupo de ellos, ¿y sabes qué? Vinieron, y son la gente más simpática que jamás hayas conocido. Estamos construyendo un pequeño pueblo aquí mismo. ¿Quieren acampar aquí?

—Ya tenemos un campamento que depende de nosotros, pero gracias —dijo CT.

—Bueno, si cambian de opinión o algo cambia, vienen aquí mismo. Sobre la gente que conocí, ahora, algunos de ellos van a tener algunas quemaduras de sol interesantes, te puedo decir eso. Pero hablaron con una anciana y fueron amables conmigo. Dos chicos que hablaron conmigo dijeron que estaban haciendo los coches de arte accesibles para los discapacitados.

Ahora, ¿por qué la gente mala haría eso? Vendrán mañana por la tarde, si no hay demasiado polvo, para llevarnos a Rayleen y a mí a dar un paseo. ¿No es emocionante?

—Mhmm —dijo Rayleen, balanceándose en su silla.

Maybelle se sentó en su propia silla y respiró profundamente.

—¡Uf! Me siento un poco cansada, creo que me voy a acostar. Gracias, señoras, por pasar por aquí y hablar con una vieja —dijo Maybelle—. Paul, tráeles uno de esos tarros de judías verdes.

—Eso no es necesario —dijo Diane. Maybelle la saludó con un gesto despectivo. Paul recogió sus platos y desapareció en la casa rodante. Cuando regresó, tenía un tarro Mason en la mano. Se lo entregó a CT.

—Estos son de mi jardín —dijo Maybelle—. Tómalos y piensa en mí cuando los compartas con tus amigos. ¿Quieres rezar conmigo antes de irte?

—Claro —dijo Diane.

Maybelle tendió la mano a Rayleen, que tomó la de Paul, que tomó la de CT, que tomó la de Diane, que completó el círculo con Maybelle. Inclinaron la cabeza.

—Señor, gracias por permitirme reunirme con estas jóvenes y compartir este precioso tiempo. Cuídalas y ayúdales en su aventura aquí y a encontrar lo que buscan. Amén.

—Mhmm —dijo Rayleen, sentándose y recogiendo su tejido.

—Adiós —dijo Diane, inclinándose para abrazar a Maybelle.

—Pórtate bien, cariño, pero no demasiado bien —le dijo Maybelle al oído.

CT abrazó a Maybelle y se dirigieron a sus bicicletas. Se saludaron al separarse.

¿De verdad ha pasado eso? —dijo Diane, después de que estuvieran más lejos en la carretera.

—Sí —dijo CT.

CAPÍTULO 17

Martes, 1 de septiembre, cuatro días para que comience la Quema del Hombre

Diane se despertó y cayó en su ya habitual rutina matutina de café, porto y tareas. Estaba terminando de llevar los objetos al barril de la quema cuando CT se unió a ella. Luego los dos asistieron a la clase de yoga.

Después de terminar la clase, Diane y CT guardaron sus cosas. CT le entregó un tutú púrpura y luego se puso uno verde sobre sus propios pantalones cortos.

—¿Qué es esto? —preguntó Diane.

—Martes de tutú —respondió CT—. ¿Nos vemos en el bar?

—Claro —Diane se puso su bolsa de cuero en la cadera, así como su shemagh, máscara y gafas, y luego se puso el tutú. El montaje de su equipo le resultaba muy familiar. Diane cogió su libro y se dirigió a la barra.

—Deberías tirar eso ahora mismo —dijo Sequoia, acercándose a Jeremy.

—¿Por qué la gente sigue diciendo eso? —preguntó Jeremy.

Diane se preguntó lo mismo.

—Bueno, es así —explicó CT—. No importa tus intenciones, hay demasiadas distracciones, demasiadas cosas que hacer. Si puedes hacer aunque sea una cosa al día a la que quieras asistir, lo estás haciendo bien. Ya verás.

—¿Qué te parece el campamento de la Gran Carpa? —preguntó Diane, levantando la vista de su libro—. No está lejos, y empieza en una hora.

—Me apunto a eso —dijo CT—. ¿Quieren venir?

—Le prometí a Ollie que saldría con él hoy —dijo Jeremy—. Otro día lo haría, sin embargo.

—Lo comprobaré —dijo Sequoia—. Tengo un turno de bar esta noche, sin embargo, así que no hay aventuras de varios días.

—Desenreda tus bragas, princesa —dijo CT, con ironía—. Te tendré de vuelta para el baile. Recojamos nuestras cosas y reunámonos en cinco.

Mientras el grupo se separaba, Diane no pudo evitar notar que Jeremy parecía un poco decaído. Parecía perdido en un momento, todo para sí mismo. Acercándose a él, le tocó el brazo.

—¿Todo bien? —preguntó Diane.

Jeremy sonrió, pero aún tenía un aire de tristeza.

—Sí —dijo, encogiéndose de hombros—. Ollie y yo nos dirigimos al Templo para esta cosa que vamos a hacer. Me estaba divirtiendo tanto que me dio por pensar cuando me lo recordó anoche.

Diane le miró a los ojos. Pudo ver algo allí, algo en el fondo. Para ser un hombre joven, tenía una gravedad y una mundanidad que ella no habría esperado.

—¿Qué tal un abrazo? —preguntó Diane.

—Estoy bien —respondió Jeremy.

—Es para mí, tonta —dijo Diane, levantando los brazos.

Jeremy se adelantó, rodeándola con sus brazos, estrechando un profundo abrazo.

—Gracias —dijo, soltándola y dando un paso atrás, sonriendo de nuevo.

—De acuerdo —dijo Diane—. Nos vemos luego.

Jeremy asintió con la cabeza. Diane regresó, recogió sus cosas y se reunió con CT y Sequoia junto a las bicicletas. Montando, miró hacia atrás para ver a Jeremy caminar de vuelta a su cochera.

—¿Listo? —preguntó CT.

Diane los siguió hasta la calle.

La cantidad de gente que había en la calle era sorprendente. Por la calle polvorienta circulaban bicicletas, personas a pie y algunos vehículos.

—Whoop —dijo Sequoia—. Camión de agua.

Diane levantó la vista y vio un gran camión con un tanque en la parte trasera. Se dirigía lentamente hacia ellos, rociando agua en la carretera. El chorro se extendía unos metros en cada dirección. El grupo se apartó a un lado.

Mientras observaban, tres mujeres y dos hombres salieron corriendo detrás del camión que avanzaba lentamente, completamente desnudos y riendo. Corriendo hacia el chorro de agua, se enjabonaron. Bailaban mientras lo hacían, y su ducha móvil parecía darles alegría. Después de treinta metros, se enjuagaron y volvieron por donde habían venido, supuestamente más limpios.

—¿Qué demonios ha sido eso? —preguntó Diane.

—No todos los campamentos tienen duchas —dijo CT—. A veces es necesario limpiarse. Pero el agua del tanque es supuestamente no potable, así que tienes que intentar no meterte demasiado en la boca.

Diane sacudió la cabeza ante el nuevo absurdo.

Continuaron por la calle. Los campos estaban llenos de actividad. La gente estaba en la calle, invitándoles a entrar, ofreciéndoles golosinas, ofreciéndoles chorros de agua para refrescarse. Diane siguió las indicaciones de Sequoia y CT sobre dónde parar y dónde pasar. Todavía no habían recorrido ni cuatro manzanas.

Diane estaba empapándose de todas las nuevas vistas que la rodeaban. En los últimos días había estado sobre todo montando el campamento, y la ciudad había cobrado plena vida sin que ella se diera cuenta. La música, las risas y las celebraciones abundaban por todas partes. Edificios polvorientos, tiendas de campaña polvorientas, fachadas polvorientas estaban a su alrededor. Torres hechas de andamios con plataformas espaciadas a intervalos se alzaban sobre ellos en diferentes lugares. En los campamentos abundaban los carteles, pintados a mano o impresos por profesionales, sobre sus ofertas y actividades.

Los bares se dispersaron por los diferentes campamentos. Pasaron por una carrera de obstáculos para bicicletas de montaña hecha de madera. Sequoia se desvió y lo atravesó. A su alrededor había talleres de reparación de bicicletas, tiendas de campaña altas y ondulantes, caravanas y contenedores de transporte, telas de colores, banderas, obras de arte y esculturas. Diane se dio cuenta de que la línea de visión a su alrededor se había reducido mucho. Donde días antes el suelo había estado abierto y se veían varias calles, ahora el espacio se había llenado de gente y estructuras.

CT se detuvo ante un campamento con estructuras de sombra desplegables que albergaban múltiples percheros. Tras aparcar y cerrar su moto, entró en el recinto. Diane la imitó mientras Sequoia charlaba con un tipo de la calle que llevaba un taparrabos y un sombrero de vaquero.

Al examinar la ropa, Diane encontró una bonita falda de fiesta y un cabestro de cuero que le parecieron de su talla, junto con un elegante cinturón de piel. Vio un pequeño probador y apartó la cortina. Se puso las prendas, salió y se miró en el espejo de cuerpo entero.

—Buen hallazgo —dijo CT—. Te quedan bien.

—Lo hacen —dijo Diane—. Tendré que volver al campamento para coger mi cartera.

—No es necesario —dijo CT—. Estos son regalos.

—¿Qué quieres decir con 'regalos'? —preguntó Diane.

—Tonta —dijo CT—. ¿Ves a alguien aquí? Esto es una boutique Burner.

Diane miró a su alrededor. No había nadie más en el espacio.

—¿Te refieres a llevarlos? —Diane preguntó—. ¿No es eso robar?

CT se rio.

—No, son regalos de quien los puso, para que cualquiera los tome. No hay que robar cuando es gratis. Créeme.

Diane luchó un poco con este concepto que parecía tan extraño.

—Pero hay buenos zapatos y ropa de calidad —dijo—. Algunas de estas cosas son realmente bonitas.

—Regalo, regalo, regalo —dijo CT, señalando varios artículos.

—Oh, wow —dijo Diane, mirando alrededor de los múltiples estantes de ropa, dándose cuenta de que alguien había transportado todo esto, la ropa y el equipo, hasta el desierto solo para regalarlo.

—¿Lo entiendes? —dijo CT—. Mira por aquí.

Diane siguió a su amiga hasta el final de la estructura de sombra. Una estructura de alambre de muchos brazos, decorada con pequeñas baratijas, estaba fuera, junto a la carretera. Cigarrillos, preservativos, antiácidos, caramelos, colgantes y otros pequeños objetos colgaban de ganchos, pinzas y cuerdas.

—Este es un árbol que da —dijo CT—. Si quieres o necesitas algo, cógelo. Si tienes algo que regalar, déjalo.

—¿Así que hay que dejar algo, como un intercambio? — preguntó Diane.

—No —dijo CT—. Si hay expectativas, no es un regalo. Esto no es un sistema de trueque. Lo tendrás.

—¿Están preparadas, chicas, después de su dosis de compras? —preguntó Sequoia.

—Explicación de Gifting —dijo CT.

—¿Algo bueno en el árbol? —preguntó Sequoia.

—Depende de lo que necesites.

—Hay un reloj —dijo Diane—. En realidad, se ve bien. ¿Tal vez algo de ropa?

Sequoia miró el reloj.

—No, estoy en tiempo de playa —respondió—. Y nada me va a caber aquí.

Diane le miró. Medía alrededor de 1,80 metros y pesaba al menos 250 libras. Supuso que tenía razón. De todos modos, pensó que ya se veía muy elegante con su falda escocesa marrón y su boina negra y con varios adornos en el cinturón.

—¿Quién era el tipo? —preguntó CT mientras se dirigía a su bicicleta.

—Tengo una cita para más tarde. Se pasará por el bar —dijo Sequoia.

—Alguien está cazando osos —se burló CT.

Diane recogió su ropa y la guardó en la alforja de su moto. Desbloqueando la moto y siguiendo a sus amigos bromistas, miró por encima del hombro, medio esperando que algún comerciante iracundo los persiguiera.

Así que eso es Gifting, pensó Diane.

CAPÍTULO 18

—Bueno, esa es una carpa realmente grande —dijo Diane, cerrando su bicicleta frente a la colosal estructura.

El trío entró en la carpa gigante y vio que la gente se arremolinaba dentro. Los trapecios y las anillas para columpiarse dominaban la zona central. Un hombre desnudo se balanceaba sin esfuerzo de un asidero a otro. El público lo apreciaba y lo aclamaba. Diane todavía se está acostumbrando a ver desnudos, tanto masculinos como femeninos. Era menos chocante de lo que hubiera esperado. Durante el trayecto, varias mujeres habían pasado en topless y en bicicleta, y todo le había parecido muy aceptado y sin problemas. Pensó que las mujeres debían sentirse muy seguras y cómodas aquí para poder hacerlo.

—¿Quieres aprender a sacar un látigo? —le preguntó un hombre. Iba vestido con un traje de vaquero completo, con sombrero de vaquero, chaparreras, botas y vaqueros, todo el conjunto. Llevaba un látigo enrollado en la mano.

—Claro que sí —dijo Diane.

CT y Diane siguieron al hombre hasta una zona adyacente. Sequoia había desaparecido en la tienda.

El vaquero les entregó un látigo a cada uno y comenzó a demostrar la técnica.

—Deja que cuelgue detrás de ti —dijo—. Luego mueve el brazo hacia delante, dejando que el látigo salga rodando.

Diane observó cómo el cuero trenzado rodaba en el aire. El delgado tapón en el extremo de las hebras de cuero trenzado se enderezó al final del lanzamiento con un pequeño sonido de crujido.

—Una vez que lo tengas dominado —dijo el hombre—, llegarás a un chasquido como este.

Moviendo el látigo detrás de él, movió el brazo y produjo un satisfactorio chasquido del látigo.

Diane y CT empezaron a practicar mientras el hombre pasaba a enseñar a otro alumno.

—Esto es genial —dijo Diane, practicando con su látigo.

CT echó el brazo hacia atrás y sacó el látigo con fuerza. El látigo no se rompió.

—Creo que éste es defectuoso —dijo CT.

—Vamos a ver —dijo el hombre, volviendo hacia ellos. Cogió el látigo de CT y lo hizo rodar, produciendo un fuerte chasquido.

Diane movió el brazo rápidamente, copiando la técnica del hombre. Sonó un chasquido satisfactorio. Sonreía mientras lo hacía una vez tras otra.

—Parece que tienes talento natural —dijo el hombre, observándola.

—Presumida —dijo CT, burlándose de su amiga—. Voy a buscar a Sequoia. ¿Quieres quedarte aquí?

—Sí —dijo Diane—. Me gustaría hacer algo más.

CT se alejó hacia la tienda. Diane siguió practicando su técnica. Cuando CT y Sequoia regresaron, ella fue capaz de romper el látigo tres veces delante de ellos.

—¿Están listos para la tirolesa? —preguntó Sequoia.

—¿Tirolesa? —respondió Diane, devolviéndole el látigo y dándole las gracias.

—Sí —dijo CT—. He oído que está arriba, en la Explanada, no muy lejos de aquí.

Las tres montaron en sus bicicletas y se abrieron paso a través de la congestionada calle. Cada vez había más gente en la calle, realizando actividades, tomando algo o simplemente observando a la gente. Abundaban los disfraces y los trajes de los Burner.

Había bicicletas por todas partes, así como otros medios de transporte más interesantes. Una pareja sentada en un sillón de cuero se desplazaba por la calle. Diane pudo ver que la mujer conducía con un joystick montado en el brazo del sillón. Había una gran sombrilla de playa montada en la parte trasera, que daba sombra. Parecía que se estaban divirtiendo mucho.

Al girar hacia la explanada, Diane se sorprendió al ver la actividad que había en la amplia y polvorienta extensión. Después de haber pasado tanto tiempo construyendo el campamento y de haber salido solo por la noche, la masa humana que se arremolinaba de un lado a otro le pareció estupenda.

La playa se extendía hasta donde alcanzaba la vista, con un hermoso cielo. Un paisaje blanco, beige y polvoriento, plagado de gente, esculturas y otras obras de arte, se extendía en todas direcciones. Había creaciones fantásticas de apariencia realista, algunas de tamaño extravagante. Había enormes palabras de metal, que fácilmente alcanzaban los tres metros de altura, con gente pululando sobre ellas. La música de baile sonaba en los campamentos que la rodeaban.

Al volver la vista hacia la ciudad, Diane vio un auténtico velero de madera, con mástiles y jarcias, que bajaba por la calle. Diane observó cómo giraba lentamente hacia la Explanada y luego hacia la playa. Otros coches, o más bien artilugios, circulaban también por la polvorienta carretera. Era casi demasiado para asimilarlo. Diane sacudió la cabeza para despejarla.

—Es mucho, ¿eh? —dijo CT, deteniéndose a su lado.

—Ummm —dijo Diane—. Sí, no puedo ponerlo en palabras.

—Espera hasta esta noche —dijo Sequoia a su lado.

—¿Lista para la cremallera? —dijo CT—. Iremos despacio.

—¿Por qué no aparcamos y caminamos? —dijo Sequoia—. Así podrá asimilarlo mejor.

—De acuerdo —dijo CT—. ¿Te parece bien, Diane?

—Claro —respondió Diane, bajando de su moto.

—Vamos a bloquearlos juntos allí —dijo Sequoia, indicando

una pieza de arte fuera de la carretera.

—¿Encerrarlos a la obra de arte? —preguntó Diane, mirando la escultura de metal.

—Absolutamente no —respondió Sequoia—. Bloquearlas entre sí cerca del arte nos dará un recordatorio visual —los tres juntaron sus bicicletas y les pusieron un candado a cada una.

Recogiendo los objetos necesarios, salieron en paralelo a la carretera. A la izquierda de la carretera estaba la ciudad. A la derecha estaba la playa. La gente pasaba junto a ellos, algunos en bicicleta, acercándose a sus destinos. La tierra crujió bajo sus pies hasta que se acercaron a la Explanada, donde se convirtió en polvo.

—Este lugar está totalmente sumergido en primavera —dijo CT—. La gente navega en kayak por él.

A Diane le costaba creerlo.

Los campamentos en el borde de la playa eran una mezcla ecléctica de diversas ofertas. Uno de ellos era obviamente una zona de descanso, suntuosamente amueblada con sofás y alfombras. La gente descansaba y charlaba bajo la estructura de sombra de una tienda de campaña. Diane se fijó en una mujer que caminaba con un niño que no debía tener más de cuatro o cinco años. El niño y la madre llevaban paraguas para protegerse del sol.

—¿Hay niños aquí? —preguntó Diane a CT.

—¿Es una afirmación o una pregunta? —contestó CT.

—Ambas cosas, supongo.

—Sí —dijo CT—. La gente lleva a sus hijos. Tienen toda una sección, Kidsville, donde las familias acampan juntas. Está acordonada, solo se permite a las familias. Tienen juegos y actividades, y los niños están vigilados. Me pareció extraño cuando lo vi por primera vez, pero nunca he oído que le haya pasado nada malo a un niño aquí.

—Es que no me lo esperaba —dijo Diane.

—Si te fijas —dijo CT—, los niños ven el arte y el espectáculo. Y todos nos ponemos en un estado infantil cuando estamos aquí, de explorar, de divertirnos sin las responsabilidades.

La siguiente parcela por la que pasaron albergaba la fachada de un gran edificio de tres pisos con ventanas recortadas. Un gran escenario dominaba la fachada exterior. En realidad, allí no ocurría nada.

—Allí tienen espectáculos por la noche —dijo CT. Luego, señalando hacia delante, añadió—: ahí está la tirolina.

Diane miró hacia donde CT había señalado. Era una torre de cinco pisos en la distancia, con un cable que bajaba a una plataforma más pequeña. La estructura estaba junto a una rampa de patinaje gigante. A los ojos de Diane, todo parecía hecho profesionalmente. Los patinadores se dejaban caer por la larga pared de madera y hacían trucos.

—¿Es seguro? —preguntó Diane, mirando hacia arriba mientras se acercaban a la estructura.

—¿Comparado con qué? —contestó Sequoia.

Los tres se detuvieron al final de una corta fila en la base de la torre.

—¿Se están subiendo la cremallera? —preguntó un hombre descamisado con pantalones de harén y sombrero de copa.

—Sí —respondió CT.

—Bien —el hombre señaló unas cestas—. Pongan sus cosas allí y suban.

Colocando sus objetos en el lugar designado, el trío comenzó a subir los escalones de la torre, que parecía estar hecha de andamios resistentes con serpentinas de tela. A medida que subía, Diane sintió inquietud en el estómago. La estructura parecía bastante segura, pero no creía que hubiera estado aquí ni siquiera el día anterior.

Diane miró lo que solo unos días antes, cuando llegaron, había sido un paisaje escaso. La vista era increíble. Las calles estaban bien definidas, la ciudad tomaba forma. Los espacios de acampada estaban llenos de tiendas de campaña, estructuras de sombra y caravanas. Incluso había algunas otras torres salpicadas por la ciudad. Mirando hacia el extremo norte, pudo ver dónde terminaba la media luna curvada de la ciudad y empezaba la playa. Unas montañas rocosas y negras rodeaban el desierto. Al oeste, en el borde de la Explanada, se estaba levantando una enorme estructura, con cinco torres individuales frente a gigantescas tiendas blancas.

Al este, en la playa, Diane podía ver claramente la estructura del Hombre, con las farolas que salían a las tres, a las seis y a las nueve. Más allá, en la extensión blanca, vio el Templo. Pudo distinguir la escultura del dragón y otras obras de arte que había visto. Las personas que se encontraban debajo de ella eran figuras diminutas que se desvanecían hasta convertirse en meras manchas en el lienzo blanco. El aeropuerto se veía a lo lejos, a la derecha.

—¿Estás lista? —preguntó el TC—. Estás detrás de mí.

Diane levantó la vista. A Sequoia le habían puesto el arnés y estaba siendo enganchada a la tirolina por una joven vestida con traje de faena, camiseta de tirantes y gafas.

—¿No hay un informe de seguridad o algo así? —preguntó Diane.

—No te sueltes —le dijo la mujer a Sequoia, dándole un empujón.

Sequoia lanzó un grito de guerra mientras se deslizaba al aire libre, colgando de su arnés y de sus manos mientras se deslizaba por el grueso cable. Diane observó con preocupación hasta que se deslizó hasta el final del cable y fue atrapado por un equipo en la parte inferior. Pudo ver que estaba a salvo y que bailaba con las manos en alto.

—Supongo que es seguro —dijo CT.

Diane se giró para ver a su amigo ya con el arnés y atado al cable.

—Ponte el arnés —le dijo otro hombre a Diane. Ella no se había dado cuenta de que estaba allí en la plataforma con ellos. Una aguda punzada de pánico le apuñaló el estómago, pero se metió en el arnés negro y palmeado. Al hacerlo, oyó un grito y miró hacia arriba. CT se había bajado y se deslizaba por el cable, riendo maníacamente de alegría.

Diane pudo sentir cómo el hombre abrochaba y apretaba las distintas correas alrededor de su cuerpo. Sentía un nudo en la garganta y tenía la boca seca y gomosa. El corazón le latía con fuerza en el pecho y la sangre le rugía en los oídos.

—¿Estás preparada? —le preguntó el hombre, sacándola de su angustioso ensueño.

Diane tomó aire y se tranquilizó mientras lo exhalaba.

—Sí —dijo, dejando que el hombre la guiara hasta el cable.

La mujer la enganchó firmemente al cable y luego colocó las manos en la barra. Diane pudo ver a CT y a Sequoia, a salvo en el suelo, mirándola. Diane se dominó a sí misma y a su miedo de momento, pero seguía congelada con las manos sujetas al asa.

—¿Estás segura? —le preguntó la mujer después de un momento—. ¿Quieres esto?

—Sí —dijo Diane—. Estoy segura.

—No lo sueltes —dijo la mujer, y luego golpeó a Diane en el trasero.

Diane, sacudida por el miedo, apretó la barra con fuerza mientras se lanzaba al aire. El viento sopló a su lado mientras se deslizaba, ganando velocidad, con la vista puesta en la plataforma inferior.

Todo terminó antes de que pudiera sentir más miedo. El hombre y la mujer apostados en la plataforma agarraron a Diane. En un momento, la despojaron de su arnés. Temblando por la adrenalina, fue rápidamente rodeada por Sequoia y CT, riendo mientras la abrazaban.

—Bueno —preguntó Sequoia—, ¿qué te parece?

—¡Santo cielo, ha sido divertido! —dijo Diane—. ¿Qué es lo siguiente?

—El tipo acaba de decir que el Templo va a abrir pronto —dijo Sequoia.

CAPÍTULO 19

Atravesar la playa en bicicleta fue caluroso y seco. Diane tenía la boca seca cuando llegaron al Templo y aparcaron y bloquearon sus bicicletas en la baja valla de madera que rodea el lugar.

El Templo era un diseño arquitectónico ambicioso. Diane no sabía mucho de arquitectura, pero sabía que nunca había visto nada parecido. Una estructura alta y aireada, que permitía el acceso en múltiples puntos, y el grupo entró fácilmente. Parecía que el Templo acababa de abrir y que aún no se había enterado mucha gente. Sin embargo, un buen número de personas deambulaba por los pasillos. Desde el pasillo principal salían múltiples rincones. El edificio tenía una tranquilidad propia, muy diferente del resto de la Quema.

Diane tocó las limpias líneas de madera, admiró el enrejado que había sobre ella y apreció el trabajo que debió costar construir esta estructura de múltiples y grandes cámaras circulares alineadas con un vestíbulo central.

—¿Van a quemar esto? —preguntó Diane, a quien le costaba creer que se hubiera invertido tanto esfuerzo en construir algo para luego destruirlo sin más.

—Sí, el domingo —dijo Sequoia en voz baja.

Diane pudo ver cómo la gente introducía objetos en el edificio. Cuadros, pósters, maletas y un sinfín de otros artículos estaban ordenados o depositados. Muchas personas firmaban en las vigas de madera, algunas aparentemente escribiendo largos pasajes. CT notó su mirada y se acercó a ella.

—Traen sus recuerdos —dijo CT—. Cosas que recordar, personas que dejar ir.

Los pasillos y las cámaras estaban en su mayoría vacíos mientras caminaban, pero Diane vio gente en algunas de las cámaras. Algunos estaban meditando, otros simplemente tumbados con los ojos cerrados.

Diane salió al exterior y se sentó en la valla de madera junto a las bicicletas. Observó a la gente que entraba y salía del templo. Había algo que no podía entender.

Metió la mano en su bolso y sacó un cigarrillo y la lata para las cenizas. Lo encendió y fumó, tratando de comprender lo que estaba viendo. CT y Sequoia salieron del templo, la vieron y se unieron a ella.

—Es diferente —dijo finalmente Diane, apagando el cigarrillo y cerrando la tapa de la lata.

—Hace falta un par de veces —dijo CT.

Un grito de alarma les hizo girar la cabeza. CT y Sequoia miraron a su alrededor durante un minuto y luego se dirigieron a la fuente. Diane les siguió. En una de las entradas del Templo, un hombre corpulento en pantalones cortos estaba tirado en el suelo, gritando histéricamente.

—¿Qué está pasando? —preguntó Diane.

—No lo sé —dijo Sequoia, preocupada—. Podría estar teniendo un problema.

—¡Lo hice, lo hice! —gritó el hombre, temblando en el polvo.

Dos Rangers, ambas mujeres menudas, se acercaron al hombre. Una se detuvo para agacharse y hablar con él, la otra mantuvo la distancia. Para Diane, el hombre parecía inestable, posiblemente peligroso. Se había reunido una pequeña multitud.

—Sequoia —preguntó Diane, preocupada por la Ranger que se había acercado al hombre—, ¿está a salvo?

Sequoia no dijo nada mientras observaba la escena. Diane no sabía qué pensar. Los dos Rangers hablaron y uno de ellos utilizó su radio. Diane pensó que debía ser para llamar a la policía. No creía que esto fuera a salir bien.

El hombre siguió gritando. A Diane le pareció que estaba sufriendo algún tipo de crisis mental. Otra joven Ranger salió del Templo, echó un vistazo, evaluando la situación, y luego sacó una botella de agua y algún tipo de bocadillo de su bolso. Se acercó al hombre y Diane pudo oír cómo le hablaba en voz baja. El hombre pareció calmarse. La guardabosques le dio el agua y la comida y se sentó a su lado, sin dejar de hablarle. Diane siguió observando cómo el hombre se terminaba el agua y el bocadillo y se tumbaba en la playa. La guardabosques le puso la mano en el hombro, sin dejar de hablarle. Toda la energía de la escena se había desescalado, cambiando en momentos.

—Y eso —dijo CT en voz baja—, es un Punto Verde en acción.

—¿Punto Verde? —preguntó Diane.

—Un Punto Verde Ranger —dijo Sequoia—. Están especialmente entrenados para ayudar en situaciones como ésta.

—Estaba segura de que habría que llamar a la policía —dijo Diane mientras observaba cómo los Rangers ayudaban al hombre a levantarse y lo llevaban a un poco de sombra—, y que sería un asunto de arresto. El hombre parecía inestable.

—Por eso tenemos Rangers —dijo CT—. Para no tener que usar a la policía. Hombre, me encanta este lugar. Es mágico.

—¿Cómo es eso? —preguntó Diane, colocando la lata de nuevo en su bolsa de la pierna.

—Ya verás. ¿Recuerdas la parte de beber agua? Esto es algo que puede ocurrir. Demasiada fiesta, falta de agua o de descanso, añadir un poco de estrés o inestabilidad mental... la gente puede perderlo —dijo Sequoia, y añadió—: ¡Mira eso!

Diane miró detrás de ellos. Un enorme y arremolinado tornado de polvo se abría paso lentamente por la playa. La gente gritaba y se precipitaba hacia él en sus bicicletas.

—Vamos —gritó Sequoia, corriendo hacia las bicicletas.

—¿Ir a dónde? —preguntó Diane.

—Allí —dijo Sequoia, quitando el candado de las bicicletas, con la cara emocionada.

Diane miró a CT, confundida.

—Es una especie de cosa suya —dijo CT—. Si no consigue perseguirlas, hace pucheros. Si lo dejamos ir solo, lo perderemos para el resto del día.

Diane se encogió de hombros, tirando de su máscara antipolvo y luego envolviendo fuertemente su shemagh, manteniendo un ojo en Sequoia mientras ajustaba sus gafas. Subiendo a su moto, la persiguió.

CT y Diane redujeron la distancia, alcanzando a Sequoia. Se dirigió directamente a la nube de embudo, que se hacía más grande a medida que se acercaban a ella. Diane pensó que debía de tener al menos unos doscientos pies de altura, y treinta pies de ancho en la base.

Varias personas en bicicleta se encontraban delante de ellos, fluyendo a su alrededor, corriendo para llegar a la torre de polvo. Entonces, Diane vio que la gente desaparecía en la masa que se arremolinaba. Sequoia los siguió. Diane y CT se acercaron. Tuvieron que desviarse para evitar a una mujer que se precipitaba hacia ellos desde la nube, cubierta de fino polvo blanco.

La emoción y el miedo se apoderaron de Diane cuando atravesó por primera vez la ligera polvareda en el borde del embudo arremolinado. Luego la envolvió. Su campo de visión se redujo instantáneamente y redujo la velocidad, frenando de repente cuando vio luces intermitentes casi delante de ella. Sequoia estaba de pie, a horcajadas sobre su moto, con las luces intermitentes encendidas, los brazos extendidos, la cabeza hacia atrás, el pelo agitado por el viento. CT no aparecía por ningún lado.

Diane sintió un pulso de euforia. El viento, impulsado por el polvo, se arremolinó en torno a ella, tirando de su ropa, arrancando de repente el shemagh. La mano de Diane no alcanzó la tela y salió volando. Su pelo se agitó alrededor de su cabeza. Diane se puso la mano sobre la máscara, respirando lenta y superficialmente.

Una luz brillante la inundó. El embudo se elevaba,

desaparecía. Había pasado de largo. El polvo cubrió sus gafas. Utilizó su dedo para limpiar cada lente. Sequoia estaba frente a ella, con los brazos aún extendidos, las gafas y la máscara puestas, y completamente cubierta de pies a cabeza de polvo blanco.

Al levantar las gafas, Diane pudo ver unas cuantas motos tiradas en el suelo con gente en sus asientos. Al parecer, había habido una colisión.

CT estaba a unos tres metros de distancia, levantando la mano con un movimiento de parada. Entonces Diane se dio cuenta de que CT llevaba una cámara en la otra mano. CT caminó hacia Diane y Sequoia y luego alrededor de ellas, sacando fotos. Sequoia rodeó los hombros de Diane con sus brazos y la acercó. Deslizando sus gafas, y luego bajando su máscara, Diane podía sentir el polvo que caía de sus cejas y cabello.

—¡Joder, sí! —gritó Sequoia, corriendo con los brazos en alto. Diane miró la foto en la cámara digital de CT. Como había esperado, estaban todos completamente cubiertos de polvo.

—Eso fue mejor de lo que pensaba —dijo Diane.

—¿Verdad? —dijo Sequoia, acercándose para aplastarla en un abrazo.

—Creo que necesito un trago después de eso —dijo CT, lavándose la boca con su botella de agua.

—¿Volvemos al campamento? —preguntó Sequoia.

—Me vendría bien un poco de comida y sombra —dijo Diane, divisando su shemagh y corriendo a cogerlo del suelo.

Mientras se dirigían al campamento, Diane se asombró de la cantidad de polvo que cubría sus cuerpos. El pelo de sus brazos estaba completamente cubierto de polvo. Cada pelo destacaba en marcado contraste blanco contra su piel morena.

Lo más sorprendente es que no le importaba.

CAPÍTULO 20

Diane se relajó bajo la sombra del bar, con los pies en un cubo de agua helada y una cerveza en la mano. El campamento era tan cómodo, que podía ver por qué sería tentador quedarse allí mucho tiempo. La conversación era interesante y fluida, las risas surgían sin esfuerzo.

Tras la ducha y el aullido del atardecer, Diane ayudó a preparar la cena. Pepper sacó filetes y los asó. CT y Sequoia se ocuparon de las patatas y las judías verdes. Diane ayudó a Jeremy a picar las verduras de la ensalada.

—¿Has hecho lo tuyo? —le preguntó Diane a Jeremy.

—Iba a ir al Templo —respondió Jeremy—. No lo conseguimos.

Después de pulir la comida, Diane se sentó, saciada.

—¿Y esta noche? —preguntó Diane.

Sequoia y CT se miraron.

—Visita a pie —dijo CT.

—Definitivamente —Sequoia estuvo de acuerdo—. En un coche de arte, encontrarás algunos de los problemas. Más en una bicicleta. ¿Caminando? Encontrarás todos los problemas.

—Estoy pensando en un poco de baile —dijo Pepper—, después del show de Yester Jester.

—Oh, claro —dijo CT—. Ese es un plan, entonces.

El grupo se dispersó para prepararse, Diane eligió leggings, botas y un top con volantes que le llegaba a los muslos. Su bolsa de cadera y equipo en su lugar, ella fue a la barra para esperar.

—Con un whisky —dijo un hombre a su lado—. Estás muy

guapa.

Diane miró al hombre. Era de mediana edad, delgado como un rayo, llevaba una camisa sin mangas, unos pantalones cortos vaqueros arrugados y botas de vaquero. Un rostro áspero, enmarcado por unos bigotes polvorientos y unos grandes aros de madera en las orejas, la miraba. Parecía estar un poco borracho y sus ojos no parecían estar bien.

—¿Estás acampando aquí? —preguntó Diane.

—No, solo pasaba por aquí —dijo el hombre—. Es agradable encontrar un lugar con whisky y mujeres. Buena música también. Me llamo Devon.

—¿En cuántas Quemas has estado? —preguntó Diane.

—Esta es la segunda —respondió Devon—. ¿Quieres algo que brille?

Diane no sabía de qué estaba hablando el hombre. Algo en él no se sentía bien, y decidió que no le importaba la sensación.

—Encantada de conocerte, Devon —dijo Diane—. Creo que me dirigiré a la cocina.

Devon extendió la mano y la puso sobre la rodilla de Diane.

—¿Qué prisa tienes? —preguntó Devon.

Diane se sorprendió cuando la mano se agarró con más fuerza. De repente fue consciente de que estaba de espaldas a la barra y que no había nadie más alrededor.

—No lo consiento —dijo Diane—. Mueve la mano, por favor.

En lugar de soltarla, Devon aumentó la presión, inclinándose más cerca.

—Bueno, creo que... —Devon comenzó.

Diane le agarró el pulgar y tiró bruscamente hacia atrás.

—Owww —gimió Devon, apartándose de ella—. Oye, ahora...

Como por arte de magia, Diane estaba rodeada por Pepper, CT, Jeremy y Sequoia. Todos ellos estaban empujando a Devon hacia atrás de Diane. CT se acercó a Devon y le dio una palmada en una oreja de madera.

—Creo que es hora de que golpees los pies, amigo —dijo Sequoia—. ¿Has oído hablar del consentimiento?

—¿De qué estás hablando? —preguntó Devon, acunando su

pulgar—. Solo estábamos hablando.

—Consentimiento, imbécil —dijo CT. Su cara estaba roja—. Permiso.

Diane pudo ver que Sequoia estaba echando humo, con la cara puesta como una piedra. Sequoia tomó su dedo índice y golpeó a Devon en el pecho, con fuerza. Diane pudo oír el golpe.

—Ves, ese era yo tocándote sin consentimiento —dijo Sequoia—. ¿Lo entiendes? ¿O quieres que te apriete las pelotas sin consentimiento?

Devon ya había tenido suficiente. Se dio la vuelta y caminó rápidamente fuera del campamento y por el camino, acunando su mano. Sequoia y CT caminaron hasta el borde del camino y luego lo siguieron.

Pepper se volvió hacia Diane.

—¿Estás bien?

—Sí —dijo Diane, tomando un trago de su whisky y luego poniendo la copa en la barra—. Es un asqueroso. He tratado con ellos antes.

—Quizá en el mundo real —dijo Pepper, mirándola con preocupación—. Allí no es aceptable, y aquí no se tolera.

Twinkle entró en el bar y se acercó al grupo.

—¿Qué pasa? —preguntó Twinkle.

Pepper le explicó lo que había pasado. La cara de Twinkle cambió de preocupación a seriedad.

—Eso no es aceptable —dijo Twinkle—. Sequoia no debería haberle tocado, pero no le culpo. Voy a llamar a los Rangers. El tipo podría probar esas cosas en otro sitio.

Twinkle encontró un walkie-talkie negro y los Rangers llegaron en diez minutos. Tomaron una descripción de Devon y la escribieron en sus cuadernos. Después de comunicar por radio la descripción, recibieron la respuesta de que Sequoia y CT habían seguido al hombre hasta encontrar a otros Rangers.

—¿Harán algo? —preguntó Jeremy.

—Quizá —dijo Twinkle—. Ahora estarán pendientes del tipo y hablarán con él. Si hay quejas, probablemente llamarán a las fuerzas del orden y lo arrestarán o lo expulsarán. Se toma muy en serio. ¿Seguro que estás bien?

—Puedo manejar a un asqueroso —respondió Diane, asintiendo.

—Eso es obvio —dijo Pepper.

Sequoia y CT regresaron, entrando en el bar.

—Los Rangers se están encargando de ello —dijo CT, acercándose y abrazando a Diane.

—Muy bien todo el mundo —dijo Diane—. Estoy bien. No dejemos que un imbécil nos estropee la noche.

El ambiente se aligeró mientras todos tomaban una copa y se relajaban. El grupo revivió el evento con cada nuevo campista que se acercaba al bar. Todos apoyaron a Diane de forma abrumadora.

Tras el incidente, Diane, CT, Sequoia, Jeremy y Pepper salieron en grupo. Todas ellas caminaron durante los diez minutos que tardaron en llegar a Yester Jester.

La gigantesca carpa de rayas rojas y azules tenía una carpa iluminada delante, anunciando los horarios de los espectáculos. Llegaron treinta minutos antes, pero entraron. Encontraron un asiento en una de las tres gradas de cinco niveles y charlaron mientras esperaban el espectáculo.

Las gradas rodeaban una zona de asientos en el suelo y un escenario de tres lados. Diane quedó impresionada por la profesionalidad del montaje. No se trataba de una producción amateur, podría haber sido un espectáculo itinerante de Broadway. La zona de la carpa estaba llena de gente de pie, que salía por las puertas. Cuando se atenuaron las luces y comenzó la música, una mujer vestida de forma resplandeciente con un fantástico traje blanco salió de los bastidores.

—¡Bienvenidos a Yester Jester! —dijo la mujer a una multitud que la aclamaba.

El espectáculo tenía un tema de fantasía burlesca. Primero fue un malabarista lanzando bolos en llamas, seguido de una impresionante bailarina de burlesque y una rutina de baile musical al estilo de Broadway. El final fue un grupo de acróbatas aéreos, mujeres y hombres que trepaban y caían sobre cintas de seda. La música, la iluminación y las actuaciones fueron magníficas. Diane se levantó con el resto del público para recibir la ovación. Todo el teatro se estremeció con vítores y gritos. Los artistas salieron para hacer varias reverencias.

—Gracias, mi buena gente —anunció el maestro de ceremonias al público—. Por favor, quédense y disfruten del baile y las libaciones.

Diane y CT dejaron sus cosas en las gradas y se dirigieron a la zona abierta para bailar. La música no se parecía a nada que Diane hubiera escuchado antes. El DJ parecía estar creando ritmos y bucles en el momento. Riendo con deleite, bailando con Pepper y CT, hizo un gesto a Jeremy para que se uniera a ellos. Él y Sequoia parecían conformarse con dar un sorbo a sus bebidas y observar. Jadeando y sin aliento, Diane finalmente tuvo que retirarse, sin aliento, cuando la canción de ritmo rápido y funky se detuvo. Las luces se encendieron.

—Gracias por disfrutar de nuestro momento —dijo el DJ por el sistema de sonido—. El próximo espectáculo es dentro de treinta minutos, ¡así que disfruta tu Quema! Despejen.

Recogieron sus cosas y salieron por las puertas de salida al aire frío de la noche. Encontraron un bar al final de la calle y compartieron una bebida, comentando el espectáculo con los propietarios del bar. Una pareja encantadora, que servía martinis, los propietarios describieron las obras de arte colocadas con buen gusto alrededor del bar con carpa.

A continuación, el grupo encontró un carrito de perritos calientes en una esquina y se puso en la cola por turnos. Diane seguía pensando que todo era gratis. Las luces parpadeantes llamaban la atención en una calle por lo demás oscura, y el grupo tomó una ronda de mulas moscovitas en un salón iluminado únicamente por el neón. La noche estaba viva y palpitante.

Llenando de nuevo sus copas, pasaron por delante de una pantalla de cine instalada en el borde de un campamento, con sofás desaliñados en la parte delantera. No había nadie. En la pantalla se proyectaba una película de un concierto de jazz en blanco y negro de lo que parecía ser la década de los cincuenta. Se tumbaron en los sofás hasta que se cansaron y siguieron adelante. Sus viajes les habían llevado a lo más profundo de la ciudad.

Sequoia gritó y se dirigió hacia una puerta de madera, la entrada a una carpa gigante. Al entrar, Diane vio un suelo enmoquetado y una suntuosa barra de madera de unos doce metros de largo, con una pared de madera espejada detrás. Delante de la barra había sillas y mesas de club. Al final del pasillo había una mesa de comedor formal.

Los hombres iban vestidos con galas de otra época, y las mujeres, con trajes de última moda hace cien años. Un hombre con el uniforme escarlata de un oficial británico estaba de pie y se dirigía a los comensales sentados.

Sequoia, CT y Pepper ya estaban en la barra, hablando con el camarero de uniforme blanco, pero Diane se quedó atrás. Su cerebro estaba bloqueado por el vapor. Esto parecía un club de caballeros transportado en el tiempo. No podía entenderlo. Jeremy estaba al lado de ella, y ella podía ver que él también estaba embobado. Era demasiado para asimilarlo. Diane se dio la vuelta y salió de la habitación por la puerta de madera que daba a la calle, y Jeremy la siguió.

Un coche artístico con forma de caracol pasó rodando, iluminado por dentro.

—Eso fue mucho —dijo Jeremy.

Diane asintió con la cabeza.

—Creo que quiero quedarme aquí un rato —dijo Diane.

—Podría hacerlo —respondió Jeremy.

—¿Te va bien hasta ahora? —preguntó Diane.

—Es un gran cambio —dijo Jeremy—, de tener el control de tu entorno a no tenerlo.

—¿Por eso has venido a la Quema?

—Ollie me hizo venir aquí —dijo Jeremy—. Estaba cansado de que estuviera todo el tiempo en la casa.

—¿No saliste mucho?

—Intento no salir en absoluto —respondió Jeremy—. Salí del ejército hace ocho meses, después de mi último despliegue. Mis lesiones y otras cosas me lo han impedido. Tengo una discapacidad médica, así que el trabajo realmente no es un problema ahora mismo.

Finalmente, salieron CT, Pepper y Sequoia, muy sonrientes.

—¿Un poco demasiado? —preguntó Pepper.

—Inesperado —dijo Jeremy.

—Las miradas en sus caras no tenían precio —dijo Sequoia, riendo.

Al oler la comida, encontraron un campamento que regalaba tacos de medianoche. La comida estaba deliciosa y la devoraron caminando. Diane calculó que estaban bastante lejos en el lado de las nueve de la ciudad. Al final de la manzana, la ciudad terminaba en la playa, pero no en la explanada a la que Diane estaba acostumbrada. Era más tranquila, con menos luces. Al girar a la derecha, Diane pudo ver una enorme estructura de al menos cuatro pisos de altura. Las luces salían de ella, junto con un ritmo de bajo.

—Supongo que deberíamos ir a ver qué han traído los multimillonarios —dijo Pepper.

Caminaron por el borde de la ciudad hacia las luces. Diane se dio cuenta de que los campos eran cada vez más bonitos. Al menos, parecían más caros. Los grandes y nuevos vehículos recreativos se alineaban de extremo a extremo, creando un muro. Las gruesas y robustas tiendas de campaña se extendían hasta el límite de la propiedad. Diane no podía ver ninguna forma de entrar en el campamento.

Cuando se acercaron a la estructura, vieron a cientos de personas bailando bajo una estructura de varias torres. Las luces colgaban a 30 metros en el aire. Una cabina de DJ estaba suspendida del techo, a unos quince metros de altura. La gente vestida con trajes increíblemente elaborados bailaba entre gente polvorienta en tonos tierra y pantalones cortos. Las llamas controladas se arrastraban por el techo y las paredes.

La música era buena, tuvo que admitir Diane, y fuerte. El

mero hecho de observar la interacción de la humanidad era abrumador. La gente gritaba y saltaba, perdiéndose en el ritmo, en el momento. Pepper desapareció entre la multitud junto con Sequoia. CT se quedó con Jeremy y Diane.

—Increíble —dijo Jeremy, mirando con ojos muy abiertos.

Múltiples sonidos musicales atronadores salían de los altavoces. Diane pudo ver cómo Jeremy se ponía tenso, sus ojos pasaban de estar muy abiertos a estar concentrados, buscando. Diane extendió la mano y la tomó entre las suyas. Los sonidos entrecortados volvieron a sonar y Jeremy se estremeció, girando la cabeza.

—Oye, vamos —dijo Diane, poniendo sus brazos alrededor de él—. Está bien.

Volviéndose hacia CT, que estaba rebotando en sus dedos de los pies, Diane gritó—: Voy a volver.

CT la saludó y bailó entre la multitud. Diane caminó, guiando a Jeremy lejos del ruido y las luces. Cuando salieron de las inmediaciones, el sonido disminuyó. La respiración de Jeremy se hizo más lenta, pero seguía cogiéndole la mano. Diane caminó con él en silencio, sin querer interrogarle. Giraron por una calle oscura, sus luces creaban un halo a su alrededor en las sombras.

—Gracias —dijo Jeremy—. Estoy bien.

Diane no contestó, solo siguió cogiendo su mano mientras caminaban.

—Puedes volver si quieres —dijo Jeremy—. Gracias.

—Estoy donde quiero estar —dijo Diane—. Es mucho para asimilar.

Caminaron en un cómodo silencio. La noche era fresca, pero estaban cómodos con sus abrigos. Diane se dio cuenta de que reconocía la iluminación que la rodeaba. Habían caminado hasta su propio barrio. Se detuvieron en la esquina de la manzana. Pudo ver el bar iluminado a cien pasos de distancia. Jeremy se giró y la miró, dejando caer su mano.

—Gracias por acompañarme.

—Es un placer —dijo Diane—. Espero que te sientas mejor.

—Creo que quiero caminar un poco solo —dijo Jeremy.

—Lo que necesites —dijo Diane—. ¿Un abrazo?

—Sí, por favor —dijo Jeremy.

Se sintió bien, abrazando a Jeremy a través de los abrigos de ambos.

—Gracias de nuevo —dijo Jeremy, luego se dio la vuelta y se alejó en la noche.

Diane lo vio ir hacia la Explanada hasta que sus luces se fundieron con la ciudad. Se sintió un poco confundida y molesta porque Jeremy quería estar solo. De pie en la calle, se sintió muy sola de repente. Incluso con todo el incendio a su alrededor, se encontraba en un pequeño espacio de tranquilidad. Era desconcertante.

Había dado unos veinte pasos cuando sonó un teléfono cerca de ella. Miró a su alrededor. Había un teléfono de disco en el suelo, iluminado por una luz solar.

¿Por qué no? pensó Diane y descolgó el auricular.

—¿Hola?

—Playa Pies —dijo la voz en el receptor—. ¿Qué quieres en él?

—¿En qué? —preguntó Diane.

—En tu pizza.

—Salchicha y pepperoni —respondió Diane.

—Entendido —dijo la voz y luego desapareció.

Diane se encogió de hombros, colgó el auricular y caminó hasta llegar al bar Presidentes Muertos. Steven estaba de camarero, con una persona en un taburete. Estaban hablando y riendo. Diane se encogió de hombros y se deslizó en un taburete con la copa fuera.

—¡Diane! —dijo Steven—. Te presento a mi amiga Samantha. Samantha, te presento a nuestra Virgen, Diane.

Diane se giró hacia la barra y la figura que estaba a su lado. Samantha medía por lo menos 1,80 metros, quizá 240 libras, de hombros anchos, con rasgos masculinos suavizados por el pelo en tirabuzones, una diadema brillante y un maquillaje aplicado con buen gusto. Llevaba una blusa negra de encaje, de corte atrevidamente bajo sobre unos pechos prominentes en un pecho amplio. Una falda de cuero negro, acampanada con tachuelas de seda roja, se abría sobre unas botas de charol negro hasta la rodilla con suela gruesa. Samantha se levantó, y se levantó y se levantó, sobresaliendo por encima de Diane, con unos brillantes ojos grises que le sonreían.

—Hola, Diane —ronroneó Samantha. Su voz femenina era miel derramada sobre el trueno—. ¿Te abrazan?

Diane parpadeó por un momento -aunque conocía a los transexuales, nunca había conocido a uno en persona-, pero luego recuperó la compostura.

—Por supuesto —dijo Diane, sonriendo, poniéndose de pie para abrazarla.

Samantha rodeó a Diane con sus largos brazos, acercándola con firmeza pero con gracia y delicadeza. Diane podía oler un perfume celestial. Después de un momento, fue a retirarse.

—Está bien, cariño —dijo Samantha—. Necesitas más que eso.

Diane pudo sentir que sus hombros se tensaban involuntariamente y luego se relajaban. Samantha puso su gran mano suavemente en la parte posterior de la cabeza de Diane. Diane acurrucó su cabeza contra el amplio pecho de Samantha, descansando mientras era sostenida con seguridad. Era simplemente el abrazo más increíble que había experimentado en su vida. Samantha le acarició el pelo suavemente mientras la estrechaba. Una energía poderosa, casi maternal, rodeaba a Diane.

—Ya está —dijo Samantha, con la voz retumbando en su pecho—. Estás bien.

Sin ninguna razón que pudiera entender, Diane sintió que las emociones subían a su pecho y que las lágrimas acudían a sus ojos. Había algo extremadamente especial en esta persona. Diane se estremeció involuntariamente y empezó a llorar en silencio. Samantha siguió abrazándola, acariciando su pelo mientras tarareaba suavemente, la melodía retumbando en su pecho.

Diane respiró profundamente, recuperándose, las

emociones pasaban. Samantha la soltó y le puso las manos sobre los hombros, mirando el rostro de Diane con una sonrisa.

—Hola, preciosa —dijo Samantha, sus ojos hipnotizaban por su amabilidad.

Diane le devolvió la sonrisa y se rio. Samantha sacó un pañuelo de encaje negro de su corpiño y limpió suavemente la cara de Diane.

—Ya está —dijo Samantha, metiendo el trozo de encaje de nuevo en su vestido.

—Gracias —dijo Diane.

—Mi trabajo aquí ha terminado —dijo Samantha, recogiendo y escurriendo su taza—. Steven, ¿a la misma hora el año que viene?

Steven llegó desde la barra y le dio un largo abrazo a Samantha.

—Lo sabes —dijo Steven.

—Y tú —dijo Samantha, volviéndose y dando un abrazo a Diane—. Diviértete. Solo se es virgen una vez. Encuentra tu alegría en el momento.

Con eso, Samantha se dio la vuelta y se alejó, paseando por la carretera, con las luces encendidas y centelleando en su abrigo. Steven y Diane la observaron hasta que desapareció en la noche. Diane miró a Steven, que le devolvió la sonrisa, con una expresión divertida en su rostro.

—Vaya —exclamó Diane—. ¿Qué acaba de pasar?

Steven se rio.

—Un momento mágico con una de las personas más verdaderamente increíbles que he conocido. ¿Puedo invitarte a una copa?

—Sí, por favor —respondió Diane, tomando asiento mientras Steven iba detrás de la barra y servía una medida en su copa. Diane dio un sorbo al ahumado whisky. Estaba delicioso en su lengua, calentándose a medida que bajaba, todo suave y sedoso con una multitud de matices y sabores.

—Vaya —dijo Diane, mirando su copa—. Esto es algo especial.

—Stock privado —dijo Steven, colocando la botella en el bar.

—Tengo entendido que no bebes —preguntó Diane—. ¿Pero tienes una reserva privada de whisky?

—Soy mormón —dijo Steven—. Nunca he probado el alcohol, ni he fumado un cigarrillo, ni he tomado una taza de café.

—Interesante —dijo Diane—. ¿Cómo llegaste a conocer a Samantha? ¿Se reúnen todos los años?

—Sí —dijo Steven—. Cómo nos conocimos es un poco una historia.

—Tengo whisky y tiempo —respondió Diane, tomando otro sorbo del licor celestial.

—Bueno —dijo Steven—, supongo que deberíamos empezar por el principio. Me crié en Utah, en una familia de mormones devotos. A los quince años, mentí sobre mi edad y me alisté en el ejército para ir a Vietnam.

Diane levantó una ceja.

—¿Vietnam? Pero eso significaría que eres... ¿qué?

Steven se rio.

—Más viejo de lo que crees.

Diane sacó un cigarrillo. Steven lo encendió con el mechero que colgaba de una cuerda sobre la barra. Diane notó que el tono y el comportamiento de Steven habían cambiado.

—Así que me alisté y pasé por el entrenamiento básico, el avanzado de infantería y el aerotransportado, y luego estuve en un avión rumbo a la selva con la 101ª Aerotransportada. Estaba ansioso por aportar mi granito de arena a mi país y vivir una aventura. Obtuve mucho más de lo que esperaba.

—Supongo que sí —dijo Diane, dando una calada y expulsando el humo—. Dieciséis años es un bebé.

—Uno crece rápido cuando tiene que hacerlo. Yo cumplí mis diecisiete años de pie en la cima de Hamburger Hill —dijo Steven—. ¿Lo sabes?

Diane asintió.

—Vi una película y leí algunos artículos. Bastante malo.

—Peor de lo que podrías imaginar —dijo Steven—. Pero en todo ese dolor y caos, descubrí que tenía talentos y que podía mantener la cabeza. Eso me abrió algunas puertas que no habría esperado. Así que empecé una larga carrera militar.

Diane terminó su whisky, dejando que las gotas golpearan su lengua. Steven le sirvió otra medida.

—¿Y el Burning Man? —preguntó Diane.

—Por el camino —continuó Steven—, me vinculé a la inteligencia militar. Participé en cosas muy encubiertas, cosas que ocurren en todo el mundo. Era muy bueno en lo que hacía.

—Un día me llamaron a una oficina con unos señores muy serios que querían algunas respuestas. Precisamente, querían respuestas sobre lo que un grupo de hippies satanistas estaba haciendo en el desierto de Nevada. Así que me enviaron.

—Cuando llegué, no sabía qué pensar. Todo lo que pude ver fue un grupo de lunáticos corriendo de un lado a otro cortejando la muerte por centímetros cada día. Más entusiasmo que competencia. Empecé a hacer lo que hago, reunir información. Nunca había conocido a nadie en mi vida como en aquelal Quema. Pensé que estaba rodeado de un grupo de imbéciles sin supervisión, pero me equivocaba. No es que no hubiera lunáticos -también los había-, pero lo que empecé a entender es que necesitamos un lugar en este país para que nuestros artistas y pensadores "diferentes", vayan a buscar el límite y lo superen. Y no hay mejor lugar que el medio de un desierto olvidado de la mano de Dios en medio de la nada. Es en el borde donde se encuentra la verdad. Necesitamos artistas, soñadores y lunáticos. Nuestra sociedad no puede ser verdaderamente libre a menos que encontremos el borde, y aquí es el lugar adecuado para que eso ocurra.

—¿Y qué pasa con Samantha? —preguntó Diane.

—Bueno, sí —dijo Steven, sentándose en su taburete—. Samantha me cambió. Cambió mucho. Un día aquí, empezó una tormenta de polvo. Bíblica. No se podía ver nada. Estaba tratando de encontrar mi tienda, y un coche salió volando del polvo y me golpeó. Me tiró un poco. Ni siquiera sé si el conductor sabía que había atropellado a alguien.

—Así que estaba tumbado en el suelo, aturdido como una ostra, preguntándome si después de tres décadas de operaciones de combate iba a morir en el desierto, sacado por un conductor trastornado. Y entonces alguien se acercó a mí. Todo lo que pude ver fueron dos botas junto a mi cabeza. Unas manos fuertes me levantaron -estaba indefenso y aturdido- y me llevaron a una caravana como si fuera un bebé.

—Era Samantha. Me puso en su cama y me cuidó. La tormenta de polvo se convirtió en lluvia y quedamos atrapados. Mientras estábamos allí, aprendimos todo sobre el otro. Nunca había conocido a nadie como ella, tenía toda una serie de ideas erróneas y, siento decirlo, ignorancia sobre las personas trans. Lo que aprendí en esa caravana cambió muchas cosas para mí.

—¿Como qué? —preguntó Diane.

—Bueno, en primer lugar —dijo Steven—, las personas son personas —Samantha se relajó. Me dejó ver su humanidad con su amabilidad. Cuando se aplican etiquetas -hippie, gay, conservador- es una separación. Convertir a la persona en un objeto, separar a una sociedad. En el campo de la inteligencia, se hace en otros países como forma de mantener el control de una población. Se crea una clase dirigente separando a la gente en grupos, y luego separándolos más y más, hasta que el país se divide y se asegura el control.

—Samantha me hizo ver la Quema y lo que podría lograr al permitir la libertad de exploración. Tenía juicios sobre los perforados con tatuajes por todas partes, sobre los que tomaban drogas. Al verme obligada por las lesiones y la lluvia a quedarme con alguien con quien no habría hablado de otro modo, aprendí que toda la gente de aquí es solo gente.

—Samantha es valiente, simplemente se levanta cada día. Para ella, vivir su verdad, el valor que debe tener es increíble. He estado en situaciones aterradoras, he visto valentía. La valentía es el coraje. Cuando ves el coraje y el aplomo y la amabilidad que te demuestran, de maneras que no esperas, te hace pensar, puede cambiar tu mente.

—Es toda una historia —respondió Diane.

En la calle, una forma emergió de la penumbra. La forma se

convirtió en un hombre joven, que llevaba una caja. Se acercó a Diane.

—¿Salchicha y pepperoni? —preguntó.

—Um... ¿sí?

—Aquí tienes —dijo el hombre, entregándole la caja y adentrándose en la noche.

Diane colocó la caja caliente sobre la barra y la abrió para ver una pizza de salchicha y pepperoni bien caliente. Cogió un trozo y mordió la deliciosa porción.

Este lugar es raro, pensó Diane, dando otro mordisco. *Raro, pero bueno.*

—¡Oye... pizza! —dijo Steven—. ¿Puedo tomar un trozo?

Diane asintió. Steven cogió un trozo y lo masticó con avidez.

—¿Cómo va el Corazón de Fuego? —preguntó Diane.

—Realmente bien —dijo Steven, alcanzando otra rebanada —. Malcolm tiene el turno de noche. Le llevé la cena antes de venir a hacer de camarero. Terminaré aquí alrededor de las tres. No me importa el turno de noche. Me encanta la gente y las conversaciones al azar que surgen de la noche.

Diane terminó su rebanada, bebiendo de su botella de agua, pensando para sí misma.

—¿Crees que a Malcolm le gustaría un poco de pizza? —preguntó Diane.

Steven la miró, levantando una ceja.

—No creo que le importe en absoluto —dijo Steven.

Diane se levantó y recogió su equipo alrededor de sus pies. Llenó su botella de agua y recogió algunas cervezas de la nevera. Cuando volvió al bar, Steven había envuelto un par de porciones de pizza en papel de estraza. Diane las guardó en la alforja de su bicicleta.

La calle estaba oscura mientras pedaleaba, girando a la izquierda para acercarse al borde de la ciudad en vez de al frente. La gente, las bicicletas y los coches artísticos se intercalaban de forma aleatoria. En las arterias principales que llevan a la Explanada, las calles estaban repletas. Había que tener cuidado para cruzar. Algunas manzanas estaban oscuras y desiertas. Unos cuantos bares y campamentos vacíos con esculturas de neón y diseños en las paredes y el suelo no la detuvieron. Diane pedaleó entre el polvo, divertida por lo cómoda que se sentía en este lugar de sobrecarga sensorial.

Al llegar a las afueras de la ciudad, encendió todas las luces de su persona y de su bicicleta. Se adentró en la oscuridad y dejó atrás las luces de la ciudad. El sonido de la música se desvanece.

Playa profunda.

Mientras pedaleaba en la oscuridad, con el viento alborotando su cabello, los pensamientos de Diane se volvieron hacia la duda.

—¿Qué coño estoy haciendo...? —se preguntó mientras empujaba la bicicleta, y añadió—: ... otra vez.

La última vez que se había aventurado a ver a Malcolm, había estado nerviosa. Esta vez estaba tranquila, sin expectativas. Ahora solo estaba llevando un trozo de pizza a un artista hambriento.

Sí, claro, dijo la voz de CT en su cabeza.

Diane tomó un trago de agua de su botella. El aire seco ciertamente chupaba la humedad del cuerpo. El sabor alcalino del polvo en su boca se aclaró con el líquido caliente. Las luces y las formas se apagaron en la playa. El Templo estaba a su izquierda en la distancia. Fijando su vista en las luces rojas parpadeantes, continuó. Sus neumáticos susurraban y crujían en la playa. La cadena de su bicicleta también crujía en cada vuelta. El polvo no era malo, aunque había una ligera brisa.

Diane no parecía acercarse a las luces. Entonces sintió que su moto disminuía bruscamente, que el manillar se sentía blando y que los neumáticos se arrastraban. Cuando se levantó del asiento para dar un fuerte empujón con el pie, algo en la moto se soltó con un chirrido y ella cayó al suelo sin contemplaciones.

Tumbada de lado, con el viento en contra, Diane se esforzó por recuperar la orientación. Después de un momento, se desenredó de la bicicleta. No parecía tener ninguna herida, estaba más sacudida que herida. La playa era gruesa y áspera aquí, más profunda que la que ella había recorrido.

Recogiendo la bicicleta, miró las luces rojas hacia las que había apuntado. Parecían moverse. Parpadeando, se dio cuenta de que era un coche artístico el que había estado siguiendo, no un punto fijo.

Bajando el caballete, miró la cadena del piñón de la moto. Había saltado y se había atascado. Maldiciendo, jugueteó con la cadena, que estaba grasienta e incrustada de polvo de playa. Parecía estar irremediablemente atascada y, por mucho que lo intentara, no se soltaba. No había nada a su alrededor. A lo lejos, podía ver las luces de la ciudad.

—Mierda —dijo Diane en voz baja, volviendo su atención a la cadena.

—¿Problema? —una voz de hombre, a su lado.

Diane dio un salto, asustada. Un joven con ropa oscura, que llevaba un collar brillante, la observaba con calma. El brillo azul iluminaba sus ojos.

—La cadena saltó —dijo Diane, recuperando la compostura —. Se ha atascado.

—Intenta levantar el asiento y trabajar el pedal hacia adelante y hacia atrás —dijo el hombre.

Diane hizo lo que se le indicó. La cadena se soltó y quedó libre.

—Ha funcionado —dijo Diane.

—Ahora alinea la cadena en el engranaje grande y rueda lentamente hacia adelante.

Observando ociosamente que el acento del hombre parecía australiano, Diane alineó la cadena y rodó la bicicleta hacia adelante. La cadena se alineó correctamente en el engranaje.

—De vuelta al negocio —dijo el hombre—. ¿Algo más?

—Estoy un poco perdida —dijo Diane.

—¿A dónde te diriges?

—A la escultura Corazones de Fuego —dijo Diane.

—Estás muy lejos —dijo el hombre.

—¿Puede indicarme la dirección correcta? —preguntó Diane.

—Claro —respondió el hombre, y luego señaló—. Vaya en esa dirección. ¿Ves el templo? Manténgalo a su derecha y busque las luces rojas parpadeantes.

—Gracias —dijo Diane agradecida.

—No se preocupe —dijo el hombre, luego se dio la vuelta y se adentró en la oscuridad.

Utilizando las luces del Templo como guía, Diane encontró el camino hacia la escultura y aparcó su moto. Las pequeñas luces rojas eran la única iluminación en la tranquila oscuridad.

—¿Así que has decidido salir, entonces? —la voz profunda, casi a sus pies, la hizo saltar.

—Yo . . . yo . . . —Diane tartamudeó confundida hasta que finalmente logró decir—: ¿Quieres una cerveza? ¿Pizza?

—Claro —dijo Malcolm, poniéndose de pie.

Diane se sonrojó, agradeciendo la oscuridad. Era muy consciente de la presencia de Malcolm cuando éste se situó junto a ella, cogiendo la cerveza de su mano. Abrió la lata y bebió un trago.

—¿Quieres sentarte conmigo un rato? —preguntó Malcolm, señalando la manta sobre la que se había tumbado.

—Claro, sí, genial —dijo Diane, mortificada interiormente por su falta de elocuencia.

Los dos tomaron asiento, Malcolm apoyado en un brazo, observándola entre bocados de pizza. Los ojos de Diane se habían adaptado mejor a la oscuridad. Podía distinguir mejor su silueta, su rostro, sus ojos.

—¿No has podido dormir? —preguntó Malcolm.

—Un poco —respondió Diane—. ¿Y tú?

—Como que me deleitaba en conseguirlo —contestó Malcolm —. Ha tardado mucho en llegar. Es una especie de victoria —sus ojos brillaban. Algo sobre el momento.

—¿Ser un artista? —Diane preguntó—. ¿Ese tipo de cosas?

—Supongo que ahora puedo llamarme artista —dijo Malcolm, torciendo la cabeza, y luego haciendo una mueca de dolor.

—¿Te duele el cuello? —preguntó Diane.

—Me duele todo —respondió Malcolm.

—Podría... podría frotarlo si quieres —dijo Diane—. Tu cuello, quiero decir.

—Eso sería un regalo muy amable —dijo Malcolm—. Gracias.

Diane dio un gran trago a su cerveza y la dejó con cuidado sobre la playa. De pie, se colocó detrás de Malcolm, que estaba sentado con las piernas cruzadas. Se sentó detrás de él, pero se dio cuenta de que era demasiado alto para que eso funcionara. Se arrodilló y colocó las manos suavemente sobre sus anchos hombros.

El calor de su piel era intenso. A Diane se le revolvió el estómago y sintió cómo aumentaba su excitación cuando empezó a amasar los músculos de su cuello, deslizando los dedos por debajo de su larga cabellera para apretarlos lentamente con cada mano. Malcolm emitía ruidos estruendosos con cada liberación, el ruido en lo más profundo de su pecho.

—¿Está bien? —preguntó Diane.

—Fantástico.

Diane comenzó a descender por su espalda, pasando los pulgares alrededor y luego por debajo de sus omóplatos, buscando y encontrando nudos en los gruesos músculos. Comenzó a perderse en la tarea, abriéndose camino en las crestas de los músculos a lo largo de su columna vertebral.

—Piedad —dijo él, riendo, después de que ella presionara un nudo particularmente obstinado.

—¿Sigue siendo bueno?

—Sí —respondió Malcolm—. Solo quiero descansar un poco.

Se giró para mirarla.

—Podrías hacerme más cosas en el cuello desde este ángulo, tal vez —dijo.

Diane se inclinó. No podía alcanzar su cuello o su espalda desde este ángulo. Se detuvo, mirándole a los ojos, que brillaban a la luz de la luna. Sus rostros estaban muy juntos.

Diane se inclinó hacia delante, acercando su boca a la de él, sintiendo cómo su espesa barba se separaba para revelar unos labios suaves y carnosos, deleitándose con la sensación sensual de su boca en la de ella. Malcolm respondió, tirando ligeramente del labio inferior de ella hacia su boca. Sus lenguas se rozaron y se rozaron en los labios del otro.

Las fuertes manos de Malcolm agarraron a Diane por las caderas, tirando de ella hacia su regazo, con las piernas rodeando su cintura. Sus besos se intensificaron, la respiración de Diane se hizo más profunda mientras apretaba el cuerpo de él entre sus muslos. Se sentía en lo más alto, el momento, su deseo aumentando.

Malcolm le pasó la mano por debajo de la camisa y le acercó la cara al cuello, chupándole los lóbulos de las orejas, haciéndole cosquillas con los labios y la barba. Los dedos de Diane se enredaron en su espesa cabellera. Al sentir sus pechos expuestos al aire de la noche, Diane le acercó la cara, sintiendo que él lamía ligeramente la curva inferior de uno de ellos antes de succionar el duro pezón en su boca. La sensación fue tan abrumadora que Diane empezó a temblar, un pequeño orgasmo la sorprendió. Se tensó contra él en sus brazos mientras se estremecía.

—¿Está bien? —preguntó Malcolm—. ¿Consientes en continuar?

Diane se sintió desconcertada. Luego, cuando su cabeza se aclaró, lo miró.

—Claro que sí —dijo—. ¿Te parece bien?

Malcolm asintió.

—Bueno, me encanta la idea del consentimiento y la comprobación —dijo Diane—, pero a partir de ahora, da por hecho que me gusta. Si no lo estoy, te lo haré saber. ¿Está bien?

—No —dijo Malcolm, apartándose.

Diane se sorprendió. La vacilación y la excitación luchaban en su mente.

—¿No? —preguntó.

—Tenemos que ser capaces de registrarnos —dijo Malcolm —. Tienes que comunicarme el consentimiento, y yo tengo que ser capaz de comunicarme y consentir contigo cuando sea necesario. ¿Entendido?

—Sí —dijo Diane. De alguna manera, este inusual intercambio era muy sexy—. Entonces, ¿significa eso que consientes?

—¡Sí, por favor!

Diane se puso de pie, riendo y feliz. Sacando el condón de su bolsillo, se quitó la bolsa de las piernas y los pantalones cortos. Volviendo a subirse al regazo de Malcolm, sacó el condón del envoltorio, metió la mano entre los dos por debajo de su falda y lo agarró con firmeza. Diane no se sintió decepcionada cuando deslizó el condón en su miembro tumescente. Éste palpitó mientras se enfundaba. La respiración de Malcolm se aceleró.

Colocando una mano en su hombro, utilizó la otra para guiarlo dentro de ella, gimiendo mientras la cabeza se alineaba y penetraba. Se estremeció mientras lo introducía lentamente en su cuerpo, con su grosor estirándola. Sus receptores sensoriales se sobrecargaron y volvió a agarrarle la cabeza y a besarle profundamente mientras empezaba a cabalgar sobre él. Sus fuertes manos estaban en las caderas de ella, ayudándola con el pulso rítmico y la ondulación de bailarina.

Con los ojos muy abiertos, jadeando, Diane echó la cabeza hacia atrás y Malcolm volvió a llevar su boca a sus pechos. Los detalles se volvieron cristalinos en su mente cuando empezó a tener una serie de orgasmos, todo su ser se estremeció mientras una ola tras otra de placer la sacudía hasta el fondo.

Malcolm pasó los brazos por debajo de las rodillas de ella, con las manos en las nalgas. Se levantó bruscamente, sosteniendo a Diane con facilidad. Las manos de ella se aferraron con fuerza a su cuello. Lentamente, deslizó a Diane hacia arriba y hacia abajo contra él, sobre él. El ritmo aumentaba. Diane podía sentir cómo sus músculos se tensaban y se retorcían bajo su carne mientras él empujaba profundamente dentro de ella. El orgasmo de Diane volvió a sacudir su cuerpo como respuesta.

De repente, Malcolm dio tres fuertes empujones y se mantuvo dentro de ella mientras se estremecía y se corría, jadeando a la luz de las estrellas. Poco a poco se hundieron en la tierra y se separaron mientras yacían juntos sobre la manta, ambos jadeando.

Los momentos se convirtieron en minutos mientras permanecían tumbados en el éxtasis postcoital. Diane finalmente se removió y se incorporó para buscar su ropa. Malcolm dormitaba a su lado, con una respiración uniforme y profunda. Tras vestirse, cogió una manta y la colocó sobre el cuerpo dormido de Malcolm. Inclinándose hacia su rostro, le dio un ligero beso en la frente.

—Buenas noches, dulce príncipe.

Diane caminó con piernas débiles hacia su moto. Encendió las luces y echó un último vistazo al arte y al artista, y luego emprendió el camino de vuelta a casa.

CAPÍTULO 21

Miércoles, 2 de septiembre, tres días para que comience la Quema del Hombre

Al abrir los ojos en su tienda, Diane se sorprendió de lo normal que estaba resultando no despertarse en una cama. Sus sueños habían sido intensos, aunque solo podía recordar susurros de ellos. Con el café puesto, se ocupó de la naturaleza. Era bastante temprano, aún no había amanecido. Como siempre, nadie más en el campamento se movía.

La luz del falso amanecer era clara cuando volvió a servirse una taza de café. Por capricho, subió a la parte superior del contenedor y miró a su alrededor. La ciudad estaba llena, todos los espacios de los campamentos se habían llenado. Diane se fijó en una torre situada a pocas manzanas, de al menos cuatro pisos.

Bajó del contenedor, cogió su equipo y su teléfono de la cochera y se dirigió a la torre. Estaba a solo unas manzanas. De pie en la base, miró hacia arriba. El campo en el que se encontraba estaba tranquilo. Al rodearlo, vio una serie de escaleras. Diane comenzó a subir, recorriendo la torre hasta llegar a la plataforma superior y contemplar la ciudad.

La vista era espectacular, la altura vertiginosa. Diane hizo fotos en todas las direcciones. Podía ver el Hombre, y más allá el Templo, que brillaba con la luz de la mañana. Había otras estructuras y obras de arte en la playa. Las montañas que rodeaban el valle desolado estaban austeras y en sombra, y la luz del sol acababa de despejar los picos. En la playa había luces y brillos de neón de gente que había estado de fiesta toda la noche. Los coches artísticos, algunos parados y otros en movimiento, salpicaban la polvorienta llanura.

¿Cómo se puede explicar este lugar a alguien que no ha estado? se preguntó Diane. *¿Cómo explicarías lo que es realmente la experiencia? Estoy aquí y no puedo ni empezar a entenderlo. Cómo surgió, cómo sigue.*

Diane se alegró mucho de haber venido a este lugar mágico. El descanso no se parecía a ninguno que se hubiera tomado en su vida adulta. Una última mirada a la maravilla que era la Quema, y luego se bajó y regresó al campamento.

Diane se ocupó de las tareas y luego se cambió de ropa para hacer yoga. Estaba disfrutando del fácil acceso matutino a los profesores. CT puso su esterilla al lado de Diane, provocando una nube de polvo. Parecía cansada.

—¿Tarde? —preguntó Diane, estirándose.

—Hmmph —dijo CT, tumbándose de espaldas.

La clase la impartía un hombre nuevo, que no era de los presidentes muertos. Fue bien, y Diane se alegró por el ejercicio y los estiramientos.

—¿Qué hay en el programa de hoy? —preguntó Diane.

—¿Quieres que te laven el pelo? —CT preguntó—. Voy a buscar a Sequoia.

—¿Yo? —contestó Diane—. ¡Claro que sí!

Las duchas que había tomado habían sido demasiado rápidas como para lavarse el pelo de verdad. No quería malgastar el agua en champú y enjuague.

—Vamos a ir al campamento de mis amigos, entonces —dijo CT.

CT, Sequoia y Diane cogieron sus cosas y salieron al sol de la mañana, para llegar pronto a un campamento no muy lejano.

—¡Bienvenidos a Celestial Splash! —dijo un hombre grande y guapo a Diane—. ¿Eres abrazable? Soy Júpiter, por cierto.

—¡Por supuesto! —dijo Diane y recibió un cálido abrazo—. Diane.

—¿De qué conoces a este bribón? —preguntó Júpiter a Diane, rodeando a CT con sus brazos.

—Aflicción de la infancia, me temo —respondió Diane mientras Júpiter se giraba para abrazar también a Sequoia. Aquel hombre gregario le cayó bien al instante. Era ancho de hombros y corpulento, y su atractivo y expresivo rostro estaba enmarcado por unas impresionantes patillas.

—Bueno, aún no hemos abierto. ¿Han comido? ¿Necesitan algo? —preguntó Jupiter, conduciéndolos a las cocheras.

Al entrar, vieron múltiples estaciones de lavado. Un complicado trabajo de tuberías llegaba a cada estación.

—Podemos acomodarlos antes de abrir, si quieren —dijo Jupiter—. Y aquí está la señorita Fancy.

Una atractiva y sonriente mujer se acercó a darles la bienvenida. Abrazó a Sequoia y a CT, y luego se dirigió a Diane.

—Bienvenida —dijo la señorita Fancy, abriendo los brazos—. ¿Su primer año?

—Sí —dijo Diane mientras abrazaba a la mujer—. Es increíble hasta ahora.

—Vamos a prepararlas —dijo Jupiter.

Diane y Sequoia fueron conducidas a puestos individuales. CT, con sus trenzas, fue a charlar con Jupiter. A continuación tuvo lugar una experiencia increíble: el pelo de Diane fue suavemente lavado y enjuagado y su cuero cabelludo fue masajeado por un agradable joven llamado Sunshine mientras hablaban y reían juntos. Diane se sintió totalmente cómoda y agradecida por la atención. El último detalle fue un acondicionador para el cabello sin aclarado. El olor era celestial, y Diane se sintió refrescada y relajada.

Se despidieron, Júpiter y la señorita Fancy prometieron verlos a todos más tarde.

—¿Y ahora qué? —preguntó Diane mientras volvían a sus bicicletas.

—Bueno —dijo Sequoia—. Está a punto de llegar la parte más calurosa del día. Quiero dirigirme a la carpa de la niebla.

—Eso suena perfecto —respondió Diane. La luz del sol ya era

implacable. Podía sentir su piel calentándose en el aire caliente.

El campamento Lluvia Fría, una gran carpa, estaba situado directamente en la explanada. La temperatura bajó inmediatamente al entrar. El suelo era de vinilo, decorado con vegetación de plástico, y parecía una selva. Diane cerró los ojos mientras finas gotas de agua cubrían su cuerpo. Tomó asiento en una silla, se recostó y se relajó. La sensación era celestial.

—Lo has conseguido.

Diane abrió los ojos para ver a Garrett, de pie cerca de ella, sonriendo. Diane se levantó y le dio un fuerte abrazo.

—¿Lo has hecho tú? —preguntó Diane.

—Sí —respondió Garrett—. Con mucha ayuda.

—Es increíble —dijo Diane—. Gracias por traerlo.

—Un placer —dijo Garrett—. Disfruta. Tengo que ir a dirigir el campamento.

Se relajaron en la tienda durante otra media hora, la niebla empapando, refrescándolos hasta que se dirigieron fuera a las bicicletas.

—Vamos a tomar el camino de vuelta y ver lo que hay alrededor —dijo CT antes de empezar a pedalear.

Diane se dio cuenta de que el viento se estaba levantando, así que se detuvo para levantar su máscara antipolvo y envolver su pelo recién lavado con su shemagh.

—Tanto para mantenerse limpio —dijo Sequoia, y luego se detuvo, mirando algo en la ciudad—. ¿Quieres mirar eso?

Diane siguió su mirada. A través de la niebla de polvo que se formaba, un tubo definido y coalescente se movía por la ciudad.

—¿Es eso un tornado? —preguntó Diane.

—Diablo de polvo —dijo CT—. Se está acercando. Vamos a ver en qué dirección va.

Mientras Diane observaba asombrada, el aire que les rodeaba se volvía más polvoriento, más difícil de ver. El viento empezó a arrancarle la ropa mientras el tubo de polvo que giraba se hacía cada vez más grande y cercano. La poderosa anomalía meteorológica aspiraba y proyectaba los escombros en el aire.

—Pongámonos a cubierto —dijo Sequoia con urgencia—. Dejen las motos.

Diane y CT bajaron los caballetes de sus bicicletas y siguieron a Sequoia bajo la estructura de sombra del campamento más cercano a ellos. Mientras miraban, el aire pasó de ser beige brumoso a marrón. El viento aumentó su velocidad y volumen. El tornado giró hacia ellos. Avanzando lentamente por la calle, la vorágine arrancó del suelo una cochera y la lanzó por los aires, hasta que quedó fuera de su vista cubierta.

—¡Mierda! —dijo Sequoia—. Lo que sube tiene que bajar.

De repente, la cochera se estrelló contra la calle, a menos de tres metros delante de ellos. Tan rápido como había empezado, el viento se apagó de repente, el aire se aclaró. Un hombre de mediana edad con pantalones cortos y camisa y una mujer de unos treinta años caminaban desde la dirección del campamento al otro lado de la calle.

—¿Están todos bien? —preguntó la mujer.

Diane miró a CT y a Sequoia, que ahora, de nuevo, estaban cubiertos de una pátina de polvo. Se imaginó que ella tenía el mismo aspecto. Podía ver el polvo que cubría sus brazos y piernas.

—Sí —dijo Sequoia—. Eso parece. ¿Es esa su cochera?

—Sí —dijo la mujer—. Las estacas de la carpa no funcionaron.

—¿Necesitas ayuda? —CT preguntó.

—Si no le importa —respondió el hombre—. Me duele la espalda.

CT, Sequoia y Diane se dirigieron a la cochera y, con la ayuda de la mujer, enderezaron la estructura. Aparte de un poste doblado, estaba en buena forma. Cada persona tomó un poste de la esquina y levantó la estructura. Otras dos personas que pasaban por allí cogieron los postes centrales y ayudaron al grupo a llevar la cochera al campamento.

—¿Tienes tirafondos? —preguntó CT al hombre una vez colocada la marquesina.

—¿Qué son esos? —preguntó.

—Grandes tornillos que se clavan en el suelo —dijo Sequoia

—. Pásate por nuestro campamento y te lo puedo poner. Tres y media y E, Presidentes Muertos. Parece que les vendría bien un trago después de esto.

El grupo partió con saludos y abrazos. Mientras caminaban de vuelta al lugar donde sus bicicletas habían caído al suelo, Diane miró alrededor del campamento. Había escombros por todas partes.

—¿Ves por qué usamos los tirafondos? —le dijo CT a Diane.

—Otra vez —dijo Diane—. Este lugar es intenso.

—Mis vacaciones podrían matarte —respondió Sequoia.

Se dirigieron a la carretera y volvieron al campamento en un rato. Al llegar, Diane se dio cuenta de que, tras el desastre del tornado, todos acababan de volver a lo que estaban haciendo. El aire estaba claro y el cielo azul, como si no hubiera pasado nada.

—Nos vemos más tarde —dijo Sequoia, dirigiéndose de nuevo al pueblo de la cochera.

—¿Cortador de polvo? —preguntó CT a Diane, indicando el bar.

—Claro, deben ser las dos —respondió Diane, siguiéndola.

Cada una se tomó un whisky, charlando en el bar, remojando los pies en cubos de agua helada. Diane sintió que su cabeza se balanceaba, sus ojos se cerraban.

—Voy a la tienda un rato —dijo Diane. Ella quería un poco de silencio.

—De acuerdo —dijo CT—. Recuerda que esta noche nos vestimos de blanco. Para la Fiesta de los Tiempos Felices.

Metiéndose dentro de su cochera, Diane se quitó el equipo y los zapatos y se sentó en una silla. Cerrando los ojos, dejó que su mente vagara, durmiendo la siesta. Entonces oyó la voz de Sheba en el exterior.

—*Mon ami* —dijo Sheba—, ¿puedo entrar?

Diane abrió los ojos y miró hacia arriba para ver a Sheba fuera de la puerta de la cochera.

—Por favor —respondió Diane.

Sheba entró en la cochera vestida con una larga bata de seda azul y el pelo envuelto en una toalla.

—Esta noche es la fiesta —dijo—. ¡Tenemos que prepararte!

—Oh, me daré una ducha rápida...

—No, no para ti esta noche —dijo Sheba—. Tengo un regalo para ti. Recoge tus artículos de aseo y ven a mi casa rodante.

Diane vio partir a Sheba y se encogió de hombros. Haciendo lo que se le pedía, recogió sus cosas. Al cruzar el campamento, pudo ver a CT en la cocina, así que entró.

—¿Buena siesta? —preguntó CT—. ¿Tienes hambre? Toma, come un poco.

—Me muero de hambre —dijo Diane, agarrando la quesadilla ofrecida.

—¿A dónde vas?

—Sheba dijo que viniera por su RV para prepararse.

—Oooh, elegante —dijo CT—. No te dejes maltratar.

—No lo haré —dijo Diane—. Nos vemos en un rato.

Diane terminó la quesadilla en tres rápidos bocados. No se había dado cuenta del hambre que tenía. Luego caminó por el serpenteante sendero entre tiendas y cocheras hasta llegar a la gran casa rodante en la que había llegado Sheba. Era blanca y de unos diez metros de largo, con ventanas cubiertas de un material reflectante. En la puerta principal había una zona para sentarse con tres sillas y una mesa.

Había un timbre en la entrada delantera, así que Diane lo pulsó. Oyó un timbre en el interior del vehículo. La puerta se abrió y el aire fresco salió. Salieron una mujer y un hombre jóvenes, la pareja que había visto llegar con Sheba pero que aún no conocía. Ambos rebosaban de energía y sonrisas. Iban vestidos con trajes ajustados de satén rojo a juego que parecían disfraces de elfos de Papá Noel, con zapatos rizados.

—Hola —dijo la chica—. ¿Eres Diane? Yo soy Debbie.

—Hola, Debbie —respondió Diane—. ¿Está Sheba aquí?

—Sí —dijo el joven, sonriendo—. Por cierto, soy Dale. Entra, nos veremos más tarde. Deja tus zapatos en la mesa.

Deslizándose de sus sandalias y colocándolas sobre la mesa, Diane subió los escalones hasta la casa rodante, cerrando la puerta tras ella. Una pesada cortina de raso estaba colgada justo detrás de los asientos del conductor y del pasajero.

—Hola —dijo Diane.

—Hola, hola —dijo la voz de Sheba detrás de la cortina—. Pasa.

Diane atravesó la cortina y se quedó de pie, atónita. Había visto las puertas correderas desde el lateral del vehículo, pero el espacio que ofrecían parecía mucho más grande de lo que hubiera esperado. La habitación parecía de unos doce pies de ancho.

Diane pensó que el lugar parecía un cruce entre una tienda beduina y una caravana gitana. El interior no tenía luz natural, solo una iluminación indirecta hábilmente colocada. Las paredes estaban cubiertas con telas de seda de color burdeos. El techo tenía una rica cortina azul sujeta en varios puntos, que se extendía de una pared a otra.

En los bordes de la habitación, donde las paredes se unían al techo, había brazaletes y adornos de cristal amarillo. En la mayor parte del suelo había varias pieles de oveja gruesas, y en la zona de la cocina se veía un suelo de madera oscura y pulida. En una de las paredes había un gran frigorífico, mientras que en la otra había un fregadero, varios armarios, un hornillo, un microondas y una cafetera. Un pequeño humidificador funcionaba en un rincón. Una música suave, una mujer cantando en francés, sonaba desde unos altavoces ocultos.

Diane respiró el aire fresco, oliendo a madera de limón y otros aromas que no pudo identificar. Sheba estaba sentada en una mesita, aplicándose sombra de ojos mientras se miraba en un espejo iluminado. Llevaba el pelo azul oscuro recogido con rulos y envuelto con un pañuelo. Una copa de vino espumoso estaba en su codo sobre la mesa.

—Has llegado —dijo Sheba—. ¿Prosecco? Déjalo en la encimera.

—Sí, por favor —dijo Diane, aceptando la flauta de vino—. Gracias.

—Al otro lado de la puerta, está el baño y la ducha. Adelante, toma una ducha caliente -solo una rápida, el agua es preciosa- y nos prepararemos para la noche.

—Dios mío —dijo Diane—. Es muy amable de tu parte. Este lugar, Sheba, es increíble.

—Nada es demasiado bueno. Te doy el regalo del autocuidado. Es fundamental para llegar hasta aquí —dijo Sheba, agitando la mano con desprecio. Luego, volviéndose hacia su espejo—, Ahora ve a refrescarte. Hay una toalla fresca y una toallita preparada para ti.

Diane cogió su bolsa de aseo y se adentró en la caravana. Abriendo una puerta de madera y cerrándola tras ella, entró en una habitación con un lavabo, una ducha y una puerta cerrada a la derecha. Al asomarse detrás de la puerta, vio un retrete. Diane se desnudó y utilizó el baño, luego se lavó los dientes y se pasó el hilo dental.

Después de hacerse una cola de caballo, abrió la puerta de la ducha. De pie en la ducha, giró la manivela. El agua estaba fría y luego gloriosamente caliente. La sensación, después de las duchas tibias, era de éxtasis. Diane se encontró jadeando ante la sensación, deleitándose en el momento.

Cerrando el agua, se enjabonó con la toalla, notando que su cuerpo parecía más delgado y en forma que de costumbre. Cambiando la maquinilla de afeitar, se afeitó rápidamente las piernas y se hizo algunos retoques. Abriendo de nuevo el grifo, se aplicó un exfoliante de albaricoque en la toalla y se limpió a fondo la cara, el cuello y las orejas.

—Utiliza la bata del gancho —dijo la voz de Sheba a través de la pared—. No te pongas la ropa sucia.

Diane volvió a abrir el agua para enjuagarse. El sudor se disolvió en su piel y se deslizó por el desagüe. Se volvió para enjuagarse la espalda, deleitándose con el agua caliente y el vapor. Con pesar, cerró el grifo y se quedó goteando en la ducha. Se secó, se puso la bata y se dirigió a donde estaba Sheba, sentada en el suelo sobre las pieles de oveja, frotándose con loción las largas piernas.

—¡Ha sido increíble! —exclamó Diane, saliendo y tomando

asiento.

—No es nada. De nada. Aquí tienes una crema hidratante para cuidar tu piel.

Diane cogió el frasco y apretó. Salió más de lo que esperaba, y Sheba se acercó y se llevó un poco a la palma de la mano. El tacto de la crema era sedoso.

Diane se frotó la loción en los brazos. Sorprendentemente, para la cantidad, desapareció rápidamente, su piel se la bebió. Volvió a bombear el frasco y continuó con la otra pierna. Sheba le pasaba un palo de madera de naranjo por las uñas de los pies, recortándolas cuando era necesario.

—Puedes arreglarte las orejas —dijo Sheba, indicando los bastoncillos de algodón—. El calor que hace aquí derretirá la cera de tus oídos. El astringente ayudará.

Al limpiarse los oídos, Diane se sorprendió al ver que Sheba tenía razón.

Parece que podría cultivar patatas, pensó Diane, mirando la punta y luego completando la otra oreja.

El ambiente era ligero y refrescante. Diane se sentía cómoda simplemente existiendo en el momento, disfrutando del prosecco, del aire acondicionado, de la ausencia de polvo en el lujoso espacio de olor dulce. Era calmante y tranquilizador. La cantante francesa murmuró una ligera melodía.

—Tienes un buen montaje aquí —dijo Diane, observando cómo Sheba recortaba y limaba sus cortas uñas.

—No hay necesidad de charlar —dijo Sheba—. A no ser que quieras. Podemos limitarnos a existir juntas. Usa más loción. En realidad, pensándolo bien, te haré las preguntas más importantes.

Diane se sintió muy cómoda con esa respuesta. Exprimiendo más loción, se untó los brazos, seguidos de la cara y el cuello.

—¿Cuándo descansaste por última vez? —preguntó Sheba.

—Solo me eché una siesta.

—Bien. ¿Cuándo comiste por última vez?

—Cogí un bocadillo de camino —respondió Diane.

—¿Quieres un poco de fruta? —preguntó Sheba, levantando

un cuenco de melón cortado.

Diane levantó las manos, que estaban cubiertas de loción. Sheba eligió un trozo de melón y lo puso en la boca de Diane.

—¿Cuándo te has hidratado por última vez?

—Bebí tres litros de agua cuando me desperté.

—Entonces estás bien —dijo Sheba—. ¿Te importaría ponerme un poco de loción en la espalda? Yo puedo ponerte la tuya si quieres.

—Por supuesto —dijo Diane.

Sheba le dio la espalda a Diane, aflojando la bata y dejándola caer por los hombros hasta los codos. Sus hombros estaban bien definidos pero no eran excesivamente musculosos. Diane tomó un poco de loción y se frotó las manos, y luego las colocó en la larga línea del cuello de Sheba, frotando hasta los hombros. Su piel era suave y cálida bajo el tacto de Diane. Sheba suspiró mientras Diane le aplicaba más loción a sus afilados músculos latinos.

Diane se puso de rodillas, frotando más loción. No pudo evitar notar que los pechos de Sheba estaban expuestos. Eran grandes y extremadamente firmes, perfectamente formados, con areolas oscuras y pezones duros aún más oscuros. El cuerpo de la mujer era una obra maestra.

Diane se quedó impresionada al pensar en lo atractiva que era Sheba y sintió que su propio cuerpo respondía a la presencia de Sheba. Diane sacudió la cabeza. Nunca se había sentido atraída por las mujeres, aparte de algunos besos borrachos a chicas en fiestas en una breve etapa exploratoria de su vida.

¿Qué demonios está pasando? pensó Diane, sentándose.

Maravilloso —dijo Sheba, poniéndose la bata sobre los hombros—. Ahora, tú.

Diane se sentó, turbada por sensaciones desconocidas, y luego se dio la vuelta y se quitó la bata de los hombros, dejando que la parte delantera le cubriera los pechos. Las manos de Sheba estaban calientes cuando la loción se frotó en el centro de su espalda, y luego se extendió alrededor. Una mano se deslizó por su columna vertebral mientras la otra le masajeaba el cuello. Diane gimió ante la placentera sensación. Sheba trabajaba los músculos de la espalda, deshaciendo los nudos de los músculos que no sabía que tenía.

—¿Trabajas en un escritorio? —preguntó Sheba, poniéndose de rodillas.

—Sí, largos días —respondió Diane, y luego jadeó cuando los dedos de Sheba encontraron un punto especialmente tenso en su omóplato—. ¿Eres masajista?

—Fui masajista en otra vida. Preferimos que no nos llamen masajistas.

—Lo llames como lo llames, funciona —respondió Diane.

Diane no podía precisar el motivo -el ambiente, la iluminación, la música-, pero estaba más relajada que nunca. Sheba terminó de frotarle los hombros y se sentó. Diane se volvió hacia ella. Sheba volvió a arrodillarse y empezó a quitarse los rulos del pelo uno a uno, dejando caer los gruesos mechones de color azul oscuro. Diane se dio cuenta de que el color coincidía exactamente con la bata.

Lo que ocurrió a continuación sucedió de forma natural, y si le hubieran preguntado después, Diane no habría podido explicarlo. Sintió como si otra persona estuviera en su cuerpo en ese momento. La mano de otra persona se extendió para acariciar la bata de Sheba donde yacía sobre su muslo, otra persona palpó el suave material. Sheba no dijo nada, pero una pequeña sonrisa se dibujó en sus labios enrojecidos. La diversión se reflejaba en sus ojos con rímel mientras levantaba las dos manos para quitarse los últimos rulos del pelo.

Este movimiento hizo que la sedosa bata se moviera, y Diane la vio separarse lentamente, con los dedos temblando sobre un muslo liso y musculoso. Diane no podía apartar los ojos de los bordes de seda azul de la bata, que solo se aferraban a los pechos de Sheba.

Los ojos de Diane encontraron el suave valle del escote y lo rastrearon hasta los recortados y definidos abdominales de seis piezas. Los abdominales superiores se estiraban y definían, conectándose con los inferiores, más largos. Diane no pudo evitar que sus ojos se dirigieran a los ahora visibles labios mayores de Sheba, suaves y hermosos. Un pequeño clítoris asomaba entre los pliegues de los labios menores. Unos muslos delgados y musculosos se alejaban.

—Se supone que debes pedir consentimiento, querida —dijo Sheba juguetonamente, terminando con los rulos, su cabello cayendo y enmarcando su rostro.

Diane retiró la mano. Estaba temblando.

—Lo siento —balbuceó, mirando a Sheba—. No sé lo que ha pasado...

Sheba puso el dedo suavemente en los labios de Diane, deteniéndola.

—Puedes tocarme si quieres, o no —dijo Sheba—. Pero primero debemos hablar.

—De acuerdo —respondió Diane sin aliento. Su mente daba vueltas. La mujer era embriagadora.

CAPÍTULO 22

—Primero —dijo Sheba, acercándose, todavía de rodillas. Cogió la mano de Diane y la puso sobre su estómago—. Consiento que me toques. ¿Puedo tocarte?

—¡Sí! —dijo Diane, más fuerte de lo que pretendía.

Las dos mujeres compartieron una carcajada. Diane acarició el estómago de Sheba. Era como la seda derramada sobre el acero. Sheba puso una mano en la barbilla de Diane y le levantó la cara para mirarla a los ojos.

—Somos adultas y hablaremos como adultas —dijo Sheba, con sus ojos azules mirando y sosteniendo a Diane—. Antes de seguir adelante hay algunas cosas que debemos discutir, principalmente nuestro estado de CTI. ¿Has estado expuesta o eres portadora de alguna ITS que deba conocer? Yo mismo soy portador del VHS-1, la forma oral del virus, aunque nunca he tenido un brote. La inmensa mayoría de la sociedad es portadora del VHS-1.

El toque de Diane se detuvo en el estómago de Sheba. Hipnotizada, levantó lentamente la mano, rozando la curva inferior del pecho derecho de Sheba con el dorso de dos dedos. Diane recorrió el pezón rígido, sintiéndolo rodar bajo sus dedos. La respiración de Sheba se aceleró hasta que apartó lentamente el dedo de Diane.

—Concéntrate, querida —dijo Sheba riendo y continuó—. Me sometí a una prueba completa de ITS antes de salir para la Quema como una cuestión de opciones saludables la semana pasada y todo estaba claro, no he estado con nadie sexualmente durante dos meses antes de la prueba. También quiero que entiendas que siempre te trataré con amabilidad y comprensión independientemente del estado de las ITS, no debes tener miedo o vergüenza de compartirlo conmigo. Esta honestidad entre nosotras es sagrada y lo que compartamos nunca saldrá de este espacio. Hay muchas maneras de tener intimidad que nos mantienen a salvo a las dos. Quiero dar y recibir contigo toda la información posible para que ambas tengamos la capacidad de decidir lo que es mejor para cada una de nosotras física, espiritual y emocionalmente.

—No, me han revisado —dijo Diane, saliendo de su aturdimiento—. Mi examen anual fue el mes pasado y me hice todas las revisiones por capricho. Solo he tenido relaciones sexuales con una persona, una vez, desde siempre, parece. Fue anoche —Diane se encogió un poco.

—¿Fue el artista? —preguntó Sheba—. ¿Tuviste un condón? ¿Todo el tiempo?

—Sí —respondió Diane—. Todo el tiempo. Todavía lo tenía puesto cuando terminamos.

—Entonces deberíamos estar bien —dijo Sheba, acariciando la mano de Diane—. Ahora, ¿has estado con una mujer antes?

—No, la verdad es que no —

—No importa —respondió Sheba, mirando a los ojos de Diane—. Consiento estar contigo, pero hay algo que debes entender. Estaré contigo una vez. No habrá más, solo un momento perfecto. No habrá ningún camión de mudanzas en nuestro futuro. Lo compartiremos y seguiremos siendo amigas. Sin celos, sin sentimientos heridos, nada. ¿Tú, como adulta, estás de acuerdo con esto?

Diane consideró las preguntas, nunca antes había tenido una discusión tan franca y abierta con una pareja íntima. Mirando el rostro sonriente de Sheba, y contemplando su exquisito cuerpo, se sintió ligeramente asustada, ligeramente confundida y enormemente excitada.

—Consiento —dijo Diane, sin aliento.

Sheba se puso en cuclillas y deslizó las manos por debajo

de la bata de Diane para descubrir y acariciar sus pechos. Sheba se inclinó, acercando sus rostros. El estómago de Diane se estremeció cuando Sheba le besó suavemente los labios, recorriéndolos con una lengua húmeda y cálida.

Diane se echó hacia atrás y sus manos buscaron los pechos de Sheba, agarrándolos y acariciándolos, tirando de ella hacia delante. Sus labios se tocaron, las lenguas se exploraron mutuamente, la mano de Sheba acunando la nuca de Diane. Diane sintió que el muslo de Sheba se deslizaba entre los suyos, acercándose con firmeza a su vagina. Podía sentir su propia humedad.

La piel sedosa se deslizaba contra la piel sedosa. Diane sintió que sus pechos se tocaban, sus estómagos. Rodeó a Sheba con sus brazos, se acurrucó en su cuello y chupó los lóbulos de sus orejas. Las sensaciones eran abrumadoras. El cuerpo firme, la piel de oveja increíblemente suave que había debajo, un gemido de deseo que se deslizaba por los labios de Sheba.

Diane deslizó sus manos por la espalda de Sheba, agarrando sus firmes nalgas, acercando su cuerpo, apretando sus muslos alrededor de los de Sheba y moliendo, deleitándose con la sensación de placer. La respiración de Sheba se aceleró cuando su propia humedad caliente se apretó contra la pierna de Diane.

Sheba dejó de besar el cuello de Diane, echando la cabeza hacia atrás y arqueándose, con el pelo cayendo en cascada por su espalda, apretándose más contra la pierna de Diane. Diane se agarró a la cintura de Sheba y se levantó para chupar los pechos de Sheba, con una sensación exquisita en los labios al succionar el pezón y agitar la lengua contra él.

Sheba dejó escapar una respiración profunda y entrecortada mientras acunaba la cabeza de Diane, presionándola suavemente hacia el otro pecho, y Diane cumplió felizmente, alternando entre los dos increíbles globos. Mientras tanto, sus piernas se entrelazaban y se retorcían una contra otra sobre la alfombra de piel de oveja.

Sheba, con los ojos encendidos de pasión, bajó la cabeza de

Diane y la besó profundamente en la boca, bajando a besar y chupar los pechos de Diane, deslizando sus caderas entre los muslos de Diane. Diane enterró sus dedos en el pelo azul oscuro de Sheba, con los pezones doloridos y la vagina empapada mientras gemía.

Sheba empezó a besar más abajo, rozando su pelo y sus labios por el estómago de Diane antes de desviarse y rozar con sus labios el interior del muslo de Diane.

—Me estoy controlando —dijo Sheba, retirándose—. ¿Sigues consintiendo?

Diane estaba confundida por la pregunta, luego tuvo claridad.

—¿Qué? Oh, oh, sí. Dios, sí.

—Bien.

Las manos de Sheba levantaron los muslos de Diane, separándolos. La sangre de Diane rugía mientras el vello azul le hacía cosquillas en el interior de los muslos y el pubis. Diane no sabía qué hacer con sus manos, pasándolas por la gruesa piel de oveja. Sheba las cogió y las colocó sobre las propias piernas de Diane. Deslizando hábilmente una pequeña almohada bajo el coxis de Diane, Sheba agachó la cabeza.

Diane sintió unos labios suaves que le besaban el pliegue del muslo, primero de un lado y luego del otro. Con los ojos muy abiertos, respiró profundamente y con dificultad cuando la punta de la lengua de Sheba encontró y separó lentamente sus labios menores, sus labios interiores. El lento viaje hacia arriba fue un placer insoportable y tortuoso cuando la lengua encontró su clítoris, rozando lentamente el tenso centro del placer.

Diane podía sentir sus jugos fluyendo desde su interior. Levantando las piernas, separó aún más los muslos, deseando que Sheba la penetrara más profundamente. Un pequeño escalofrío recorrió su cuerpo cuando sus circuitos de placer se sobrecargaron.

Muy lentamente, Sheba lamió y rozó con sus labios. La respiración de Diane se mezclaba entre jadeos y gemidos entre dientes apretados. Volvió a estremecerse cuando Sheba deslizó un dedo dentro, penetrando lentamente, deslizándose más profundamente.

El aliento de Sheba era caliente en el clítoris de Diane mientras el dedo se enroscaba, acariciando su punto G. Olas de deseo recorrieron el cuerpo de Diane mientras la boca de Sheba aplicaba una ligera succión, su lengua acariciaba lentamente en largos movimientos ascendentes y descendentes. Un sonido gutural escapó de lo más profundo del alma de Diane. No podía creer que tal sonido hubiera salido de su interior.

Sin previo aviso, Diane comenzó a tener un orgasmo violento y extático, su cuerpo se estremeció. Intentó soltar las piernas, pero Sheba la liberó de su boca y las sostuvo con una mano, continuando con el placer de los golpes en el punto G.

Diane podía oír el dedo de Sheba moviéndose dentro de ella, el ritmo cambiando a pulsaciones. Los orgasmos comenzaron a sucederse uno tras otro hasta que el cuerpo de Diane se agarrotó y luego se liberó.

—Ya está —dijo Sheba, con la voz ronca—. Ya está.

Sheba se retiró y dejó que Diane bajara las piernas. Tumbada junto a Diane, Sheba la acunó entre sus fuertes brazos. Diane siguió teniendo estremecimientos mientras las endorfinas inundaban su cuerpo.

—¡Dios mío! —dijo Diane, abrazando a Sheba—. ¡Oh, Dios mío!

Sheba se inclinó hacia ella y la besó profundamente. Diane respondió, arqueándose hacia ella, deseando desesperadamente dar placer a esta magnífica mujer. Rompiendo el beso, Diane tiró de Sheba hasta que se puso a horcajadas sobre la cara de Diane.

Agarrando las caderas de Sheba, Diane atrajo su cara hacia la vagina de Sheba. Besando y lamiendo profundamente, saboreó la dulzura de Sheba. Diane lamió la suavidad, con largas caricias hasta encontrar el apretado clítoris. Sheba gimió y se agitó.

Increíble, pensó Diane.

Diane perdió la noción del tiempo. El tiempo y todo lo demás dejaron de existir. Nunca se había liberado tan completamente y tan rápido. A la pasión, al momento, a todo. No quería nada más que dar placer a la increíble persona con la que estaba comprometida. No había futuro ni pasado.

Los gemidos y exclamaciones de Sheba hicieron que Diane tirara más fuerte con los brazos, moviendo la lengua a un ritmo furioso sobre el clítoris mientras Sheba se corría una y otra vez.

—Basta —jadeó Sheba—. No puedo aguantar más.

Sheba se levantó con las piernas temblorosas, fue a buscar la botella de prosecco y volvió a colocarse sobre Diane. Bebiendo directamente de la botella, Sheba sacudió la cabeza.

—Eso fue épico —dijo Sheba, mirándola—. ¿Estás satisfecha?

Diane se recostó y se estiró.

—Completamente.

—Bien —dijo Sheba, sentándose a su lado, acariciando su cuerpo desde las piernas hasta el cuello.

Diane se recostó, respirando profundamente. Podía sentir su sonrisa ladeada mientras Sheba la acariciaba. Sheba estaba sentada desnuda, sus ojos azules observando a Diane, su pelo azul compensado por las paredes burdeos. El momento se prolongó, la música suave y su respiración eran los únicos sonidos. Diane dejó que se fijara en su memoria. Era diferente a todo lo que había experimentado. No saber cómo sentirse, pero sobre todo, no importarle.

—Ha sido maravilloso —dijo Sheba, luego se inclinó y besó profundamente a Diane—. Gracias por compartir este momento y esta experiencia conmigo.

Sheba la abrazó, estrechándola, luego la besó y se levantó.

—Vamos a prepararnos para la fiesta —dijo Sheba.

Diane respiró profundamente y se puso de pie.

—¿Tienes un traje? —preguntó Sheba, poniéndose un vestido. preguntó Sheba, poniéndose una minifalda blanca.

—No he elegido nada en concreto —dijo Diane.

—Toma —dijo Sheba, cogiendo y sosteniendo un vestido

blanco—. Creo que este te quedará bien.

Diane cogió el vestido y se lo puso. Le quedaba bien.

—Gracias —dijo Diane.

—Es un regalo —dijo Sheba—. Te queda bien. Ahora siéntate.

Diane se sentó en la silla indicada. Sheba movió un maletín de maquillaje, cogió una brocha y espolvoreó la cara de Diane con ella. Luego aplicó hábilmente el lápiz de labios y el delineador de ojos y rápidamente despeinó y arregló el cabello de Diane con los dedos.

—Eres hermosa —dijo Sheba, observando su rostro—. Pero antes también lo eras.

Diane miró a Sheba, en topless con la falda. Los ojos de Diane recorrieron su estómago y sus pechos hasta llegar a su cara. Diane tomó la mano de Sheba y la miró profundamente a los ojos.

—Gracias —dijo Diane—. Por todo. Guardaré esto como un tesoro.

Sheba sonrió y se limpió una lágrima de los ojos.

—No me hagas llorar —dijo Sheba—. Yo también guardaré esto como un tesoro.

Diane se puso en pie, sintiendo que el momento se acababa, pero sin lamentarlo. Abrazó a Sheba, estrechándola, y luego se retiró.

—Hasta luego —dijo Diane mientras recogía sus cosas.

Sheba asintió.

Diane miró una vez más a Sheba sentada en la luz reflejada, una belleza rodeada de cosas hermosas. Luego cerró la puerta de la autocaravana y entró en el campamento. Había caído la noche y las luces solares iluminaban el sinuoso camino entre las tiendas y las cocheras. El aire era notablemente más fresco. Diane se sentía como si estuviera flotando, todavía en las garras de lo que acababa de experimentar. La música y las risas del bar eran agradables para sus oídos. También se oía el sonido de la ciudad al terminar la noche. Entró en la cochera y depositó su fardo junto a su tienda. Al sentarse, sintió que sonreía de oreja a oreja.

—Bueno, entonces —dijo Diane a la oscuridad después de unos minutos—. Eso ha pasado.

Levantándose, se puso el cinturón con todos sus accesorios y se dirigió al bar. Sequoia, que atendía el bar con una camisa de volantes y una falda escocesa blanca, reía y sonreía con Pepper. Cuando Diane miró a su alrededor, vio que todo el mundo sonreía, que todo el mundo era feliz. En medio de este lugar duro y desolado, aislado del mundo exterior, trabajando en condiciones miserables, la gente había encontrado la felicidad.

—¡Diane! —dijo CT, acercándose a ella.

—Hola, tú —dijo Diane, abrazando a su amiga.

—Mírate cómo te has arreglado —dijo CT, admirándola—. ¿Te has divertido?

—La ducha caliente fue increíble —dijo Diane—. Lo mejor que he sentido en mucho tiempo. Aunque me vendría bien un trago.

—Estás en el lugar correcto —dijo CT, dirigiéndose a la barra —. Sequoia, dos whiskys.

Sequoia asintió e indicó dos asientos donde la gente acababa de salir. CT y Diane se sentaron y les tendieron las copas para que las llenaran. Diane sacó un paquete de cigarrillos de una bolsa, encendió uno y dio una larga calada.

—Debe haber sido una buena ducha —dijo CT, mirando a su amiga.

—La mejor —respondió Diane, y luego se tragó su bebida—. Otra.

Sequoia la llenó y se dirigió a atender a otros clientes. Diane podía sentir los ojos de su amiga sobre ella. Tampoco podía borrar la sonrisa de su propia cara. CT conocía bien a Diane, aunque lo que CT hubiera querido preguntar, se lo guardaba para sí misma. Diane no quería compartir nada, ni siquiera con alguien tan cercano como CT, no hasta que hubiera procesado un poco más la experiencia. Se guardaría este tesoro por ahora.

—¿Has comido? —CT preguntó.

—Tuve un bocado antes, pero podría comer —dijo Diane, sonriendo en su mente.

CT volvió a enarcar una ceja, pero no dijo nada más,

—Toma, te he guardado un bol de pasta que ha hecho Twinkle.

CT le entregó un bol de papel cubierto. Diane dejó su bebida y apagó el cigarrillo en el cenicero de la barra. Consumió la comida, saboreando los bocados, mirando a la gente que charlaba y reía en el bar. Estaba delicioso.

Todo estaba delicioso.

Diane comió, bebió y sonrió hasta que se fueron.

Pronto el grupo llegó a la enorme estructura en la que habían estado de viaje la noche anterior. Casi todos iban vestidos de blanco mientras se acercaban. El edificio incluso cambiaba de color, con flores de luz multicolor proyectadas sobre enormes sábanas blancas.

—¿Qué es esto? —preguntó Diane.

—Es la Fiesta de los Tiempos Felices —dijo CT—. La organiza un campamento de ricos. El propio campamento es de pago. Millonarios, multimillonarios, celebridades, ese tipo de cosas. Supongo que necesitan la seguridad de un lugar céntrico.

Aparcando y cerrando sus bicicletas, el grupo se unió a la fiesta. Diane se animó a bailar al ritmo de la música. Se detuvo, sin aliento, para llenar su copa con el champán que le ofrecían.

Era un espectáculo impresionante de luces, llamas, música y una multitud de personas disfrazadas de todas las formas y tamaños, bailando y arremolinándose. Era demasiado para asimilarlo todo a la vez. Diane se retiró al lugar donde habían aparcado las bicicletas. Las bicicletas casi habían desaparecido en el mar de otras bicicletas iluminadas que parecía crecer exponencialmente. Diane vio que Sequoia estaba apoyado en su moto, hablando con una mujer. Bajando el champán, volvió al baile. La música retumbaba. Una hora de baile, y Diane se había saciado. Al encontrar a CT, saludó con la mano y regresó a las motos. El mar de luces había crecido a su alrededor.

—¿Estás bien? —preguntó Sequoia.

—Ha sido genial —dijo Diane, sin aliento.

Se les unieron Twinkle y CT.

—Quiero ir lo más lejos posible esta noche —dijo Twinkle—. Todavía no he llegado a lo más lejos.

Desbloquearon sus bicicletas y, con cuidado, las sacaron de la carrera de obstáculos de otras bicicletas a su alrededor. En grupo, se adentraron en la oscuridad de la playa.

Sin embargo, no estaba realmente oscuro, pensó Diane, no como cuando había venido sola por primera vez. Había bicicletas por todas partes, aunque no tan masificadas como cerca de la Explanada. Coches artísticos de todo tipo recorrían la llanura oscura y abierta, con espectáculos de iluminación y fuegos que se elevaban en el aire. El sonido de la fiesta se desvanecía tras ellos. Diane se sentía como una niña en una aventura, sonriendo ante las alegres bromas del grupo. El pedaleo se había vuelto más cómodo a lo largo de la semana, y pensó que debía estar haciéndose más fuerte. Siguieron pedaleando, con las luces de sus propias bicicletas parpadeando a su alrededor.

Diane pudo ver la valla de basura más adelante con el haz de luz de su faro. Era una barrera de plástico naranja de un metro y medio de altura, que se extendía en la oscuridad a izquierda y derecha, con una llanura vacía y polvorienta hasta donde alcanzaba la vista. Siguiendo al grupo hacia la derecha, Diane llegó a un lugar donde la valla llegaba a una esquina. Desmontaron y se colocaron de espaldas a la valla.

La vista era increíble. Diane podía ver toda la cara de la ciudad. Las luces, los láseres y las llamas se extendían por el horizonte: el Hombre y el Templo eran pequeños trozos de luz que apenas se distinguían. En varios puntos de la ciudad había torres con iluminación adicional. Diane sabía que estaba viendo la locura, el caos y el ruido, junto con la alegría y la vida. Se pasó una petaca de whisky entre el grupo y Diane dio un trago.

—Dios, me encanta este lugar —dijo Sequoia a nadie en particular.

—Te equivocas —dijo CT—. No es solo un lugar. El Burning Man es algo vivo, que respira, que vive con la gente, el arte, la alegría y la tristeza. Se alimenta de la creatividad, del impulso de expresar y experimentar, de dar y recibir. Somos sus hijos y sus creadores. Vive en cada uno de nosotros, nos da vida como nosotros se la damos. Llevamos una chispa de ella fuera, llevando la Quema con nosotros.

Se quedaron en silencio, absorbiendo sus palabras.

Sequoia extendió la mano y abrazó a CT, y luego Twinkle y Diane las rodearon con sus brazos.

—Lo siento —dijo Sequoia.

—No tienes que sentirlo —dijo CT.

—Lo siento —volvió a decir Sequoia y soltó un gigantesco pedo que hizo vibrar el aire a su alrededor.

—Qué coño —dijo CT, riéndose, intentando pero sin conseguir apartarse.

—Ibas como Ayn Rand —dijo Sequoia, riendo—. Llevo sosteniendo eso desde siempre.

Los amigos se rieron histéricamente en la noche. Luego se montaron, señalando hacia la ciudad y sus posibilidades.

—¿Ahora dónde? —preguntó Twinkle.

—Donde sea —respondió CT.

CAPÍTULO 23

Jueves, 3 de septiembre, dos días para que comience la Quema del Hombre

Diane se despertó con el olor del tocino cocinándose y siguió su nariz desde la tienda hasta la cocina. Pepper tenía varias sartenes de bacon cocinándose en las parrillas de gas de la cocina.

—¿Es un día con temática de tocino? —preguntó Diane, mirando los montones de tiras ya cocinadas.

—No —respondió Pepper—. Siempre empaqueto demasiado, y se estaba descongelando. Cuando la Quema empiece a terminar, verás a la gente cocinando y regalando todo tipo de comida. Los productos no perecederos se pueden dar a DPW. Ellos prefieren la cerveza y el alcohol, pero los productos enlatados pueden ir a las tribus locales. Cada año hacemos una gran diferencia en su banco de alimentos. Me gusta cocinar el desayuno un día de la Quema, y a todo el mundo le gusta el tocino en la Quema, incluso a los vegetarianos.

Diane cogió una buena ración de bacon y rodajas de tomate. Untando un trozo de tortilla con mayonesa, se comió el sándwich lentamente, saboreando su sabor. Pepper le sirvió una taza de café. Otros campistas se filtraron, participando en la crujiente bondad.

Diane se ocupó de las tareas. Tardaron la mitad de tiempo que al principio. Pronto los generadores se llenaron de gas, las bolsas de la ducha se llenaron, los materiales quemables en el barril y se completó el barrido de la MOOP.

—Hay una Virgen de la estrella dorada —dijo Sheba—. Buenos días, amiga mía.

—¿Estás enseñando? —preguntó Diane, caminando con Sheba hacia la zona del bar. El estómago le daba vueltas solo por estar cerca de ella.

—No, solo participo —respondió Sheba—. Aquí está la profesora.

CT caminaba hacia ellas, con su esterilla de yoga bajo el brazo.

—¿Se unen, señoras? —preguntó CT.

—Enseguida —dijo Diane.

CT se dirigió a la tienda, donde unos cuantos practicantes madrugadores estaban colocando sus esterillas. Diane se volvió hacia Sheba, que le devolvió la mirada.

—¿Estamos bien esta mañana? —preguntó Sheba.

—Gracias —dijo Diane—. Estoy bien.

—Siempre lo has estado —dijo Sheba, inclinándose hacia delante para dar un abrazo a Diane.

Al desprenderse del abrazo, Diane se sintió feliz, más ligera. Estaba bien, y el día le esperaba. La pareja de mujeres se unió al grupo y comenzó una rutina de yoga muy diferente, pero aún desafiante, a la del día anterior. Diane estaba impresionada por lo competente que se había convertido su amiga como profesora. Al terminar la clase, guardó sus cosas con CT en la cochera.

—Dentro de unos minutos hay una charla en el campamento del centro sobre los viajes en el tiempo. Podría ser interesante —dijo Diane.

—Me vendría bien un café, y el campamento del centro siempre es interesante de ver —dijo CT—. Hagámoslo. Solo tenemos que volver a tiempo para ver la quema de la Escuela.

—¿Pensé que la quema era el sábado? —preguntó Diane mientras recogía sus cosas.

—Lo es —dijo CT—, pero más quemaduras ocurren a lo largo de la semana. Anoche se quemó una obra de arte. La Escuela se quema esta noche. Otras piezas se quemarán mañana, y luego el Hombre el sábado por la noche. El Templo es el domingo por la noche, y luego se acaba.

Siguiendo a CT por la calle, Diane observó cómo la gente se agolpaba a su alrededor. La pura masa de humanidad era asombrosa. Se fijó en una mujer que salía de una calle lateral, sin camiseta. Otra siguió a la primera, y luego le siguieron más mujeres en topless en bicicleta. Diane se detuvo en el lugar donde había parado CT.

—¡Liberen el pezón! —gritó una de las mujeres.

—Es el desfile 'Libera el pezón' —dijo CT—. Olvidé que era hoy. ¿Quieres unirte?

Diane se lo pensó. Nunca había sido de las que se desnudan o hacen topless en público, pero hasta ahora había hecho muchas cosas en la Quema que estaban fuera de lugar. El deseo de una nueva experiencia se impuso a su miedo. Las mujeres parecían divertirse.

—¿Por qué no? —dijo Diane, quitándose la camiseta y el sujetador para guardarlos en sus alforjas. Después de ajustarse el pañuelo alrededor de la cabeza con las gafas puestas, se unió a la CT, ahora sin camiseta, y ambas se mezclaron con los demás jinetes.

Riéndose de lo ridículo que resultaba, Diane disfrutó formando parte de la corriente de mujeres despreocupadas con los pechos al aire. Los transeúntes que se encontraban en la ruta aplaudían y vitoreaban al paso de las mujeres. Los sonidos de los timbres de las bicicletas y los bocinazos se sumaban a la cacofonía de risas, gritos y sonidos en general. Diane se sintió feliz y libre, montando en bicicleta en topless por primera vez. Disfrutó de la sensación del sol y la brisa.

La charla del campamento del centro se olvidó mientras el paseo en bicicleta seguía por la ciudad, y luego por la Explanada. El tiempo hasta el momento era claro, sin tormentas de polvo ni vientos que estropearan el paseo. Diane calculó que más de mil mujeres participaban en el desfile de la libertad en topless.

El desfile se dirigió de nuevo a la ciudad desde la Explanada, y el grupo se detuvo frente a un campamento. Diane trató de acercarse a donde estaba CT. Mientras se balanceaba sobre los pedales de su bicicleta, una mujer se desvió repentinamente delante de ella.

Diane no estaba segura de cómo había sucedido. En un momento estaba maniobrando su bicicleta, y al siguiente se fue al suelo, con fuerza.

—Hijo de puta —dijo Diane, tumbada en el suelo, con los ojos apretados por el dolor.

—¡Diane! —exclamó CT.

Muchas manos levantaron la moto de Diane.

—¡Para! —gritó una mujer—. Tiene el pie atrapado.

Diane abrió los ojos para ver a una joven en topless que sostenía con ayuda la bicicleta mientras una mujer mayor, que solo llevaba un tutú, le extraía suavemente el pie de la rueda.

—Ay, ay, ay —dijo Diane, reaccionando al dolor de su tobillo.

CT y la mujer mayor se agacharon junto a ella, con cara de preocupación. Aunque estaba distraída por el dolor, verse rodeada por un grupo de mujeres en topless le pareció a Diane increíblemente extraño.

—¿Estás bien? —preguntó CT.

—Me duele el tobillo —respondió Diane.

—Soy cirujano ortopédico —dijo la mujer mayor—. ¿Quieres que te lo revise?

Diane asintió, haciendo una mueca de dolor mientras la mujer palpaba y tocaba alrededor del tobillo. Después de estudiar un poco, la mujer retiró las manos.

—No parece roto. Probablemente solo sea un esguince —dijo —. ¿Puedes ponerte de pie?

Varias manos ayudaron a Diane a levantarse. Las mujeres que la rodeaban aplaudieron. Ella se sintió avergonzada.

—Pon un poco de peso en él —dijo la mujer, palpando el tobillo. Diane hizo lo que le dijeron y pudo poner algo de peso en el tobillo, aunque se estremeció por la incomodidad.

Entonces se acercó un hombre vestido de Ranger de color

caqui, con un gorro de color caqui. Tenía una complexión esbelta y el pelo blanco alrededor de un rostro profundamente bronceado.

—¿Está todo bien, Mary? —preguntó a la mujer que examinaba el tobillo de Diane.

—Probablemente un esguince, Marty —dijo Mary, y luego se volvió hacia Diane—. Deberías ir a Medicina para asegurarte.

—Puedo llevarla —dijo CT—. No está lejos.

—¿Necesita transporte? —preguntó el Ranger—. ¿Eres capaz de hacerlo?

—Déjame coger mi top —dijo Diane, sintiéndose avergonzada—. Debería ser capaz de llegar allí.

—Yo lo cojo —dijo CT, sacando la prenda de las alforjas.

Diane se puso la camiseta, CT acercó su bicicleta y Diane se apoyó en ella. CT entonces cogió su propia bicicleta y se puso su propia camiseta.

—¿Estás lista para ir al Centro Médico? —CT preguntó—. Vas a tener el tour completo.

CAPÍTULO 24

Cojeando por la carretera, apoyada en su bicicleta. Diane apretó los dientes contra el dolor sordo y punzante de su tobillo. Estaban a pocas manzanas del centro médico. Diane aparcó y cerró la moto, luego aceptó el hombro de CT para entrar cojeando en la zona cubierta por la sombra y tomó asiento.

—Hola, soy Noah. ¿Cuál es el problema? —preguntó un joven con una camiseta con logotipo, con un portapapeles en la mano.

—Accidente de bicicleta, lesión en el tobillo —dijo CT.

—¿Dolor?

—Sí, es bastante sensible —dijo Diane.

—Bien —dijo Noah—. Rellena este formulario y te pondré al día.

—No tengo mi tarjeta del seguro —dijo Diane a CT mientras Noah se dirigía a una gran tienda de campaña, moderna y de estilo militar, justo detrás de la zona de espera con sombra, y entraba en ella por una puerta de madera.

—Está cubierto por el precio de tu billete —respondió CT—. Todo ello. A menos que haya una evacuación. Por eso te hice contratar el seguro de evacuación médica. Estarás bien.

Al momento, Noah regresó empujando una silla de ruedas. Cargó a Diane en ella y le indicó a CT que esperara fuera mientras él llevaba a Diane a la tienda para su tratamiento. La clínica estaba bien iluminada, limpia y benditamente fresca. Llevaron a Diane en silla de ruedas por el suelo de madera hasta el mostrador de recepción, donde una mujer con bata médica le sonrió.

—¿Accidente de bicicleta? ¿Tobillo?

—Sí —respondió Diane, avergonzada.

—Hola, soy Joan. Nos ocuparemos de ti —dijo la mujer.

Diane miró a su alrededor. Después de los polvorientos días que había pasado en la playa, este limpio centro médico le parecía surrealista. No sabía qué era lo que esperaba. ¿Una tienda sucia con un médico brujo?

Diane fue empujada desde la zona de recepción a una sala adyacente habilitada como sala de urgencias. Había unas cuantas camas y aparatos médicos alrededor de la sala. Había una chica joven en una de las camas, conectada a un suero, llorando suavemente.

—El médico vendrá en un minuto —dijo Joan, aparcando a Diane cerca de una cama—. ¿Estarías más cómoda en la silla? Probablemente tendremos que hacerle una radiografía dentro de un rato.

—Sí, está bien —respondió Diane—. Si pudiera elevar la pierna, eso ayudaría.

Joan hizo un ajuste en la silla de ruedas, elevando un soporte para que Diane pudiera descansar la pierna, y luego se dedicó a sus asuntos. Diane se relajó, notando lo polvorienta que estaba en comparación con el limpio entorno médico. La chica que lloraba en la cama de al lado se removió.

—¿Tú también has tenido un accidente? —preguntó la chica.

—Un accidente de bicicleta —respondió Diane.

La chica parecía muy joven, quizá de veinte años. Era morena y delgada. Una pierna delgada estaba magullada por todo el costado.

—Me caí de un cartel al que me estaba subiendo. Decía AMOR —dijo la chica—. Típico.

—¿Estás bien?

—Es que... es que... ¡no sabía que estaría tan sucio! —dijo la chica con un sollozo.

Empezó a llorar y a explicar su historia. Era un llanto feo, completo con una burbuja de mocos.

—Jared, mi novio —soltó—. Me dijo que me encantaría estar aquí, que sería algo que podríamos compartir. Le dije que sí, porque está buenísimo y es DJ. Dijo que sería mágico y transformador. Pero no lo es, es abrasador, y tienes que trabajar, y la comida apesta, y hay gente rara por todas partes, y-y no puedes dormir con la música a todo volumen toda la noche.

—Jared me habló de ello, y lo investigué, y había gente guapa divirtiéndose, y pensé que tendríamos una caravana o algo así, pero no, es una puta tienda de campaña, una tienda sucia con todas sus cosas por todas partes. No me he duchado en cuatro días. ¿Por qué no hay duchas? Nunca he ido a acampar antes. Pensé que sería mejor. Y entonces Jared y yo nos peleamos, me llamó “poni chispeante” no sé ni qué coño es eso. Así que pateé tres de los barriles de agua. Y ahora todos en el campamento me odian. Tengo amigos en casa, me quieren, vamos a discotecas y a cenar, así que que se joda esta gente.

—Y entonces quise una foto como las que se ven en Internet, me subí a una obra de arte, y este tipo sucio me gritó que me bajara de su arte, y le dije que no, que quería una foto. Me dijo que era una perra tonta, ¿cómo pudo decir eso? Así que me dirigí a la palabra AMOR y me subí e intenté hacerme un selfie de salto. Entonces me resbalé y me golpeé contra el suelo. A la mierda este lugar, quiero ir a casa. Nadie dijo que estaría sucia todo el tiempo.

La chica se revolvió en la cama y siguió sollozando. Diane enarcó las cejas ante la historia de la niña. No se le había ocurrido a Diane la suerte que tenía de estar en un buen campamento.

—¿Diane? —preguntó una mujer, acercándose—. Soy la Dra. Miller.

La doctora hizo que Diane se quitara la bota y luego le palpó el tobillo con los dedos.

—No parece roto —dijo la doctora Miller—. Te haremos una radiografía para asegurarnos de que no es una fractura en espiral y luego te pondremos en camino.

La radiografía fue rápida. El tobillo no estaba roto. Joan le dio a Diane un vendaje y le indicó que descansara unos días.

—¿Tienes una férula? —preguntó Diane.

—No, lo siento —dijo la enfermera—. Pregunta en tu campamento. La playa te lo facilitará.

—Ummm... de acuerdo.

—Descanso, hielo y elevación —dijo la enfermera—. Toma lo que necesites para el dolor. Deberías estar bien en unas semanas.

—Gracias —dijo Diane mientras la sacaban de la enfermería a la sala de espera a la sombra. CT estaba esperando con un hombre alto que llevaba un sombrero de copa y una falda escocesa.

—¿Estás bien? —preguntó CT.

—No hay rotura, solo un esguince —respondió Diane—. ¿Quién es este?

—Este es mi amigo Diego —respondió CT—. Él estaba conduciendo por, así que le marcó hacia abajo. Te va a llevar de vuelta al campamento. Yo llevaré tu moto.

—¿Cómo estás, chica? —preguntó Diego.

El hombre era guapo, alto, con pelo largo y oscuro. Tenía un aire de pirata gitano. Diane se sonrojó un poco ante su mirada amable.

—¿Estás lista? —preguntó Diego.

—Sí —dijo Diane, poniéndose en pie con dificultad.

—¿Te importa si te ayudo? —preguntó Diego.

—No, me encantaría —dijo Diane.

Diego se adelantó y la levantó fácilmente en sus brazos. Llevándola a la calle, se acercó a un fantástico coche artístico. Iba sobre ruedas y una plataforma plana y acolchada estaba recubierta de tela peluda multicolor. Cuatro flores de metro y medio estaban colocadas alrededor de una flor más alta en el centro del coche. Cuando Diego colocó a Diane en el cojín de la parte delantera del coche, pudo ver que las flores eran marcos de acero con tela extendida sobre ellos.

En el asiento delantero del coche había una joven muy guapa.

Llevaba el pelo recogido en trenzas de tela como el de CT, y sus ojos eran expresivos y misteriosos. Le dedicó a Diane una sonrisa amistosa.

—Diane, esta es Cassandra —dijo Diego, subiéndose al asiento del conductor hundido—. Cassandra, Diane.

—¿Te has hecho daño? —preguntó Cassandra mientras Diane estiraba la pierna delante de ella.

—Por desgracia, pero debería estar bien —dijo Diane—. Gracias por el viaje.

Diane saludó a CT, que iba en su propia bicicleta y guiaba la de Diane a su lado.

—Nos veremos en tu campamento —dijo Diego a CT, y luego comenzó a conducir.

Aparte del dolor en el tobillo de Diane, el viaje fue divertido. Aunque el sol era abrasador, la innovadora colocación de las flores les daba una buena sombra. La música sonaba a través de un impresionante sistema de sonido mientras Diego dirigía el coche a través de la playa hacia Dead Presidents.

Diane charló con la pareja y una vez más se sorprendió de lo cómoda que se sentía con la gente que acababa de conocer. Mientras conducían, se dio cuenta de que se habían levantado nuevas obras de arte, incluso algunos edificios de verdad.

—Esa es la Escuela —dijo Diego, señalando una estructura—. Se quema esta noche. ¿Ya has visto un incendio?

—No —respondió Diane—. Pensaba ir esta noche, pero...

Indicó su tobillo.

—Billy está acampando contigo, ¿verdad? —preguntó Cassandra—. ¿Ha traído la Estrella de Mar?

—Sí, lo trajo —dijo Diane—. Tuvo algún problema con las luces o algo así con el DMV, pero creo que lo resolvió.

—Maldito DMV —dijo Diego, sacudiendo la cabeza—. Una tonelada de los coches de arte aquí ni siquiera son inspeccionados. Cuando construyes uno bueno, igual te tocan las pelotas. Entonces, ¿te estás adaptando bien a la Quema hasta ahora?

—Más o menos —respondió Diane.

—Si alguna vez es demasiado, dirígete al punto más alejado de la playa profunda por la noche, donde se une la valla de la basura. Mira hacia atrás todo lo que está pasando. Cuando lo haga y vea que setenta mil personas que se divierten no se preocupan por mis problemas, probablemente tampoco debería hacerlo.

—Aquí estamos —exclamó Cassandra cuando llegaron a Presidentes Muertos—. Sabes, Diane, Robot Head toca esta noche en la valla de la basura. Deberías verlos.

—¡Diego! ¡Cassandra! —dijo Sequoia, acercándose al coche.

—¡Sequoia! —dijo Cassandra, bajando del coche de un salto para darle un abrazo al grandullón.

—¿Qué pasa, hombre? —preguntó Diego, dándole su propio abrazo.

—¿Has estropeado a nuestra Virgen? —preguntó Sequoia, observando el pie de Diane.

—Solo transportando —respondió Cassandra.

—Accidente de bicicleta —explicó Diane, acercándose al borde del cojín—. CT está trayendo las bicicletas aquí ahora.

—Parece un trabajo para el whisky —dijo Sequoia, levantando a Diane en brazos y entrando en el bar. Volvió a llamar a los demás—: ¿Te unes a nosotros?

—Claro, no puedo decir que no —respondió Cassandra.

CAPÍTULO 25

—Solo necesitabas ser una princesa un poco —dijo Sequoia, burlonamente—. Su bebida, señora.

Sequoia había depositado a Diane en un sillón de la zona del bar, donde se sentó con el pie apoyado en un pequeño taburete acolchado.

—¡Pepper! —gritó Sequoia—. Es hora de que te ganes el pan.

Una sonriente Pepper se acercó caminando desde la dirección de las cocheras hacia el bar.

—¿De qué te quejas ahora? —preguntó Pepper a Sequoia en tono de broma.

Sequoia señaló el pie envuelto de Diane.

—¿Qué has hecho, chica? —preguntó Pepper, acercándose—. ¿Quién te dejó sin supervisión?

—Accidente de bicicleta —dijo Diane, tomando un sorbo de su whisky—. El médico hizo una radiografía. No hay rotura, solo un esguince.

—Muy bien, podemos ocuparnos de eso —dijo Pepper—. Deja que te traiga hielo y un cubo.

—¿Tienes formación médica? —preguntó Diane.

—Lo básico —dijo Pepper y se alejó.

—Es médico —dijo Sequoia desde la barra.

Diane lo pensó. Era interesante la cantidad de gente en la Quema que tenía profesiones muy respetables en el mundo real. Ser capaz de desprenderse de las expectativas y restricciones de sus personajes en el mundo real debía ser liberador.

—Aquí vamos —dijo Pepper, trayendo un cubo lleno de agua helada—. Sumérgete todo lo que puedas aguantar, preferiblemente de quince a veinte minutos cada vez, con el mismo tiempo entre remojos.

Diane introdujo el pie en el agua helada, estremeciéndose por el frío.

—¿Cómo está tu dolor? —preguntó Pepper, sentándose a su lado.

—Mejor —dijo Diane, dejando el pie en remojo—. Es más bien un dolor sordo.

—Normalmente te aconsejaría acetaminofén —dijo Pepper —, pero no me gustaría que bebieras con eso. Aquí tienes una aspirina. Te ayudará con la hinchazón.

—Gracias —dijo Diane, tomando las pastillas.

—Sigue bebiendo agua también —dijo Pepper—. Avísame si el dolor o la hinchazón aumentan. Buscaré a nuestra bruja residente, tal vez pueda ayudar.

Diane se relajó, dando un sorbo a su whisky y remojando su pie. El calor del día había aumentado drásticamente. Sin embargo, era agradable bajo la sombra del bar, especialmente con el pie en el baño helado del cubo. Se sentó y cerró los ojos, escuchando las bromas en el bar entre Diego, Cassandra y Sequoia.

—¿Has vuelto bien? —dijo CT, acercándose a ella.

Diane abrió los ojos. Debía de haberse quedado dormida. Diego, Cassandra y el coche de las flores habían desaparecido. Sacó el pie del agua helada y lo apoyó en el taburete, y se incorporó.

—No hay problemas —respondió Diane—. He oído que Cabeza de Robot ha estado tocando junto a la valla de la basura esta noche. Me encantan. ¿Podemos ir?

CT se rio de ella. Diane le devolvió la mirada, incrédula.

—Es un chiste recurrente —explicó CT—. Siempre se supone que alguien famoso está jugando en la playa profunda en algún lugar.

—Bueno, ¿hay algún plan para esta noche? —Diane preguntó

—. Estoy un poco inmóvil por un tiempo.

—Todo bien —respondió CT—. Al menos deberías ser capaz de hacer pajas.

—¿Qué? —preguntó Diane, atragantándose con su bebida.

—Pajas —dijo CT, sonriendo—. Twinkle tiene un evento hoy dando pajas a quien las quiera.

Diane la miró con recelo.

—No, no es lo que piensas —dijo CT—. Ya verás. Voy a preparar el almuerzo. ¿Suena bien el pollo y la ensalada?

—Eso me parece bien —dijo Diane.

CT volvió hacia la cocina, pasando por delante de Jeremy.

—Hola, forastero —dijo Jeremy a Diane—. ¿Qué ha pasado?

Diane le explicó el accidente de bicicleta.

—¿Necesitas algo? —preguntó Jeremy.

—Me vendría bien rellenar el vaso —dijo Diane, indicando su vaso.

Jeremy fue a la barra a llenar el vaso. Se lo devolvió a Diane y se sentó.

—¿Cómo ha sido tu Quema? —preguntó Diane, tomando un sorbo.

Jeremy se sentó, sacudiendo la cabeza. Sonrió.

—Increíble. Podrías hablar de este lugar durante un año con alguien y nunca serías capaz de comunicárselo. Ayudé con un proyecto de arte, ayudé a construir un campamento. Hice manualidades. Me han dado de comer no sé cuántas veces, por todo el lugar. Y la amabilidad, ha sido...

—Abrumador —dijo Diane.

—Sí —dijo Jeremy, mirándola—. Nunca sabes cuándo va a pasar algo, algo increíble. Todo el mundo es tan genial aquí.

—No todos —dijo Diane—. Hoy conocí a un poni brillante que no estaba nada contento. Tuvimos mucha suerte donde acampamos.

—De acuerdo —dijo Jeremy—. Ah, y fui a un lugar donde todo el mundo se desnuda, al aire libre en una fila, luego se rocía con jabón y se enjuaga. Tan refrescante pero diferente, y hombres y mujeres juntos. No había ninguna vibración sexual, solo una alegre y festiva.

—Me lavaron el pelo —dijo Diane—. Muy bonito.

—Aquí tienes —dijo CT, colocando un tazón frente a Diane.

Diane cavó en la ensalada. Las verduras frescas estaban deliciosas.

—¿Eres el campista herido? —preguntó Twinkle, acercándose.

—Culpable —dijo Diane.

—Hago acupuntura y Reiki —dijo Twinkle—. ¿Las conoces?

—De la acupuntura he oído hablar —dijo Diane, masticando —. ¿Qué es el Reiki?

—Básicamente, trabajo energético —dijo Twinkle—. Si te parece bien, voy a buscar mis cosas.

—Claro —dijo Diane—. ¿Por qué no?

—Empapa tu pie —dijo Twinkle—. Que se te adormezca bien. Ahora vuelvo.

Diane hizo lo que le dijeron y se terminó la ensalada. Twinkle volvió con una cesta en las manos y se sentó junto al pie de Diane, con Pepper detrás. Pepper llevaba un par de muletas y una tobillera.

—La playa provee —dijo Pepper, colocando sus artículos en una mesa—. ¿Es la hora de la brujería?

—Él se burla —dijo Twinkle—. El año pasado se le bloqueó la espalda y se negó a tomar ninguna medicación. Mis agujas y el Reiki lo levantaron en unas horas.

—No puedo explicarlo —dijo Pepper, tomando asiento—. Pero funcionó.

Twinkle desenrolló un paquete, sacó un par de frascos pequeños y los colocó en un taburete. Con el grupo mirando, Twinkle sacó el pie de Diane del cubo y lo puso sobre una toalla limpia. El tobillo estaba hinchado y ligeramente descolorido. Twinkle lo limpió con el líquido de una de las botellas. A continuación, seleccionó un par de agujas muy pequeñas y un fino tubo de metal. Limpió las agujas y sus manos, y luego volvió a centrar su atención en el tobillo de Diane.

—¿Tienes alguna aguja detonante? —preguntó Twinkle

mientras introducía una aguja en el tubo metálico.

—No me gusta mucho, pero no me desmayo ni nada —dijo Diane.

—Aquí está el punto de presión Xiaojie para tu tobillo derecho —dijo Twinkle, tomando la mano izquierda de Diane en la suya. Twinkle limpió la mano de Diane y luego masajeó el punto en la red entre el pulgar y el índice.

Cogiendo una aguja, la alineó en la piel de Diane y le dio un par de golpes. Diane dio un pequeño respingo al principio, pero luego se relajó. La pequeña aguja sobresalía de su mano, pero no le dolía.

Volviendo al pie de Diane, Twinkle clavó cinco agujas más en la piel. Dos en la parte superior del pie, una en el tobillo, otra en la planta y otra en la pantorrilla. El grupo que las rodeaba se quedó mirando, fascinado.

—¿Duele? —preguntó CT, mirando la pierna de Diane.

—No —respondió Diane—. Se siente bien.

Apoyando el talón de Diane en el taburete cubierto de toallas, Twinkle empezó a frotarse las manos con rapidez y a respirar profundamente. Las manos de Twinkle se sentían calientes cerca de la piel de Diane mientras las movía sobre y alrededor del tobillo.

—¿Dónde has aprendido esto? —preguntó Jeremy.

—En el Tíbet —dijo Twinkle, continuando con su respiración profunda—. Diez años.

Diane volvió a relajarse en su asiento, pudo sentir más calor y algo más en el tobillo y la pierna. ¿Energía? ¿Era eso lo que sentía?

—Deberías estar bien durante un tiempo —dijo Twinkle—. Deja que las agujas se queden unos minutos más. ¿Quién quiere ayudar a preparar los trabajos manuales?

Jeremy y CT levantaron la mano y siguieron a Twinkle para empezar a recoger sillas y mesas y colocarlas en la tienda de yoga.

—Mi lesión de espalda debería haber tardado semanas en curarse —dijo Pepper—. Conozco con precisión los plazos de las lesiones esqueleto-musculares, incluso para una persona que se cura rápidamente. Pensé que tendría que dejar la Quema a mitad de semana, así que pensé, ¿por qué no probarlo?

—¿Ayudó? —preguntó Diane.

—Me levanté y me moví al día siguiente —dijo Pepper—. Fue increíble. En tres días, estaba estupendamente. Otros cuatro y era como si nada hubiera pasado. Me hizo empezar a tomarme en serio la medicina alternativa. Inició todo un nuevo camino de investigación para mí.

—Déjame sacarlas —dijo Twinkle, acercándose a ellas y sentándose. Rápidamente le quitó las agujas a Diane y las guardó. Diane no estaba segura, pero creía que la hinchazón ya había bajado un poco.

—Deja la envoltura por un rato y usa el hielo —dijo Twinkle —. Luego podemos moverte para hacer trabajos manuales. No te duele la mano.

—Me encantaría —dijo Diane y empezó a levantarse. Twinkle la detuvo con una mano en el hombro.

—No pongas ningún peso encima todavía —dijo Twinkle—. Te tenemos.

Twinkle reunió a Jeremy y Sequoia, que llevaron a Diane en su silla hasta una mesa en la tienda de yoga. La mesa tenía loción y cuencos que CT estaba llenando con agua y una gota de vinagre.

—Así que una paja es el cuidado de la mano y luego un masaje con loción —explicó Twinkle. Una mujer se acercó a su hombro. Twinkle le indicó que se sentara frente a Diane.

—Les mojas las manos en el agua y luego les limpias las uñas con estos palitos de naranja —dijo Twinkle, haciendo una demostración—. Una vez hecho esto, aplicas la loción.

Diane pasó el resto de la tarde cuidando las manos de la gente, charlando con una gran variedad de personas y personalidades. Todos se mostraron muy agradecidos y amables. Diane alternó el remojo del pie en el cubo de agua helada durante toda la experiencia.

Al terminar el evento, los campistas empezaron a recoger los materiales y a guardar la mesa y las sillas. El tobillo de Diane se sentía mucho mejor.

—¿Te gustaría intentar caminar? —preguntó Twinkle, acercándose a ella.

—Claro.

Twinkle trajo la tobillera, las muletas y un calcetín. Se puso el calcetín y luego la férula, y sostuvo las muletas mientras Diane se ponía de pie. Diane probó su peso sobre el pie y comprobó que, aunque estaba sensible, podía arreglárselas con las muletas.

—Tómatelo con calma durante un tiempo —dijo Twinkle—. Cuando vayas al porto, envuelve el pie en una bolsa de plástico. Lo mismo para la ducha.

—Lo haré —dijo Diane, maniobrando hacia la barra—. Gracias.

El coche de Estrella de Mar llegó con Billy y Sheba a bordo.

—¿Diane? —dijo Sheba, bajando del coche—. ¿Qué ha pasado?

—Accidente de bicicleta —dijo Diane—. Twinkle me cuidó bien.

—¿Te encuentras bien? —preguntó Sheba, con cara de preocupación.

—Hasta ahora, todo bien —respondió Diane.

—Si te sientes bien, podemos ver cómo arde la Escuela esta noche —dijo Billy, acercándose a ellas.

—Me gustaría —dijo Diane—. ¿A qué hora?

—Más bien a la hora de la playa, pero está programado para las ocho —respondió Billy—. Si queremos un lugar, deberíamos llegar a las siete.

—Estaré lista —dijo Diane.

Sheba y Diane se sentaron.

—Estás teniendo todas las aventuras —dijo Sheba.

—Eso parece —dijo Diane.

—¿Puedo ofrecerte algo? —preguntó Sheba.

—Más agua y whisky estaría bien —dijo Diane.

Sheba cogió y llenó un par de vasos del bar y rellenó la botella de agua de Diane. Luego volvió a sentarse. Las dos mujeres charlaron y rieron durante la siguiente hora. Sheba dio de cenar a Diane con una bolsa sellada al vacío que calentó en agua hirviendo en una olla.

—Esto está delicioso —dijo Diane.

—A lo largo del año, hago un poco de más en algunas comidas, luego lo sello al vacío y lo congelo. Así tengo mucha comida buena cuando salgo.

Diane disfrutó del resto de la comida. Mientras miraba a Sheba, una parte de ella pensó que debería sentir interés romántico o, bueno, algo. Pero no había nada más que un sentimiento de amistad. Diane sospechaba que cualquiera que quisiera mantener una relación duradera con Sheba tendría que ser capaz de agarrar el viento.

—Ahora, mi amor —dijo Sheba—. Voy a asearme para esta noche. ¿Necesitas algo más?

—Estoy bien —dijo Diane, poniéndose de pie.

Las dos mujeres compartieron un abrazo, Sheba recogió los utensilios y volvió a entrar en el campamento. Diane se dirigió cojeando a su cochera, donde encontró a CT preparándose para ducharse.

—¿Ducha? —preguntó CT.

—Sí —dijo Diane—. Si pudieras ayudar un poco, puedo hacerlo.

—No hay problema —dijo CT.

Diane se desnudó y se puso una bata ligera. Con la ayuda de CT, pudo llegar a la ducha. Aunque estaba un poco incómoda con la férula de plástico puesta, pudo mantener el equilibrio y limpiarse. *Cada ducha en este lugar es mejor que la anterior*, pensó.

Mientras el agua la enjuagaba, el sol debió de empezar a ponerse. Los aullidos sonaron a su alrededor y ella se unió a ellos. Diane sintió una inmensa gratitud al ser atendida por sus amigos.

CAPÍTULO 26

El tobillo hizo que vestirse fuera un reto después de la ducha, pero con la ayuda de CT, Diane se las arregló.

—Voy a buscar todas las cosas —dijo CT—. Nos vemos en el bar.

Diane cojeó, acostumbrándose a las muletas. Sentada en el bar, dio un sorbo de agua de su botella y aceptó un trago de Steven.

—¿Disfrutas de tu estancia? —le preguntó Steven, sirviendo un trago de whisky en su vaso.

—Hasta ahora todo bien —dijo Diane, apoyando sus muletas en la barra.

—¿Te ha funcionado el Twinkle? —preguntó Steven—. Me arregló el hombro el año pasado.

—Sí —dijo Diane—. Parece que está ayudando.

Jeremy y Sequoia se sentaron junto a ella. Diane se dio cuenta de que un anciano desnudo estaba de pie a metro y medio de ella, hablando con otro hombre con un mono de tigre. Ni siquiera lo había notado.

CT pasó de largo, llevando sus cosas a la Estrella de Mar. Diane se dio cuenta de que había mucha gente en el bar, tanto de su campamento como de otros. Había caído la noche y un fuego ardía en el barril de la hoguera. El bar estaba bien iluminado, la música sonaba, todos hablaban y se divertían.

—¡Vamos a ensillar! —dijo Billy.

Diane llegó hasta el vagón de arte, y se dio cuenta de que bastante gente estaba subiendo a sus bicicletas. En unos instantes, un desfile de gente iba en bicicleta detrás de la Estrella de Mar. Riendo y bromeando, formaron una turba, girando por la calle hacia la Explanada. La ciudad que les rodeaba estaba en plena efervescencia, la fiesta aumentaba. En lo alto, Diane podía ver potentes láseres verdes que se extendían desde el fondo de la ciudad hasta la playa profunda. La gente llenaba la calle, fluyendo hacia la playa.

Al llegar a la última calle, Billy dirigió el coche hacia la izquierda. Mientras conducían por la Explanada, Diane pudo ver aún más gente en la playa dando vueltas. Los coches artísticos circulaban, iluminados, en la oscuridad. La música retumbaba en los coches artísticos, en los bares e incluso en individuos con altavoces montados en sus bicicletas. Diane pudo ver el Hombre iluminado, con gente debajo.

Se estaba celebrando un concierto en uno de los campos de la carretera. Había cientos de personas reunidas, viendo a otras bailar en el escenario bajo los focos. En otro campamento había una larga fila de personas a las que se les servía sopa de una tetera gigante. Si se aleja más de la carretera de lo que había estado antes, Diane puede ver una importante estructura de jaula abovedada con la palabra BATTLEDOME en llamas en la parte superior. La gente estaba sentada en las barandillas, en varios niveles. Diane pudo ver a la gente haciendo cola para entrar. Vislumbró a alguien que se balanceaba sobre algo en el interior.

—¿Qué es eso? —preguntó Diane a CT, señalando la estructura.

—Battledome —dijo CT—. Lo pone la Cábala del Bien Caótico. Mi amigo acampa con ellos. Son increíbles. Luchan entre sí en bungee, como en la película.

—¿En serio? —preguntó Diane, tratando de ver más mientras pasaban—. ¿Es peligroso?

—Mucho —dijo Billy.

—Es bastante intenso. Lo comprobaremos más tarde —dijo CT.

Pronto pasaron junto a gente que patinaba en una pista de

patinaje instalada frente a un campamento.

—Oh, eso parece divertido —dijo Diane—. Quizá el año que viene lleve mis patines.

Sheba se volvió hacia ella.

—El año que viene, ¿eh? Y allí tienen patines para ti.

—Quizá —dijo Diane riendo.

Billy dirigió el coche hacia la playa. Diane pudo ver la Escuela iluminada. Se estaba reuniendo una multitud.

Acercándose todo lo que pudo, Billy aparcó la Estrella de Mar en un mar de bicicletas.

—Creo que me quedaré aquí —dijo Billy.

—Te haré compañía —dijo Sheba, acomodándose.

Diane y CT se unieron al resto de su grupo, que aparcó alrededor de la Estrella de Mar. Se abrieron paso entre las motos y los coches artísticos que rodeaban el perímetro, con la música y las luces a todo volumen. Uno de los coches que pasaron, un vehículo de escape postapocalíptico, soltó una gigantesca ráfaga de llamas sobre sus cabezas cuando pasaron.

—¡Mierda! —dijo CT—. ¡Cuidado!

La mujer que estaba en la parte trasera del camión ni siquiera los reconoció mientras soltaba otra ráfaga de fuego, incómodamente cerca. Diane y CT se apresuraron a pasar, encontrando un lugar en el suelo con sus amigos y compañeros de campamento. La multitud terminó abruptamente, con un Ranger vestido de caqui de pie solo frente a ellos. Otros Rangers estaban repartidos a intervalos frente a la multitud.

—Son la guardia del perímetro exterior —dijo Sequoia a Jeremy y Diane—. Mantienen a la gente alejada. Hay Rangers del perímetro interior llamados Hombres de Arena que detienen a cualquiera lo suficientemente loco como para correr más allá del perímetro exterior hacia el fuego.

—¿La gente corre hacia el fuego? —preguntó Jeremy.

—Ha sucedido —dijo CT.

—Entonces dime, ¿por qué están quemando esto? —Diane preguntó.

—Está construido para arder —dijo Sequoia—. El interior era

una escuela, con pequeños pupitres de madera, una pizarra. Una escuela de las de antes. Era una pieza de arte interactiva, construida para una sola vez. Hay más piezas de arte, de diferentes tipos, que se quemarán. Las llamas simbolizan el final, el renacimiento. Una limpieza de lo viejo para dar paso a lo nuevo. Además, es divertido prender fuego a la mierda.

Llegaron justo a tiempo. Poco después de encontrar sus asientos, vieron que las llamas empezaban a lamer los lados del edificio. De repente, una explosión surgió del interior de la estructura. Los fuegos artificiales estallaron una y otra vez, arqueándose hacia el cielo.

El público aplaudió cuando la estructura quedó completamente envuelta en llamas. Mientras Diane observaba, pequeños diablos de polvo comenzaron a girar, uno tras otro, desde la escuela. Los pequeños tornados de nueve metros de altura empezaron a desplazarse lentamente por la tierra, iluminados por detrás por el fuego.

Al cabo de unos quince minutos, toda la estructura se derrumbó sobre sí misma. La gente aplaudió y vitoreó. La multitud comenzó a levantarse y a dispersarse. Con Sequoia y Jeremy flanqueándola, Diane se dirigió con sus muletas de vuelta a la Estrella de Mar a través de la masa de gente.

—¿Ahora a dónde? —preguntó el TAC a Billy.

—Pensé que íbamos a encontrar la princesa azteca —dijo Billy.

—¡Genial, vamos! —dijo CT.

Después de esperar a que las motos se despejaran a su alrededor, Billy salió a la playa, zigzagueando entre el arte y las bicicletas. Diane vio más llamas, más láseres. Incluso una gigantesca bobina de Tesla zumbante lanzaba rayos de electricidad hacia el cielo. Era puro caos por dondequiera que se mirara.

—Ahí está —dijo Sheba, señalando.

Billy se dirigió hacia donde ella señalaba. Diane pudo ver un gran edificio con un gran número de luces parpadeantes y brillantes. Las llamas no dejaban de brotar en su parte superior. Los coches y las motos artísticas quedaban empequeñecidos. La música retumbaba, un ritmo de baile tecno.

Al acercarse, Diane se dio cuenta de que lo que había creído que era un edificio era, en realidad, un gigantesco escenario móvil, de tres pisos de altura y muy largo. Debía de estar montado sobre la plataforma de un camión, pero no pudo ver ninguno.

Sheba y CT saltaron de la Estrella de Mar y se dirigieron a la zona de baile. Sequoia, Pepper, Twinkle y Jeremy los siguieron. Diane tuvo que resignarse a sentarse en el borde de la Estrella de Mar, tomando una cerveza con el tranquilo Billy. Parecía contentarse con observar a la gente sin decir mucho. Mientras sus amigos bailaban a un ritmo sucio y machacón, Diane se dedicó a disfrutar de las vistas y los sonidos. Miró hacia la ciudad. Había todo tipo de actividad a su alrededor, una abrumadora sensación de libertad de movimiento sin límites.

Un gruñido de la multitud la hizo mirar hacia atrás. El enorme escenario se alejaba. La gente corría hacia sus bicicletas y coches. El grupo volvió a la Estrella de Mar, donde Twinkle se despidió y se adentró en la noche con una amiga. Sequoia se alejó a pie. Todos los demás estuvieron de acuerdo en que había que hacer una pausa para ir al baño.

Billy se dirigió hacia una lejana luz azul. Al llegar a la línea de portos oscuros, Diane se abrió paso con las muletas y pudo hacer sus necesidades con un mínimo de esfuerzo. Como si el día no hubiera traído suficientes estorbos, descubrió para su consternación que su período había comenzado más de dos semanas antes. Diane le pidió a Billy que la llevara de vuelta al campamento.

La Estrella de Mar la dejó y se dirigió de nuevo al exterior. Tras ocuparse de lo necesario, se sentó en el bar. Pepper estaba de camarero. En los altavoces sonaba una música de blues antigua y rasposa.

—Whisky, señor —dijo Diane, colocando su copa en la barra —. ¿Es este su evento?

—Starlight Blues —dijo Pepper—. Me encantan los viejos músicos de blues. La historia del blues es una de mis pasiones.

—¿Dónde está todo el mundo? —preguntó Diane, tomando el gusto.

—Se quedó fuera del libro —dijo Pepper—. Nadie lo conoce.

—Qué pena —dijo Diane.

—Sí. Lo metí a tiempo, a pesar de que el registro de eventos está abierto por poco tiempo, pero no entró. Te tomas tantas molestias para montar algo y luego no sale. El libro solía ser mejor, tenía todos los eventos. Este año tiene un montón de tonterías inútiles. La gente quiere hacer cosas, no ver fotos bonitas. Deberían tener solo un mapa, los principios, y luego los eventos.

—Entonces, ¿de qué se trata? —preguntó Diane.

—¿Mi evento? —preguntó Pepper—. La profunda apreciación del viejo blues y su influencia en la música moderna. Robert Johnson para el blues del Delta, Blind Boy Fuller para el blues del Piamonte, Big Bill Broonzy para el blues urbano/country y Frank Stokes para el blues de Memphis. Hay muchos más, pero tenemos poco tiempo.

—Déjame escucharlo —dijo Diane—. ¿Cuántos necesitas para el evento?

—Son suficientes —dijo Pepper—. Y aquí vienen mis amigos del DPW.

Diane se giró ante la algarabía que había detrás de ella. Un coche de arte se había detenido y había desembarcado a un grupo variopinto de personas.

—¡Pepper! —gritó una mujer alta y rubia a la barra.

Pepper salió de detrás de la barra y la abrazó a ella y a sus amigos.

—Diane —dijo Pepper, acercando a la mujer—, te presento a Galáctica. Ella dirige un equipo de DPW.

—Hola —dijo Diane, poniéndose de pie—. ¿Abrazas?

—No —dijo Galáctica, levantando la mano—. DPW no abraza.

Diane la miró extrañada.

—Solo te estoy jodiendo —dijo Galáctica, abrazándola.

El grupo de hombres y mujeres asaltó el bar. Pepper les sirvió saludables medidas de whisky. Diane miró a Galáctica. Era joven, probablemente de unos veinte años. Pelo rubio con rastas, envuelto en un pañuelo negro. Pantalones negros de carga y botas negras, todo desgastado y polvoriento. Una camiseta negra de manga larga que dejaba al descubierto unos antebrazos muy tatuados.

—Pepper me ha dicho que este es tu primera Quema —dijo Galáctica, sentada junto a Diane mientras Pepper servía whisky y ponía música.

—Sí.

—Pero no es el último, ¿verdad? —dijo Galáctica—. ¿Qué te parece hasta ahora?

—Bastante sorprendente. ¿Cuánto tiempo llevas aquí?

—¿Vienes a la Quema o a la playa?

—A ambos.

—Sexta Quema, en la playa desde hace seis meses —dijo Galáctica, tomando un sorbo de su whisky.

Diane se atragantó con su propia bebida.

—¿Seis *meses*?

—Sí, construimos la estructura de la ciudad —dijo Galáctica —. Construimos lo que se construye. Llegué aquí en marzo.

—¿Cómo lo haces? —preguntó Diane.

—Un día a la vez —dijo Galáctica—. Pepper, toca algo de Little Walter.

Pepper saludó y tocó una canción.

—¿Crees que vas a volver? —preguntó Galáctica.

—Creo que sí —respondió Diane—. ¿Puedes explicar más sobre el DPW?

—Claro —dijo Galáctica—. DPW, Departamento de Obras Públicas, hace todas las calles, construye Medical, el Cuartel General de los Rangers e Información, coloca la valla de la basura, traslada los suministros y ayuda a los artistas con equipos pesados, grúas y demás. Conducimos la grúa, el Capitán Garfio y otra maquinaria pesada. Somos una de las cosas que hacen funcionar este lugar. Pasan muchas cosas entre bastidores.

—¿Cómo te metiste en esto?

—Mi primera Quema —dijo Galáctica—. Conocí a un feriante loco del desierto. Me invitó al bar DPW. Me sentí como en casa. Me alisté al año siguiente y dejé de estudiar en Yale. Eso fue hace cinco años.

La noche continuó. Diane se turnaba como camarera, lo cual era una experiencia nueva y divertida. Diane encontró que el equipo de DPW era un diamante en bruto. Eran ruidosos, descarados y amantes de la diversión. Galáctica y Pepper se turnaron para cantar canciones.

La noche se convirtió en un borrón de experiencias fantásticas. En algún momento, Diane se dio cuenta de que CT estaba encaramado en el regazo de un hombre extremadamente alto en la barra y besándose con él. Sequoia entró en la noche con un amigo y luego volvió a salir. Sheba, por turnos, bailaba y atendía la barra, sosteniendo la corte, rompiendo bolas y riendo.

Diane no supo exactamente a qué hora se fue cojeando a la cama, pero era tarde. Ayudada por Pepper a llegar a su cochera, llegó a la mitad de su tienda antes de que la oscuridad la sorprendiera.

CAPÍTULO 27

Viernes, 4 de septiembre, un día para que comience la Quema del Hombre

—¡Presidentes muertos! —gritó una voz ebria—. ¿Esto es Presidentes Muertos?

Diane se estremeció ante el fuerte ruido. La cabeza se le partía.

—¿Presidentes muertos? —la voz del borracho volvió a sonar en la puerta de su coche.

Diane abrió los ojos de goma. La boca le sabía mal por los cigarrillos, el alcohol y la playa.

—Muertos… —la voz volvió a gritar.

—¡Cállate la boca! —interrumpió CT desde su tienda.

—¡CT! —gritó la voz con alegría.

Diane se arrodilló y tuvo arcadas. Apretando los dientes y deseando no vomitar, se arrastró hacia atrás fuera de su tienda para sentarse en la alfombra, mirando con un ojo hacia el camino polvoriento fuera de la solapa de la puerta.

Sequoia estaba de pie allí, tejiendo y mirándola fijamente.

—¡Diane! —exclamó.

Diane se estremeció de nuevo ante el fuerte ruido, agitando la mano para que se callara.

—¿Te pertenece? —preguntó una voz.

Diane levantó la vista para ver a una mujer joven, vestida con el caqui de un Ranger, que la miraba fijamente. Diane se sintió confusa ante la pregunta.

—Estaba vagando por los campamentos, perdido, gritando a la gente por los Presidentes Muertos, así que lo trajimos aquí —explicó la Ranger.

—Sí —dijo Diane con voz entrecortada—. Es mío.

—Genial —dijo el Ranger—. Nos vamos.

Diane levantó la vista para ver a Sequoia sonriéndole sombríamente, balanceándose inestablemente en su sitio, con los ojos a media asta. A juzgar por la luz, era muy temprano. Diane parpadeó al mirar. Sequoia, que había salido del campamento completamente vestida, llevaba ahora solo un tanga de lamé plateado y estaba cubierta de purpurina. Sin camiseta, sin zapatos, con un testículo peludo colgando de la bolsa.

Diane suspiró y se puso en pie, insegura ella misma. Tomando a Sequoia de la mano, lo condujo por los senderos hasta su cochera, impulsándolo hacia el colchón hinchable tamaño queen hasta que cayó boca abajo. Su enorme y peludo culo blanco, dividido por un lamé plateado, apuntaba al cielo y se estremecía con la erupción de un colosal pedo.

—Perdona —murmuró Sequoia.

Diane volvió a tener una arcada, apoyándose en el poste de la cochera para sostenerse, cuando el olor la golpeó.

—Bolsa de pimienta —murmuró Sequoia.

—¿Qué? —preguntó Diane, asomándose al exterior para tomar aire fresco.

—¡Bolsa de pimienta! —rugió Sequoia.

—Oh, mierda —dijo Diane, sosteniendo su cabeza.

—Bolsa de pimienta —volvió a murmurar Sequoia.

Diane se alejó de su cochera y se dirigió a la cocina. Pepper estaba sentado con los ojos cerrados, con una taza de café delante. Twinkle estaba friendo algo en una sartén.

—¿Tocino? —preguntó Twinkle alegremente.

Cuando le llegó el olor a grasa, Diane se inclinó y vomitó en la gran bolsa de basura de la cocina. Agarrándose a la bolsa, escupió los restos en su boca.

—Lo siento —dijo Diane.

Pepper abrió una cerveza y se la dio.

—Enjuágate la boca —dijo Pepper.

Diane tomó un sorbo de la lata fría. Al agitar el líquido en su boca, fue capaz de escupir los trozos restantes. La cerveza sabía sorprendentemente bien. Se sentó frente a Pepper.

—¿Tú también? —preguntó Pepper.

—Ugh —dijo Diane como respuesta—. Sequoia está pidiendo una bolsa de pimienta. ¿Tenemos una aquí?

—¿Está borracho? —preguntó Pepper—. ¿Era él quien gritaba?

—Sí —dijo Diane, tomando otro sorbo—. Épicamente.

—Quiere una intravenosa —dijo Pepper, levantándose para irse—. Yo me ocuparé de él.

—Toma —dijo Twinkle, colocando un plato de papel frente a Diane—. Sándwich de desayuno. Te hará sentir mejor.

Diane parpadeó ante el sándwich de panecillo inglés que tenía junto a su codo.

—Gracias. Dame un minuto —dijo.

Diane dio un sorbo a su cerveza, y la infusión fría alivió de algún modo su mareo. Luego empezó a dar pequeños mordiscos al sándwich. Masticando despacio, y bebiendo cada bocado con un sorbo de cerveza, se lo comió todo.

—¿Estás mejor del tobillo? —preguntó Twinkle.

Diane lo consideró, flexionando el tobillo. Todavía le dolía, pero la hinchazón había bajado mucho. Ni siquiera había pensado en ello al caminar.

Twinkle salió por la puerta y volvió en un momento. Dejó un zapato de plástico rígido con correas y un rollo de acupuntura.

—Una amiga mía tenía esta bota para caminar que debería servirte —dijo Twinkle—. Llévela durante un tiempo hasta que esté mejor. ¿Quieres que te ayude con la resaca?

—Gracias —dijo Diane—. Después del tobillo, ¿cómo podría decir que no?

Diane metió el pie en el zapato, apretando las correas de velcro. Se ajustaba perfectamente. Mientras tanto, Twinkle se limpiaba la cara, clavándose dos agujas en uno de los lóbulos de las orejas y otra entre los ojos.

—Dale cinco minutos —dijo Twinkle—. Estará lo mejor posible.

Diane esperó, relajándose contra la mesa. Tras el tiempo asignado, Twinkle retiró las agujas. De pie, y probando su peso en la bota, Diane pudo caminar con facilidad. Lanzó un saludo a Twinkle y luego pasó por su cochera para coger la máscara, las gafas y las gafas de sol. Un par de piernas largas y dos pies gigantes sobresalían de la tienda de CT.

Mientras caminaba hacia los portos, el sol parecía más brillante que de costumbre. Se puso las gafas de sol. La comida le había ayudado, pero aún se sentía delicada. Después de usar los portos recién limpiados, se sintió mejor. Pero entonces, mientras respiraba profundamente el aire de la mañana, pasó un camión de succión de carros de miel y el olor a cloaca la hizo volver al porto. Diane depositó su desayuno donde había ido su cena.

Finalmente, Diane salió del porto y caminó de vuelta al campamento. Su tobillo estaba bien en la bota para caminar. Pepper se reunió con ella en la cochera, con una bolsa de suero en la mano.

—Tú también parecías estar bastante mal —dijo Pepper, y luego miró dentro—. Son unos pies enormes.

—¿Ayudará? —preguntó Diane, indicando la bolsa.

—Sí —dijo Pepper—. Es mi negocio de vuelta al mundo. Te voy a preparar. Toma asiento.

Diane volvió a sentarse en la silla. Pepper colgó la bolsa en el soporte de la cochera, limpió el brazo de Diane con alcohol e insertó la aguja. Fue relativamente indoloro. Diane pudo sentir el fluido entrando en ella, su cuerpo bebiendo el líquido. Sintió el sabor de los cítricos en su boca.

—¿Naranja? —preguntó Diane.

—Hay algunas vitaminas —dijo Pepper—. Déjalo dentro y volveré.

Diane se sentó, con la vía intravenosa en el brazo. Pepper volvió, le dio una taza de café y se fue. Se quedó sentada un rato, dejando que el suero hiciera su trabajo, sorbiendo el café.

Un susurro cerca de sus pies la hizo abrir los ojos. Los pies gigantes se movieron. Un hombre salió arrastrándose de la tienda de CT, luego se puso de pie y más arriba, sobresaliendo en la cochera. Estaba desnudo, su cuerpo cincelado era delgado. Diane trató de evitar mirar el paquete que colgaba frente a ella.

—*Dobro jutro* —dijo el hombre sin inmutarse, estirándose.

Diane asintió, tratando de no mirar. El hombre se rascó, se puso los pantalones cortos y la camisa, se dobló por la cintura por debajo de la puerta y salió de la cochera. Después de un momento, CT se removió en su tienda.

—¿Se ha ido? —preguntó CT.

—Sí —respondió Diane.

—Bueno —dijo CT, arrastrándose fuera de su tienda—. Odio las despedidas largas. No es que haya podido entenderlo. Es un croata, aparentemente un jugador de baloncesto. Hasta ahí llegamos.

CT se sujetó la parte baja del estómago mientras hablaba.

—Eso fue mucho —dijo.

—¿Mucho para beber? —preguntó Diane.

—Mucha polla —contestó CT y rebuscó en una mochila.

—¿Qué es eso? —preguntó Diane, mirando el paquete en la mano de CT.

—Plan B —dijo CT, abriendo el paquete y tragando una pastilla—. El plan A ha explotado.

Diane se rio a pesar de su resaca.

—¿Te la ha colocado Pepper? —preguntó CT.

Diane miró la vía.

—Tiene un negocio en casa, es extremadamente exitoso —dijo CT—. Nos vemos en un rato.

CT salió de la cochera. Pepper entró un momento después.

—¿Cómo está la paciente? —preguntó Pepper, mirando la bolsa.

—Mucho mejor —dijo Diane, sorprendida de que fuera cierto.

—Esta es mi mezcla para la resaca —dijo Pepper—. Un poco de alivio del dolor y anti-náuseas, junto con otras cosas. Pensé en probarlo aquí.

Pepper deslizó la aguja fuera de su brazo, colocando un trozo de gasa con esparadrapo. Puso un tapón en la aguja y levantó la bolsa ahora vacía.

—Avísame si necesitas algo más —dijo Pepper—. Bebe mucha agua y tómatelo con calma.

Diane se sentó sorbiendo su botella de agua. Aunque estaba cansada, se sentía mucho mejor. Finalmente, salió al campo y se lavó los dientes en el fregadero junto al estanque de evaporación, y luego cepilló el agua para ayudar a que se evaporara. Después de repostar los generadores, se paseó por el campamento recogiendo MOOP de todo tipo.

Las bolsas de agua estaban llenas, así que volvió al bar. Un nuevo profesor estaba dirigiendo una clase de yoga. Diane no tenía ganas hoy, así que se quedó mirando, bebiendo agua, tomando el sol de la mañana. Esperando a ver qué le deparaba el día.

CAPÍTULO 28

—Bueno, eso fue una píldora desperdiciada —dijo CT, sentándose a su lado—. Me ha venido la regla.

—¿Cuándo? —preguntó Diane.

—Justo entonces —dijo CT—. ¿No has oído el timbre?

Diane sonrió ante la burla de su amiga.

—¿Alguien quiere un perrito caliente envuelto en tocino? —preguntó Twinkle, sosteniendo una bandeja.

—¿Por qué suena tan bien? —dijo CT, cogiendo un perrito—. Gracias, Twinkle.

Diane agitó la mano, con el estómago revuelto por el olor.

—No creo que esté listo todavía —respondió Diane—. Pero gracias.

Twinkle se alejó repartiendo los perros hasta llegar a la calle. Repartió perros a tres personas que pasaban por allí, y luego volvió al campamento con una bandeja vacía.

—Te estás perdiendo —dijo CT, engullendo su perro.

—¿Cuál es el plan para hoy? —preguntó Diane.

—Depende de ti —dijo CT—. ¿Algo que quieras hacer?

—He pensado en ir a un campamento del que he oído hablar —dijo Diane—. Destrucción creativa. A las nueve en punto.

—Vamos a pasar por Información —dijo CT—. Podemos salir en diez. Quiero comprobar cómo está Sequoia.

—Claro —respondió Diane—. Estaba bastante destrozado. Pepper está cuidando de él.

—El tonto dice que se quitó la ropa para una carrera a pie y luego no recordaba dónde la había dejado. Podemos comprobar los objetos perdidos cuando estemos en Información —dijo CT, uniéndose a ella en las motos.

El viaje hasta el campamento central fue tranquilo. El sol era cálido pero no abrasador. Cuando llegaron, Diane se dirigió a Información y CT a los Objetos Perdidos.

—Hola, ¿puedo ayudarle? —le preguntó a Diane la mujer del mostrador.

—Estoy buscando un campamento —dijo Diane.

—El mapa de la pared es el mejor recurso que puede utilizar si conoce el nombre —respondió la mujer.

—Gracias.

Diane se acercó y estudió el gran mapa de la ciudad. Encontró Deconstrucción Creativa y anotó su ubicación. Volviendo a la moto, vio a CT con un fardo de ropa en las manos.

—El idiota se dejó el carné de identidad, la falda escocesa, las llaves del coche y las botas —dijo CT—. La mujer dijo que alguien lo dejó hace veinte minutos. Me va a deber mucho. ¿A dónde nos dirigimos?

—Nueve-cinco y G —dijo Diane.

—Genial, podemos pasar y dejar la ropa.

Diane miró hacia arriba y señaló—. Paracaídas.

—Sí. Al parecer, necesitas trescientos saltos para poder saltar en el Burning Man —dijo CT—. Despegan desde el aeropuerto.

—Sigo olvidando que hay un aeropuerto aquí.

El viaje de regreso al campamento fue sin incidentes. La gente seguía de fiesta, tratando de atraer a Diane y CT a sus campamentos. CT tomó su paquete y lo arrojó en la cochera de Sequoia. Avanzaron por la calle, observando las vistas.

Se detuvieron ante un campamento con refugios para el sol en la parte delantera. En el interior había bicicletas montadas en soportes. Diane asomó la cabeza y vio a Tejón trabajando en una bicicleta y a una joven cerca de él escuchando. El CT se alejó para ver la boutique Burner, al otro lado de la calle.

—¿Tejón? —dijo Diane.

—Diane, ¿verdad? —dijo Tejón, entregándole una llave inglesa a la joven—. ¿Del avión?

—Sí —dijo Diane, abriendo los brazos.

Tejón la abrazó.

—Bueno, no te has muerto.

—Todavía no —respondió Diane—. Hasta ahora ha sido genial. Completamente diferente a lo que esperaba.

—¿Crees que volverás? —preguntó Tejón.

—Podría ver que sucede —dijo Diane—. Entonces, ¿reparas motos?

—Sí —respondió Tejón—. Enseñamos a la gente a reparar las suyas.

—La mía tenía un problema con la cadena —dijo Diane.

—Bueno, tráela —respondió Tejón.

Diane introdujo su bicicleta en la estructura de sombra. Había tres soportes para bicicletas y mesas con herramientas. El suelo estaba recubierto de láminas de vinilo. Tejón levantó la bicicleta en el soporte y la sujetó en su lugar.

—Tapada con playa —dijo Tejón rápidamente—. Pasa mucho.

—¿Qué hago al respecto?

—Solo tienes que pulverizarla y luego lubricar —dijo Tejón—. Así.

Tejón cogió una botella y roció con ella la cadena y los engranajes mientras giraba la rueda. La escorrentía quedó atrapada en la bandeja de abajo. Luego lo roció abundantemente con otra botella.

—Ya está, como nuevo —dijo Tejón.

—Gracias —respondió Diane.

—¿Tienes ganas de la quema de esta noche?

—No me lo perdería.

Diane sacó su bicicleta al exterior mientras Tejón ayudaba a otro hombre a montar su bicicleta en el aparcadero. CT se acercó con un par de prendas de vestir.

—¿Suerte? —dijo Diane.

—Unas cuantas cosas limpias —contestó CT—. ¿Cómo está tu cabeza?

—Me siento bastante bien —preguntó Diane—. ¿Por qué?

—Pensé que podríamos explorar un poco —dijo CT—. Hacer

nuestro camino de regreso al campamento para el almuerzo. Probablemente va a ser una noche tarde.

—Adelante —dijo Diane.

Se detuvieron en los bares y vieron el arte en los campamentos a lo largo del camino, viajando a las calles que Diane había visto antes. Los campamentos tenían similitudes, pero cada uno tenía su propio estilo. Evidentemente, en algunos campamentos se había dedicado más tiempo y esfuerzo para que sus parcelas fueran una ofrenda para los demás participantes. Otros parecían ser solo un lugar para dormir, sin ningún tipo de arte o interactividad.

—¿Qué bandera es esa? —preguntó Diane, al ver una gran bandera con un corazón y un símbolo de infinito entrelazados.

CT lo miró.

—Oh, eso es para un poli-campamento —dijo.

—¿Qué quieres decir? —preguntó Diane.

—La gente que es poliamorosa, que está abierta a tener más de una pareja romántica o sexual a la vez.

—¿Te refieres a los swingers?

—No. Quiero decir que hay swingers en la Quema, pero ser poli es diferente. Se trata de relaciones, no solo de sexo.

—¿Cómo sabes todo esto? —preguntó Diane.

—No lo sé —dijo CT—. Supongo que lo recogí en el camino. ¿Quieres entrar? Suelen ser muy amables, muy grandes en el consentimiento.

—En realidad no —dijo Diane—. En otro momento, tal vez.

El sol se estaba calentando, el viento empezaba a levantar polvo a su alrededor. Diane sabía lo suficiente como para preparar sus gafas y su mascarilla. Siguieron su camino. Al girar por una calle, vieron una fila frente a un gran complejo de tiendas blancas.

—Sheba —dijo CT, acercándose a la fila.

—Hola, mis amores —dijo Sheba, de pie con una capa ligera y un sombrero de sol ancho y a la moda, al lado de un hombre apuesto.

—¿Qué pasa? —preguntó Diane.

—Me han invitado a una orgía —dijo Sheba sin inmutarse—. No había estado y pensé en probar. Sven tuvo la amabilidad de invitarme. ¿Te interesa ir?

Diane se quedó boquiabierta al darse cuenta de lo que Sheba acababa de decir.

—Yo... yo... —Diane tartamudeó.

Sheba le sonrió y se rio.

—Solo te estoy tomando el pelo, *mon ami* —dijo Sheba, y luego se volvió—. Parece que ha llegado nuestra hora, Sven.

CT y Diane observaron cómo Sheba y Sven entraban en la tienda.

—Alguien tiene cara de malhumorado —dijo CT.

Diane no dijo nada y empezó a pedalear. Se sintió herida. Sabía que no tenía ningún derecho a estarlo, pero aun así, tenía una punzada en el pecho. Diane pedaleó con más fuerza, yendo a toda velocidad por la carretera. No planeó su dirección, simplemente se alejó.

—Reduce la velocidad, carajo —dijo CT, poniéndose a su altura.

Diane aplicó los frenos para reducir la velocidad, y luego se detuvo.

—¿Qué coño ha sido eso? —preguntó CT.

—No lo sé —dijo Diane, molesta. Las emociones habían surgido de la nada.

—Vale, vale —dijo CT—. Vamos a tomar un descanso. Hay una zona de asientos bajo esa tela de sombra. Tomemos asiento y hablemos.

Diane la siguió hasta los cojines bajo la sombra. Se sentaron y Diane bebió de su botella de agua, evitando los ojos de CT.

—Vale —dijo CT—. Suéltalo.

—No sé —dijo Diane—. Me he enfadado.

—Mentira —dijo CT—. Te conozco desde hace veinte años, ¿y no puedes confiar en mí?

—Bleh —dijo Diane, luego asintió, agitando sus manos nerviosamente a los lados—. Estaba con Sheba. De alguna manera, simplemente sucedió.

—¿Quéééé? —preguntó CT, con los ojos muy abiertos.

—Sí —dijo Diane, sonrojada—. Dios mío, fue maravilloso.

Diane estaba agradecida de poder compartir con su amiga un acontecimiento tan grande en su vida. Le contó toda la historia.

—¿Y ahora qué? —preguntó CT—. ¿Estás enamorada? ¿Tienes una expectativa?

—No —dijo Diane—. Lo discutimos a fondo-las expectativas, quiero decir. No, ahora mismo no, pero cuando la vi con ese tipo, no sé, la lógica no funcionaba en mi cerebro.

—Es justo —dijo CT—. ¿Te sientes mejor ahora?

—Sí, creo que sí.

—Mira, puedes hacer todos los acuerdos, consentimientos y compromisos que quieras, pero la gente que pretende que puede tener sexo con el otro sin que las emociones estén involucradas a veces se está engañando a sí misma —dijo CT —. De todos modos, la mierda se pone rara aquí. Tienes que aguantar a veces. Probablemente estás proyectando cosas del pasado en cosas de hoy. Eso también pasa.

—Te diré esto. Solo porque ella no quiera volver a estar contigo físicamente, o esté con otra persona, eso no cambia tu valor como persona. Sheba y yo hemos hablado de ti. A ella realmente le gustas y está agradecida de que estés aquí. Ahora tiene más sentido, en realidad. Has estado actuando un poco extraño. Lo noté, pero supuse que era solo la Quema, y no quise entrometerme...

Diane se sintió mejor al escuchar esto, como si se hubiera quitado un peso de encima.

—Entonces, ¿ya está bien?

—En su mayoría. Todavía quiero sacar algo de esta emoción. ¿Es eso terrible de mi parte?

—¿En serio? —CT dijo—. Tengo el lugar perfecto.

CAPÍTULO 29

Después de un bocado y el aullido del atardecer en el campamento, Diane y CT se dirigieron en sus bicicletas hasta la madrugada.

CÚPULA DE BATALLA, decía el cartel en llamas. La enorme cúpula geodésica de metal estaba literalmente llena de gente alineada en las barras, a unos seis metros del suelo. Diane y CT aparcaron entre el mar de bicicletas que rodeaban la cúpula. El interior estaba muy iluminado. De los altavoces salía una música rock dura e intensa.

Encontraron un espacio abierto y se asomaron a la locura que había dentro. En el centro de la cúpula había bastante gente. Hombres y mujeres vestidos de negro en varios tonos, con fantásticas máscaras y sombreros, trabajaban en el evento. Parecían una pandilla de vaqueros espaciales y un concierto de rock industrial con una película apocalíptica. Parecían intimidantes, sexys y competentes. Parecía que se lo estaban pasando muy bien, aunque de forma caótica.

El centro de atención de la cúpula eran dos juegos de gruesas cuerdas elásticas sujetas a la parte superior de la estructura. Mientras Diane observaba, dos hombres estaban atados a arneses de cintura con cuerdas elásticas en ambas caderas. Los participantes estaban a unos seis metros el uno del otro, burlándose y gesticulando. Ambos sostenían lo que parecía ser un bate de plástico envuelto en un acolchado.

Un hombre con una máscara de calavera sostenía un bastón con forma de calavera. El maestro de ceremonias se dirigió al centro de los participantes, señalando a cada uno de ellos. Al recibir los asentimientos de los participantes, hizo girar el bastón en un círculo y luego lo bajó de un golpe.

Unos hombres corpulentos tiraron de cada uno de los participantes hacia atrás, levantándolos de sus pies y estirando las cuerdas elásticas hacia atrás y hacia arriba. La música era una fuerza motriz propia. El público coreaba y vitoreaba mientras los combatientes se soltaban y volaban por el aire unos contra otros, chocando con estrépito en el aire.

—¡Santo cielo! —dijo Diane, observando el cuerpo a cuerpo.

Los hombres se habían agarrado a las correas elásticas del otro y se estaban golpeando con los bates. Se balanceaban de un lado a otro, inseguros en el aire, cada uno tratando de ganar la ventaja y dar un golpe sólido. Los bates que se balanceaban eran un borrón, el público gritaba y animaba. Era una locura alegre.

Los combatientes fueron separados por los mismos hombres que los habían lanzado, y luego volvieron a sus propios lados de la cúpula, jadeando, pero todavía gesticulando y burlándose unos de otros. El hombre del báculo volvió a entrar en el centro, levantó el báculo con forma de calavera y lo hizo caer.

Los golpes intercambiados fueron, en todo caso, más furiosos y rápidos esta vez. Uno de los combatientes perdió su bate y se aferró a su oponente, tratando de protegerse de los golpes. Al cabo de un rato, volvieron a separarse y a colocarse a los lados.

El hombre del báculo volvió a hacer un gesto. La multitud se animó. Los combatientes chocaron entre sí, agarrándose a los bungees e intercambiando golpes. Se empujaban con fuerza el uno contra el otro, asestando golpes, pero Diane no vio ningún daño real, ni sangre.

La última pelea fue desesperada y agitada. Ambos combatientes parecían agotados. El enmascarado de la calavera levantó su bastón y señaló al combatiente de la izquierda. La multitud aplaudió cuando el vencedor levantó las manos. Entonces, ambos combatientes fueron sacados de sus arneses.

—¿Qué te parece? —preguntó CT.

Diane nunca había visto nada parecido a lo que acababa de presenciar. Había sido un espectáculo violento y caótico, completamente desquiciado. Cualquiera que se ofreciera para algo así no podía estar bien de la cabeza.

—Hagámoslo —dijo Diane—. ¿Peleo contigo, o...?

—Sí, tienes que traer tu propio oponente —dijo CT—. Sin embargo, nunca lo he hecho antes.

Se dirigieron a la parte delantera de la cúpula, donde solo había unas pocas personas en la cola, hablando nerviosamente entre ellas. Diane sintió un revoloteo en el estómago, pero se encogió de hombros. Las parejas de combatientes que iban delante de ellas entraron en la cúpula a través de un arco metálico. La música aumentó la tensión, la expectación. Diane miró a CT, con una intensa concentración en su rostro.

—¿Tienes miedo? —preguntó CT cuando se acercaron a la puerta. Eran los siguientes.

—La verdad es que no —respondió Diane—. ¿Por qué?

CT se volvió hacia ella cuando el portero les hizo señas para que entraran—. Porque te voy a dar una paliza en tu flaco trasero.

CT giró a la izquierda mientras Diane iba a la derecha.

El proceso implicaba meterse en un arnés que encerraba las piernas y las caderas de Diane.

—¿Estás jodidamente preparada? —la mujer que la ayudaba le gritó en la cara, apretando el arnés de Diane. Tenía el pelo oscuro y llevaba un rimel y un pintalabios negros.

—Eh... —Diane dijo. Pudo ver a CT gritando de un lado a otro con su propio ayudante, un hombre musculoso con diseños oscuros dibujados en su cabeza calva.

—¿Uh? —la mujer le gritó en la cara—. '¿Uh?" ¿Quieres que esa chica te dé una paliza?

—No —dijo Diane, y luego gritó—: ¡A la mierda! Sí, estoy lista.

—Así está mejor —dijo la mujer—. Asegúrate de agarrar su bungee, no hay manera de ganar a menos que lo hagas.

Los combatientes que tenían delante habían terminado. Diane vio con cierta inquietud que ambos cojeaban. Unas manos fuertes la colocaron en posición, y las cuerdas elásticas se engancharon a los anillos en D de cada lado de su arnés. Rebotó, con las piernas apenas tocando el suelo. Un hombre le entregó un bate envuelto en espuma.

La cara de CT estaba animada mientras señalaba y gritaba, burlándose. Diane miró a su amiga. Por alguna razón desconocida, Diane se sintió encendida, inundada de adrenalina, capturada por el momento. La música gruñía con una rápida rabia de guitarra. El público gritaba, vitoreando las payasadas de CT.

El maestro de ceremonias del infierno levantó su bastón y lo bajó, y Diane fue levantada de sus pies por los hombres que estaban a su lado. La presión de la cuerda elástica de su arnés se tensó alrededor de su pelvis. Frente a ella, CT estaba en la misma posición, sujeta por un hombre y una mujer, con el bate en alto y preparado.

Liberada de la sujeción, Diane voló para encontrarse con CT en el aire. Chocaron en una maraña de brazos y piernas, aunque por alguna razón Diane apenas sintió el impacto. Consiguió agarrar el bungee de CT, pero no tuvo la menor sensación de contención para golpear a su amiga hasta que CT la sorprendió de lleno en la cara con un golpe de su bate.

Diane y CT intercambiaron una furiosa ráfaga de golpes con los bates acolchados, ambas gritando como banshees. Después de un momento, se separaron, y Diane dio un golpe afortunado en la cabeza de CT cuando se separaron.

Diane estaba agotada y emocionada, ya que no tenía mucha experiencia en conflictos físicos. La adrenalina corría por sus venas. Las manos en sus costados tiraron de ella hacia atrás, el maestro de ceremonias se interpuso entre ellas y bajó el bastón. Diane volvió a volar por los aires hacia su amiga.

Esta vez CT sacó la rodilla en el último momento, alcanzando a Diane en el pecho. Esto no frenó a Diane en absoluto. Agarró el bungee de CT y comenzó a golpear a CT con golpes cortos del bate. El público rugía, la música los impulsaba.

Diane y CT se separaron, ambas mujeres aullando, alcanzando a la otra para continuar. Una vez más, el maestro de ceremonias se interpuso entre ellas. Miró a un lado y a otro, el público contenía la voz. Volvió a bajar el bastón. Habría una tercera ronda.

Levantada por unas manos fuertes, Diane estaba ansiosa y se inclinó hacia el vuelo. CT parecía un hada homicida, gritando y gesticulando con el bate. En el último momento, Diane cambió de posición en el aire, entrando con las rodillas en alto, chocando con CT. Diane agarró el bungee y se balanceó con abandono. CT estaba aterrizando tantos golpes como recibía, pero ambas mujeres se estaban cansando. Diane sentía que le dolía el brazo, pero se esforzaba por dar un último golpe tras otro.

Finalmente, afortunadamente, las mujeres fueron separadas. El maestro de ceremonias se interpuso entre ellas y levantó su bastón en el aire. La multitud esperaba. Diane luchaba por recuperar el aliento. El bastón bajó y apuntó hacia Diane mientras la multitud rugía su ensordecedora aprobación.

Diane se despojó de su arnés de red. Salió y se acercó a CT, y cayeron en los brazos del otro, sonriendo. El público aplaudió su abrazo. Salieron de la cúpula cogidos del brazo. Diane palpitaba de adrenalina y su cuerpo temblaba por el esfuerzo.

—Estás sangrando —dijo CT—. Bien.

Diane se tocó la cara. Tenía la nariz ensangrentada que ni siquiera había registrado.

—¿Es bueno que esté sangrando?

—Me hace sentir mejor —dijo CT, haciendo una mucca pcro sonriendo—. Me diste una patada en la caja.

—Lo hicieron muy bien —dijo el portero de la cúpula cuando se fueron.

Cojeando hasta sus bicicletas, las sacaron del mar de motos parpadeantes y se pusieron en la carretera.

—No sé tú —dijo Diane, con las piernas temblando—, pero a

mí me vendría bien un trago.

—Sí, pero vamos a caminar un poco —dijo CT—. No creo que quiera sentarme en mi moto todavía.

CAPÍTULO 30

CT y Diane regresaron al campamento. Diane seguía sintiendo la adrenalina, pero empezaba a desvanecerse. Podía sentir en su lugar al menos dos puntos en los que seguramente tendría espectaculares moretones mañana. Su tobillo empezaba a protestar.

Sheba, Sequoia, Billy y Jeremy estaban en el bar cuando volvieron.

—Bebidas para el ganador de la Cúpula de Batalla —dijo CT.

—Mierda —dijo Jeremy—. ¿Hiciste eso? ¿Con quién has luchado?

—CT —dijo Diane, sonriendo mientras se sentaba—. Le di una patada en el culo.

—Vete a la mierda, estaba enferma —dijo CT, extendiendo la mano para que le llenaran la copa.

—Enhorabuena por tu victoria —dijo Sheba, chocando las copas con Diane.

—Gracias —dijo Diane, notando que cualquier emoción de celos que había tenido antes había desaparecido.

—¿Qué no has visto todavía? —preguntó Sequoia.

—Vi un edificio iluminado en la playa, cn algún lugar más allá del Hombre —dijo Diane—. Parecía interesante.

—El Templo —dijo Sheba, girando hacia la izquierda, su tono más bajo.

—No lo había reconocido. ¿Vale la pena verlo de noche? —preguntó Diane.

—Definitivamente —dijo CT.

—Billy —dijo Sheba—, deberíamos llevar a Diane al Templo. Ella no lo ha visto de noche.

—¿Seguro? —preguntó Billy.

—Sí —dijo Sheba, terminando su bebida.

El grupo recogió sus cosas y montó en la Estrella de Mar. Sequoia y Pepper decidieron ir en bicicleta.

Al llegar al templo, Billy aparcó el coche. Todos miraron hacia arriba. Las luces, tanto las tenues como las hábilmente colocadas, daban un efecto dramático a la estructura.

—Vaya —dijo Jeremy.

—Sí, lo han hecho bien este año —dijo Pepper.

CT, Diane, Jeremy, Sequoia y Pepper se dirigieron a la entrada lateral del templo. Una vez más, Diane quedó sorprendida por su tamaño. Era enorme, fácilmente del tamaño de una catedral. De alguna manera, parecía más grande y más pequeño por la noche, en las sombras.

Mientras el grupo entraba, el paso era lánguido. Muchas personas recorrían la estructura. Dibujos, recuerdos, fotos, cartas y carteles se alineaban en las paredes. La gente seguía trayendo y colocando cosas. El ambiente era solemne. La gente hablaba en voz baja y se movía lentamente por los pasillos, algunos meditando, otros simplemente tumbados para empaparse del ambiente tranquilo.

—Es tan diferente a todos los demás lugares aquí —dijo Jeremy en voz baja.

Diane asintió con la cabeza. Aparte del resto del caos, el Templo parecía diferente.

Un lugar hecho sagrado por gente que necesita un lugar sagrado, pensó.

—Oh, hombre —dijo Jeremy, deteniéndose frente a lo que parecía ser una pieza de arte.

Se trataba de un casco de combate, posado en el extremo de un rifle que apuntaba al suelo, con un par de botas de combate del desierto al lado de la base. Un par de placas de identificación estaban enganchadas al mango del rifle. A un lado había una pequeña caja de madera con un portapapeles de metal. Un resplandor provenía del interior del casco.

Jeremy parecía congelado en un punto. Diane miró hacia la pared y vio un cartel impreso. Había un emblema de cada rama de las fuerzas armadas.

—No creía que a nadie de aquí le importara —dijo Jeremy en voz baja.

Diane empezó a leer el cartel.

LA CRUZ DEL SOLDADO *consiste en un fusil invertido entre un par de botas de combate y rematado por un casco. Este sencillo símbolo es una poderosa imagen para aquellas personas que han servido en las fuerzas armadas. Esta práctica evolucionó para marcar el lugar de enterramiento de un soldado caído en combate. Se utilizaba cuando no se podía sacar el cuerpo por la lejanía del lugar o por las exigencias de la batalla.*

Los miembros de las fuerzas armadas se sacrifican para servir. Ya sea en tiempos de guerra o de paz, las personas que se presentan voluntarias para proteger a su país renuncian a las comodidades y la seguridad de la vida civil para mantener a salvo a su familia, sus amigos y sus compatriotas.

Este proyecto no se diseñó con la intención de celebrar la guerra, la violencia o la pérdida que resulta de ella. Este proyecto se realizó con la esperanza de que el sufrimiento de una sola persona disminuyera. Que incluso una persona pueda dejar atrás el recuerdo de los compañeros caídos, el trauma soportado.

Te invitamos a que escribas lo que quieras y lo coloques en la caja provista, ya sea el nombre de un camarada perdido, un evento que desees que ya no te afecte, o cualquier otra cosa que hayas estado cargando y quieras liberar.

Cada nota se quemará con el Templo.

Cuando terminó de leer, Diane se giró para ver a Jeremy sentado en el suelo, con los brazos rodeando sus piernas dobladas. Mirando la obra de arte, se inclinó hacia él.

—¿Quieres que te deje solo o que te haga compañía? —le preguntó Diane en voz baja.

Jeremy la miró.

—No me importaría que te sentases conmigo un rato.

Diane se sentó a su lado. Jeremy le tendió la mano y Diane la tomó entre las suyas. Se sentaron en silencio durante lo que pareció un largo rato. Jeremy miró hacia arriba, aparentemente leyendo el cartel una y otra vez. La gente se arremolinaba a su alrededor. Algunos se detenían a mirar. Ocasionalmente, tras leer el cartel, alguien escribía en el bloc de papel del portapapeles y metía una nota en la caja. Una mujer se acercó y saludó, manteniendo el saludo con lágrimas en los ojos.

—Nunca podré ir al cielo —dijo Jeremy—. Eso me pesa.

—¿Por qué no? —preguntó Diane.

—Demasiados pecados —dijo Jeremy, y guardó silencio.

Jeremy se metió la mano en el bolsillo y sacó una cadena de la que colgaban seis placas de identificación. Sosteniéndolas en la mano, las hojeó de una en una. Tenía una mirada estoica.

Finalmente, pareció tomar una decisión. Mientras Diane lo observaba, le soltó la mano y se levantó. Se arrodilló y cerró los ojos, agarrando con fuerza las placas de identificación en la mano. Mantuvo la postura por un momento, luego hizo un bucle con la cadena alrededor del gatillo del rifle y las dejó colgar. Cuando se levantó de nuevo, Diane se unió a él.

—Creo que me gustaría estar un poco solo ahora, si no te importa —dijo Jeremy, volviéndose hacia ella.

Diane se acercó a él y lo abrazó. Le frotó la espalda y luego lo soltó.

—Estaré por aquí si me necesitas —dijo.

Alejándose de la cruz, Diane llegó a la gran sala central de la estructura. Vio a Sheba de pie, sola, mirando algo en la pared. Billy estaba alejado de ella, manteniendo la distancia en silencio.

Al acercarse, Diane pudo ver que Sheba estaba mirando una foto enmarcada de una familia sonriente al aire libre. Dos niños pequeños jugaban alegremente en la hierba iluminada por el sol delante de su padre y su madre. La madre era morena, sonreía con un vestido amarillo, estaba visiblemente embarazada y sostenía a una niña en brazos. La foto parecía un anuncio de cristianismo conservador.

—Era jodidamente perfecta —dijo Sheba en un susurro.

Diane miró a Sheba, contemplando su hermoso pelo azul en cintas, su lápiz de labios de color granate intenso, sus pestañas largas y llenas, la forma de su cara acentuada por un ingenioso rubor. Sheba llevaba botas de cuero negro hasta el muslo y pantalones cortos de cuero, una capa de terciopelo negro y una cinta negra alrededor del cuello, sujeta por una figura tallada de un rostro de mujer. Parecía tan feroz como siempre... pero su cuerpo temblaba.

—Era el mejor que podría haber soñado —dijo Sheba, con la voz baja.

Diane miró más de cerca la foto y se dio cuenta de que la mujer sonriente era Sheba, tan diferente en apariencia de la Sheba de hoy como la noche y el día, pero la misma persona.

CT, Sequoia y Pepper se acercaron a ellos.

Una mujer joven, delgada y hermosa, vestida con un tocado de plumas y un traje de cuero con flecos, se deslizó junto a Sheba para apoyarse en la pared junto al cuadro y adoptó una pose pensativa. Diane se volvió y vio a un hombre con pantalones fluidos y camisa sin mangas con un collar de conchas que jugueteaba con una cámara. Sheba miró al hombre y luego a la mujer y se inclinó hacia delante.

—Si te haces una foto al lado de mi familia muerta, coño de poni chispeante —dijo Sheba, con su voz como un gruñido amenazante—, te sacaré los putos ojos y te los haré comer.

Los ojos de la mujer se abrieron de par en par alarmados. Comenzó a balbucear en algún idioma europeo y se alejó. Sheba respiró profundamente.

—Lo hice todo bien —comenzó de nuevo Sheba, con una lágrima brillando en sus ojos mientras miraba la foto . Fui a la iglesia todos los domingos. Hacía las comidas, las cenas, la ropa, limpiaba la casa, organizaba los juegos. Les cantaba a mis hijos, les leía para que se durmieran. No pasé ni una noche lejos de mis hijos desde que nacieron. Leí un libro tras otro sobre cómo criar niños felices y sanos. Cuando uno de ellos estaba enfermo, me quedaba despierta toda la noche, dormía en el suelo para estar cerca de ellos. Les daba besos todos los días. Cada vez que podía, les decía que los quería. ¿Y sabes qué? Funcionó. Fue perfecto.

Diane la observó, esta mujer temblando en el poder de sus recuerdos. Se dio cuenta de que la voz de Sheba había cambiado, estaba vacilando.

—Bill fue mi primer y único amante y luego mi marido. Nos conocimos en la escuela primaria, seguimos juntos en la universidad y empezamos nuestra vida. Era perfecto. Éramos perfectos.

Sheba se detuvo, sacó un pañuelo de seda rojo del bolsillo y se secó los ojos. Una risa dolorosa y entrecortada salió de sus labios. Luego sacudió la cabeza y levantó la barbilla. Tocando la foto, continuó.

—Marie fue una bendición. Durmió toda la noche desde el segundo día que la traje a casa. Era el bebé más dulce.

Sheba sonrió mientras movía los dedos hacia los dos niños, sonriendo.

—Timothy y Paul eran gemelos, gemelos terribles. Del mismo vientre, pero eran tan diferentes en personalidad como el aceite y el agua. Siempre tan serio, mi pequeño y viejo Timothy, el mayor por un minuto. Paul era un niño de mamá muy fuerte desde el momento en que nació, aunque a pesar de toda su fiereza, era un niño de mamá completo. Ambos pensaban que Marie colgaba la luna y no podían esperar al siguiente hermano —dijo Sheba, sonriendo con los recuerdos, hasta que sus ojos se entristecieron—. Volvíamos de una cena en la iglesia. Aquella noche llovía y las carreteras estaban mojadas. Los niños estaban discutiendo en la parte de atrás. Marie dormía en su asiento del coche. Bill cantaba con la radio.

Diane estaba embelesada con la historia. Ni siquiera se atrevía a respirar.

—El semirremolque se saltó un semáforo en rojo —dijo Sheba, ahora con lágrimas en los ojos y la voz quebrada —. Chocó en el lado de Bill y Marie. Creo que ella no se despertó. Debí de perder el conocimiento, pero cuando me desperté, había luces en mi cara del equipo de rescate que bajaba la colina. Me habían tirado del coche. Mis piernas no funcionaban, estaban destrozadas.

—Los chicos se habían ido. Pude verlos con los brazos envueltos el uno en el otro. Bill estaba jadeando, así que me arrastré hacia él. Sostuve su mano mientras tomaba su último aliento. El bebé dentro de mí no lo logró. Mi vientre tampoco lo hizo. Y entonces me quedé sola.

El momento se interrumpió cuando un hombre de barba gris con una gran barriga, vestido con un uniforme caqui y una gorra boonie, se acercó a Sheba y Diane. Una mujer, vestida de forma similar, estaba junto a la pareja de antes, que parecía indignada. Sequoia y CT se pusieron rígidos junto a Diane. Billy los observó con calma.

—Un Ranger —pensó Diane, con los ojos llorosos al imaginar lo que podría ocurrirle a Sheba ahora.

—He oído que alguien amenazaba con la violencia por aquí —dijo el hombre, con su rostro canoso y bronceado, preocupado, y con la voz baja.

—No hubo ninguna amenaza —dijo Sheba, con la voz vacilante—. Hubo una promesa. Dije que si se hacía una foto junto a mi familia muerta, la violaría.

El guardabosques miró la foto en la pared durante un largo rato. Luego miró a Sheba, con el rímel corrido y los ojos llenos de lágrimas. El Ranger se volvió para mirar a la pareja.

—Si yo fuera ustedes, me llevaría las fotos a otro sitio.

La pareja se marchó enfadada. El otro Ranger se acercó a mirar la foto. El guardabosques barbudo y panzón se dirigió a Sheba.

—Siento mucho tu pérdida —dijo en voz baja, mirándola a los ojos.

Sheba bajó los ojos y sus hombros temblaron. El guardabosques dio un paso adelante y la rodeó con sus grandes brazos, atrayéndola contra su gran vientre.

—Mis bebés... mis bebés —dijo Sheba en el pecho del hombre, rodeándolo con sus brazos.

Diane también lloraba ahora. El dolor de la historia de Sheba era palpable. Pudo ver a otras personas en un círculo alrededor del guardabosques y de Sheba, muchas de las cuales también lloraban. Los sollozos de Sheba se convirtieron en lamentos, su dolor era doloroso de ver e imposible de rechazar. Diane se adelantó, abrazando a Sheba por detrás.

—¡Lo siento! —gritó Sheba—. ¡Lo siento! Mamá te quiere. Mamá te echa de menos. Mis bebés, oh, mis bebés...

Diane podía sentir los brazos de CT, luego los de Sequoia y Billy, luego los del otro Ranger, y luego los de varias personas que la rodeaban en grupo con el Ranger grande y Sheba en el centro. El aire era eléctrico. A Diane se le erizaron los pelos de los brazos y la nuca.

Debían de ser veinte o más personas, todas abrazadas entre sí. Desconocidos, todos conmovidos por la agonía de Sheba, un profundo reflejo de su propio dolor y trauma interiorizados. Se abrazaban unos a otros, meciéndose lentamente, algunos llorando, otros callando, todos juntos en ese momento. Los profundos y primarios lamentos de Sheba continuaron mientras lloraba por su familia.

Pasaron los minutos mientras las emociones brotaban de la mujer en el centro. Nadie se movió, nadie se fue. Todo el mundo se aferraba, a los demás, al momento. Lentamente, en silencio, alguien empezó a tararear. El ruido bajo y reconfortante comenzó a crecer en el grupo a medida que otras personas lo recogían. En algún lugar cercano, Diane pudo oír la voz de Pepper, que empezó a cantar en voz baja. Su voz era rica y hermosa. Palabras de una ópera, de otro tiempo, de otro lugar, llenaron el Templo. Angustia, amor y pérdida en un idioma que Diane no reconocía pero que entendía con sorprendente claridad. La voz de Pepper se entrelazaba con el zumbido de la gente que le rodeaba, los ruidos de la pena, la emoción y el apoyo se mezclaban perfectamente. La poderosa expresión de la emoción se vio atenuada por el sublime zumbido, las voces masculinas y femeninas se mezclaron para formar algo más, algo curativo, algo tranquilizador.

Más personas se unieron al zumbido. Diane pudo ver cómo Pepper era abrazada por una mujer que lloraba y cantaba. Diane tarareaba con todos los demás. Parecía que todo el templo se había unido. Mirando a su alrededor, vio rostros apenados, rostros que liberaban el sufrimiento, lágrimas que brotaban de los ojos, reflejo de los suyos. La mezcla de la voz de Pepper, el murmullo de la multitud y los gemidos de Sheba alcanzaron un crescendo, una música que no era más que dolor, pérdida y amor compartidos.

La energía en el Templo era indescriptible. Diane vio brillar los rostros de sus amigos. Pudo sentir la unión de la multitud, hace unos segundos extraños, ahora almas compartidas. Diane sintió que la desesperación, la pérdida y luego una alegría inimaginable inundaban su cuerpo.

Pepper sostuvo la última nota, dejando que la canción desapareciera tan silenciosamente como había comenzado. El grupo se balanceó lentamente en su abrazo de un lado a otro. Los gritos de Sheba se convirtieron lentamente en llanto y luego en suaves respiraciones en los brazos de Diane. Aun así, el grupo se mantuvo unido, sin moverse del apretado círculo. Pasaron minutos, luego más minutos. Sheba permanecía con la cabeza apoyada en el pecho del Ranger. Diane apoyó su cabeza en el hombro de Sequoia. Podía sentir a Billy presionando su cabeza contra su espalda.

—Ya estoy bien —dijo Sheba por fin, con voz firme—. Estoy bien. Gracias.

El grupo se relajó, liberándose del abrazo, de la experiencia compartida. Sheba abrazó a los dos Rangers y les dio las gracias. Distintas personas se abrazaron mientras salían del Templo.

Sheba se acercó a la foto. Diane la observó mientras besaba cada rostro, dejando que sus dedos se detuvieran en el marco.

—Mamá te quiere y te echa de menos —dijo Sheba en voz baja.

Sheba se limpió los ojos y se sonó la nariz. Respirando profundamente, sacudió la cabeza y la mantuvo en alto mientras se daba la vuelta y salía sola del templo. El grupo de amigos la siguió en silencio, caminando hacia donde la Estrella de Mar esperaba, brillando en la oscuridad. Todos subieron a bordo, sin decir nada, mientras Sheba permanecía de pie, mirando hacia el oscuro vacío de la playa profunda.

Sheba echó un último vistazo al Templo, iluminado por dentro, y luego se volvió hacia Billy, que estaba sentado tranquilamente en el asiento del conductor.

—Llévanos a casa, Billy —dijo, y luego se acurrucó con fuerza entre Diane y CT.

Billy giró la Estrella de Mar y se adentró en la noche. De vuelta al campamento, de vuelta a casa, viajaron en silencio.

La Estrella de Mar se detuvo en Presidentes Muertos, aparcando cerca del bar. Debía ser alrededor de la medianoche. Las luces estaban apagadas, el campamento estaba tranquilo. Los campamentos circundantes eran en su mayoría oscuros y tranquilos, un contraste con el caos de la playa. El bar estaba oscuro y desierto.

Todos se sentaron juntos en el coche tras el tranquilo viaje de vuelta del Templo. La experiencia estaba aún fresca, vívida y cruda. Todos se sentaron en el coche, sin querer romper aún el hechizo que los había atrapado, que los había convertido en algo más que un grupo de amigos. Los forjó juntos en un momento perfecto de magia.

Sequoia y Pepper subieron a sus motos un momento después. Sequoia se desmontó, miró al grupo en el coche y luego entró en el campamento. Un momento después se oyó el sonido de un generador encendiéndose, y luego se encendieron todas las luces del bar, bañando la zona con un brillo hogareño.

Diane observó a Sheba a su lado, con la cabeza levantada por las luces. Sheba sonrió y se levantó del coche, dirigiéndose a la barra, donde abrió los armarios y colocó una botella de whisky ante ella. Todos tomaron asiento mientras Sheba servía tragos y luego los distribuía. Levantando su vaso, habló.

—A todos los que amamos, que sepan que los hemos amado —dijo Sheba—. Que sepan que son dignos de ese amor, y que el amor los encuentre todos sus días.

Diane se bebió su chupito con los demás, el whisky caliente se fue abriendo paso lentamente en su vientre. Sheba dejó su vaso de chupito y miró a la gente silenciosa que se alineaba en la barra.

—Eso no lo vas a conseguir en un puto *festival de música* —dijo Sheba.

Los amigos se rieron, agradeciendo la liberación.

—Sequoia —dijo Sheba—, toca algo bueno. Quiero bailar.

Las canciones comenzaron a sonar en los altavoces montados, con ritmos de rock duro y sexy, rompiendo tanto la tranquilidad de la noche como la sombría sensación residual del Templo. La gente que pasaba por allí se unió a la celebración. Los campistas de los Presidentes de los Muertos que dormían salieron a ver qué pasaba.

Se organizó una fiesta improvisada, con risas, bebida y baile. En un momento dado, Pepper sacó pizzas de algún lugar. Estaban deliciosas y calientes. Sheba cantó con el micrófono del bar, cantando una canción tras otra. Los géneros musicales que sonaban oscilaban entre las viejas baladas de rock, el rap y las canciones góticas favoritas.

Diane se sentó de nuevo en su taburete, dando golpecitos con el pie. Sabía que estaba borracha porque había encendido tres veces un cigarrillo cuando ya había uno ardiendo en el cenicero.

El fuego comenzó a girar en algún momento, los palos flameantes y las ollas de cadena arrojando luz en la noche. Los aros de hula eléctrica con LEDs brillantes se hacían girar de forma increíblemente artística en la oscuridad. Observó al grupo de amigos y desconocidos celebrando la vida, desterrando penas y preocupaciones, disfrutando de un momento brillante de alegría en la noche del desierto. Los coches artísticos y las bicicletas iban y venían, y la multitud aumentaba y disminuía en número.

Diane observó el conjunto de seres humanos reunidos en una celebración. Se dio cuenta de que el viaje emocional que este lugar podía provocar era poderoso. La Quema arrojaba a la gente a la penuria común, despojándola de las normas aferradas de la sociedad con la libertad de explorar, amar, llorar, celebrar y experimentar. Te enfrentaba a tus propios juicios en un lugar de libertad y seguridad. Te permitió ver a los demás como seres humanos y, al hacerlo, descubrir tu propia humanidad. Te arrancó de tu vida ordinaria y compartimentada para formar parte de algo increíble, de algo completo.

Era tarde cuando Diane dio por terminada la noche. El aire de su tienda estaba quieto. Se puso los tapones y se metió en el saco de dormir. Mientras dormitaba, su último pensamiento fue: *¿Qué tiene este lugar? ¿Cuál es el ingrediente secreto?*

CAPÍTULO 31

Sábado, 5 de septiembre, esta noche comienza la Quema del Hombre

Diane abrió los ojos al oír el ruido del viento que golpeaba las paredes de la cochera. Se tomó un momento para orientarse, se incorporó y parpadeó. Salió de la tienda, se puso la bota y se levantó. El tobillo no estaba hinchado y solo sentía una leve molestia. El resto del cuerpo le dolía a causa de la Batalla, pero podía soportarlo.

Con la percoladora en ebullición, se dirigió a los portos. Había algo de viento, pero el polvo no era un problema. Los rezagados de las fiestas de la noche anterior se paseaban por la carretera. Algunos coches se arrastraban. La gente de dentro parecía limpia.

La gente sigue llegando, pensó Diane.

Tras lavarse los dientes, se sentó en el bar vacío, bebiendo su café. Se dio cuenta de que no había consultado su teléfono en tres días, no había pensado en la oficina ni en el mundo exterior.

—Buenos días —dijo Jeremy, acercándose a ella.

Diane se levantó y le dio un abrazo.

—Buenos días —dijo Diane—. ¿Cómo estás?

—Bien. Estuve de fiesta en el bar, luego caminé mucho, me fui de aventura en un coche artístico, me estrellé con unas personas que conocí. Me acogieron, sin preguntas. Me dieron de comer y me enviaron a casa. Estuvo bien, estoy bien.

—Me alegra oír eso —dijo Diane, sentándose.

—No te preocupes —respondió Jeremy—. Iba a dirigirme a la haka. ¿Quieres venir?

—Iré a por mis cosas —respondió Diane.

El viaje hasta el campamento fue lento, ambos se tomaron su tiempo. El sol de la mañana mostraba a la gente que acababa de levantarse y a la gente que acababa de acostarse. Cuando llegaron al campamento, pasó un coche artístico de dos pisos, decorado como un pez. Un cartel colocado junto a la carretera decía "Haka en Esplanade".

Siguieron el camino hasta la Explanada, donde vieron a Tane y Ahora hablando a un grupo de al menos trescientas personas. Tane estaba en un pequeño escenario mirando a la gente reunida. Asintió al ver que Jeremy y Diane se unían al grupo. Tane tenía unos auriculares con micrófono y había grandes altavoces cerca.

—Buenos días, amigos míos —dijo Tane a la multitud, con la voz amplificada—. Me alegro mucho de que hayan podido unirse a nosotros en nuestra misión de intercambio cultural.

El público aplaudió con ganas.

—Estamos aquí para presentar la haka, una danza tradicional maorí. En concreto, vamos a hacer el Ka Mate. Te Rauparaha fue el compositor del Ka Mate. Era jefe de los Ngāti Toa Rangatira en el norte de Nueva Zelanda. El Ka Mate es una celebración de la vida sobre la muerte. Te Rauparaha lo creó después de que los enemigos estuvieran a punto de atraparlo. Parece que nada hace aflorar la creatividad como el hecho de estar a punto de morir.

Diane se rio con el público. Estaba intrigada por el carisma que tenía Tane. Su estilo de narración era excelente.

—El *haka* es una llamada y una respuesta. El líder busca inspirar a sus compañeros de tribu, levantarlos, elevar sus espíritus, para las tareas y desafíos que se avecinan. Como celebración de la vida sobre la muerte, la haka nos une en el enfoque y la acción.

—No sabíamos lo que íbamos a encontrar aquí, al otro lado del mundo, entre gente y cosas nuevas y diferentes. En el poco tiempo que llevamos aquí, hemos conocido a mucha gente maravillosa. Nos han abrazado y nos han dado las gracias por compartir nuestra cultura, y nosotros, a cambio, hemos experimentado otras culturas y hemos dado las gracias a los demás. Y hemos experimentado el polvo. Un montón de polvo.

La multitud se rio.

—Ahora iremos paso a paso a través de la haka, el Ka Mate. Al hacer el Ka Mate, es importante lograr la perfección en el discurso y la ejecución. Es un objetivo para toda la vida. Requiere tu mana, tu esencia. Al trabajar y lograr una mayor habilidad, elevas tu propio maná, tu propia fuerza espiritual. Como nuestra lengua y nuestra pronunciación son difíciles de dominar rápidamente, te guiaremos por ella.

Los otros cinco Māoris se distribuyeron entre la multitud.

—*Taringa whakarongo* —gritó Tane.

—Orejas abiertas —tradujo Ahora en el megáfono que sostenía.

—*¡Kai rite! Kai rite!* —dijo Tane.

—Prepárate, prepárate —dijo Ahora.

—*¡Kia mau!* —gritó Tane.

—Ponte firme —dijo Ahora.

—*¡Hi!* —los Māoris y algunos de los miembros de la multitud gritaron, haciendo poses con los pies en amplias posturas. Tenían los brazos en alto, con los antebrazos paralelos frente a ellos.

—¡Sí! —tradujo Ahora.

Diane se dio cuenta de que se estaba formando una multitud cada vez más grande, observando. Tane también lo vio y le hizo un gesto al grupo para que se uniera. La gente que ahora se enfrentaba a él debía ser un millar de personas.

—*¡Ringa ringa pakia!* —gritó Tane—. *¡Waewae tahahia kia kino nei hoki!*

Los Māoris y parte de la multitud comenzaron a golpear sus muslos. El ritmo fue retomado por el resto hasta que todo el mundo estaba abofeteando al ritmo de los pies.

—Golpeen las manos contra los muslos —dijo Ahora—.

¡Pisen los pies tan fuerte como puedan!

—*¡Kia kino nei hoki!* —Tane, los otros Māoris y la gente de la multitud coreaban.

—Tan fuerte como podamos —dijo Ahora.

—*¡Ka mate, mate ora, Ka mate, mate ora!*

—Voy a morir, a morir. No, ¡estoy vivo! Voy a morir, morir. No, ¡estoy vivo! —ahora gritó.

—*Tenel te tangata, puhuruhu. Nana ne i teke mal whaka whiti te ra!*

—¡Un hombre adulto! —dijo Ahora—. Que puede devolver el sol, para que vuelva a brillar sobre nosotros.

—*Un Upane. ¡Kupane!* —la multitud coreó, golpeando sus antebrazos y pisando fuerte.

—¡Levántate ya! ¡Levántate ya!

—*A Upane. Kupane!*

—¡Da el primer paso! —ahora gritó.

—*¡Whiti te ra! ¡Hi!* —la multitud gritó, animando y aplaudiendo.

—Que entre el sol. ¡Sí! —dijo Ahora con una floritura.

—¡Gracias, amigos míos! No están muertos, ¡están todos vivos! Recuerden que participaron aquí en este momento con nosotros. Y nosotros te lo agradecemos —dijo Tane.

Diane y Jeremy se acercaron a Tane y Ahora e intercambiaron el hongi con cada uno de ellos.

—Ha estado muy bien, Ahora —dijo Diane—. ¿Estás contenta con él?

—Extasiada —dijo Ahora—. Ya tenemos planes para el año que viene.

—Vas a ir al Burning Man, ¿no? —preguntó Tane.

—No me lo perdería —dijo Jeremy.

—Espero verlos allí —dijo Diane.

Después de intercambiar abrazos con Tane y Ahora, Diane y Jeremy partieron, dirigiéndose al campamento. Había más gente despierta de lo habitual para la hora del día. La clase de yoga estaba terminando.

—¿Qué pasa? —Diane preguntó a CT en el bar.

—Teardown —respondió CT—. Es la última clase de yoga. Cuando terminan, desmontamos la estructura.

Diane se quedó boquiabierta. Sabía que la quema del hombre era esta noche, pero al mirar el campamento que había ayudado a construir y en el que había vivido durante una semana, le invadió una cierta tristeza. Sentía tanto que había estado aquí siempre como que el tiempo había sido demasiado corto.

—¿Estás bien? —preguntó CT, mirándola.

—Sí. Yo... —Diane dijo, sacudiendo la cabeza—. Supongo que me he acostumbrado a estar aquí.

CT le dio un abrazo, estrechándola.

—A mí también me golpeó mi primera vez así —dijo CT, y luego la soltó.

—Me cambiaré y ayudaré —dijo Diane.

El desmontaje de la estructura de yoga fue más fácil de lo que había sido montarla, con tanta gente para ayudar. A algunos de ellos Diane ni siquiera los reconoció. Debían de haber llegado recientemente. Los postes estaban colocados cerca del contenedor de transporte, la tela doblada y apilada cuidadosamente.

Se sacudió el polvo y se dirigió al bar, pero se detuvo al oír que se encendía un motor. No era un generador, sino el motor diésel de una autocaravana. Al acercarse al contenedor, vio que la autocaravana de Sheba estaba en marcha y que la zona de estar y la mesa que había delante habían desaparecido. Rápidamente, se dirigió a la puerta de la autocaravana y miró dentro. Sheba estaba sentada al volante. Sheba la miró y sonrió, luego le hizo una seña para que entrara.

—¿Te vas? —preguntó Diane, cerrando la puerta tras ella—. ¿Te vas a saltar el Burning Man?

—Mi Quema ya está aquí, mi amor —dijo Sheba, tocando su corazón y luego sonriendo—. Estás estropeando mi despedida irlandesa.

Una lágrima se formó en el rabillo del ojo de Diane.

—No hagas eso, mi amor —dijo Sheba, entregándole un

pañuelo de seda—. Me pondrás en marcha.

—No es mi intención —dijo Diane, secándose el ojo—. Yo solo... quería...

—¿Querías qué? —preguntó Sheba.

Diane respiró profundamente.

—Nunca he conocido a nadie como tú, nunca he imaginado a nadie como tú. Quiero pedírtelo pero no creo que tenga derecho a hacerlo.

—¿Estás pidiendo consentimiento para pedir algo?

—Sí, supongo que sí.

Sheba la miró, divertida.

—Entonces estás aprendiendo. Adelante.

Diane hizo una pausa, dando forma a su pregunta.

—Después de tu familia. . . Quiero decir... ¿cómo has hecho...?

Sheba respiró hondo, lo exhaló, miró a través del parabrisas polvoriento y se volvió para mirar a Diane.

—¿Sobrevivir? ¿Evolucionar?

Diane asintió.

—Vale, vale —dijo Sheba, asintiendo con la cabeza—. Esto es entre tú y yo y nadie más, ¿de acuerdo?

—Sí.

Sheba encendió un cigarrillo.

—Después de enterrar a mi familia, me fui a casa en silla de ruedas. Lo lloré todo, casi todo. Comí, dormí, me desperté. Firmé papeles. Dormí. Dormí como un muerto. Tenía un agujero sin fondo en mi corazón. No podía saborear nada. Toda la alegría había desaparecido.

—Todavía no lo sabía, pero yo también había muerto en ese naufragio. ¿Esa mujer que viste que era yo? Seguía todas las reglas porque las reglas le funcionaban, hasta que algo que no tenía reglas lo hizo saltar todo por los aires. Solía pensar que lo tenía todo bajo control. Era una tonta.

—Mis piernas se curaron, pero mi cuerpo estaba destrozado. Empecé a ir a yoga, fui detrás de él como un poseso hasta que pude enseñarlo, tratando de llenar el hueco. Luego hice una escuela de masaje. No lo necesitaba, no económicamente. Bill tenía un seguro, se ocupó de mí incluso después de su muerte. Simplemente no podía quedarme en esa casa sin hacer nada.

—Todo lo que hacía, llenando cada día y noche, era yo tratando de llenar el agujero donde solía estar mi corazón. Anhelaba lo que había perdido, me dolía. Quería algo que nunca podría ser. Estaba aislada y sola. Había construido mi mundo alrededor de mi familia, no sabía qué hacer sin ellos. Así que decidí que no viviría sin ellos. Decidí que me uniría a ellos... matándome.

Diane abrió los ojos.

—Y entonces alguien me habló de este lugar, Burning Man. Me dio una entrada y un pase para el coche. Tenía una fecha fijada en mi mente. Asistiría, y luego me tomaría un largo sueño.

—¿Qué pasó? —preguntó Diane en voz baja—. ¿Para cambiar de opinión?

—Cargué mi monovolumen de mamá con algunos equipos de acampada, comida y agua, y conduje hasta aquí, para abrir la acampada. La primera noche dormí en el polvo, la furgoneta estaba muy llena. Cuando me desperté, me senté y parpadeé. Una mujer joven pasaba en bicicleta. Tenía el pelo teñido, llevaba un vestido amarillo y tenía una sonrisa que podía iluminar el cielo. Se detuvo, me dio los buenos días y me entregó una manzana, y se marchó haciendo sonar una campanilla. Y mordí esa manzana, y tenía un sabor dulce, el primer sabor de algo en un año.

Sheba sonrió ante el recuerdo.

—Yo quería lo que ella parecía tener. Sonreír, ser libre. Me dio algo por lo que luchar, por lo que vivir. Así que me desempolvé y me dirigí a donde unas personas estaban montando un proyecto artístico, y les dije que estaba allí para ayudar. Y luego no dejé de trabajar durante tres días seguidos, de campamento en campamento, de proyecto en proyecto. Dormía donde caía, comía lo que me daban.

—Un día empecé a caminar, hacia la playa, sin rumbo fijo. Me detuve en la valla de la basura, mirando al vacío más allá.

Debieron pasar horas.

—Y entonces un coche de arte se detuvo, la Estrella de Mar. Me encontré con Billy. Se detuvo y me preguntó si quería que me llevaran. Le dije que no tenía a dónde ir. Me preguntó si había estado en el Templo, así que fui. Me senté en ese Templo durante el resto de la tarde y luego durante toda la noche. Billy me vigilaba, me traía comida y agua, me daba un abrigo, no me pedía nada. Lloré en esa cosa, maldije todo y a todos.

—Por la mañana, me levanté y salí del Templo. Billy estaba durmiendo en la Estrella de Mar. Alguien que había conocido el día anterior, que no me conocía de nada, me había esperado. Se despertó cuando me acerqué. El sol estaba detrás de mí, y dijo que yo parecía una reina, la Reina de Saba.

—Así nació Saba, y esa mujer que viste, fue puesta a descansar para estar con su familia. Ahora los visito una vez al año. Mi marido, mis bebés. En el vacío, me llené.

Diane estaba llorando, por la historia, por la fuerza que debió tomar.

—Está bien —dijo Sheba—. Continúa, ya has tenido tu historia.

Diane se levantó. Sheba lo hizo también, dándole un largo abrazo.

—Adiós, Sheba —dijo Diane.

—Hasta el año que viene —respondió Sheba.

—¿Y tus compañeros de habitación? —preguntó Diane—. ¿Quiénes son?

—Tienen su propia salida —dijo Sheba—. En cuanto a quiénes son, es una historia para otra ocasión.

Diane salió de la autocaravana, cerrando la puerta, y se apartó. La gran máquina salió al ralentí del lugar en el que había descansado, giró a la izquierda y luego se incorporó lentamente a la carretera. Diane la vio marchar y regresó a la parte delantera del campamento.

—¿Era Sheba la que se iba? —preguntó CT, reuniéndose con ella.

Diane asintió, parpadeando para evitar las lágrimas. CT pasó su brazo por los hombros de Diane y caminó con ella hacia el bar.

—Sí, ella hace eso —dijo CT.

CAPÍTULO 32

La cúpula fue desenvuelta de su tela de sombra, las hamacas fueron desmontadas, las camas playa tech fueron desmontadas y puestas en escena al lado del contenedor. Se sacaron todas las almohadas y alfombras y se apilaron. Los campistas desenvolvieron y guardaron la tela exterior. Lenta y cuidadosamente, se desmontaron los postes de la cúpula y se prepararon para el embalaje.

Sacaron los adornos del bar. Dejaron la barra en pie. Las banderas del perímetro se retiraron, la tela se deslizó de los postes y se guardó en contenedores negros etiquetados, los postes de PVC se agruparon.

—Reunión del campamento —dijo Twinkle por el altavoz—. ¡Todos al bar!

Diane se reunió con los demás campistas en la zona del bar. Todavía había más caras que no reconocía. El campamento había crecido hasta alcanzar al menos sesenta personas. A algunos los había conocido brevemente, a otros no.

—Bien, campistas —comenzó Twinkle—. Quiero felicitaros a todos por no haber muerto hasta ahora.

El grupo reunido aplaudió y vitoreó.

—Esta noche es el Burning Man —dijo Twinkle—. El bar estará cerrado al público mientras dure. Asegúrate de guardar todas tus cosas bajo llave. Algunos campos han sido robados en el pasado. Solo quería darles las gracias a todos y cada uno de ustedes por su ayuda y participación en el campamento de este año. Diviértanse esta noche. Mañana haremos una huelga en la cocina, y el bar bajará el lunes por la mañana. Las últimas duchas serán esta noche, para dejar que el pozo de evaporación se seque. No viertan ningún líquido en el evap después de esta noche, y cepillen, cepillen, cepillen el agua mañana.

—Algunos de ustedes se irán después de la quema de esta noche. Asegúrense de haber descansado lo suficiente, recojan su área y hagan un barrido exhaustivo de MOOP. Lleven su basura con ustedes, y traten de que no salga volando de su coche. La basura que ensucia la carretera suele ser una vergüenza. ¡No seas esa gente!

—Disfruta de tu día, diviértete. Un grupo de nosotros partirá hacia el Burning Man alrededor de las seis de la noche. ¡Eso es!

—¿Cuál es el plan antes de eso? —preguntó Diane, uniéndose a CT y Sequoia.

—Pensé que podríamos pasear —dijo CT—. Echar un vistazo a algo de arte antes de que se vaya. ¿Había algo que querías hacer o ver?

—Me apetece pasear —dijo Diane—. Veamos a dónde nos lleva el día.

Cogieron sus bártulos y salieron en las motos, serpenteando por las calles. Diane pudo ver que los campamentos hacían sus propios destrozos.

—¿Por qué derribamos la cúpula? —preguntó Diane—. Podría ser útil para que la gente descanse en ella.

—Solíamos dejarla levantada más tiempo —dijo CT—. Pero una construcción de tres días y un desmontaje de tres días funciona mejor. Es menos agotador. Ya lo verás. Después de estar tanto tiempo aquí, tienes que empujar y empujar para que te desmonten y te empaqueten. Mucha gente se da contra la pared y se cansa. Algunos de los que están en el campamento llevan viviendo en tiendas de campaña de ocho a doce días, la gente puede aguantar una noche.

Diane se dio cuenta de que faltaban algunas de las señales de madera de las calles. También parecía que seguían entrando coches. Había gente limpia caminando. No se había dado cuenta de lo mucho que se había acostumbrado al polvo desde que estaba aquí.

—Esa gente parece nueva —dijo Diane.

—Sí, algunos fiesteros de fin de semana aparecen solo por unos días —dijo Sequoia.

Diane no podía poner su dedo en lo que estaba sintiendo. Después de estar aquí por lo que parecía una eternidad, y de experimentar lo que había sucedido, sintió que para la gente solo para aparecer en una fiesta de fin de semana y las fotos se sentía mal. Galáctica le había dicho que el DPW había estado aquí durante meses, y que otras personas también habían estado trabajando para dar vida a esto. Tenía que significar algo más que una simple fiesta.

—¿Hueles a hamburguesas? —preguntó Sequoia.

Sin esperar respuesta, se fue siguiendo su nariz. CT y Diane caminaron tras él. Llegaron a un campamento con una fila de gente esperando su turno, y cada uno recibió como regalo una hamburguesa, chorreante y deliciosa.

Después de comer, volvieron a pasear por la ciudad, llegando al campamento donde habían conocido a Dust Granny. Diane pudo ver cómo subían a Maybelle y Rayleen a un coche de arte, que se marchó antes de que llegaran ella y CT. A Diane le hizo sentir bien que la gente se ocupara de Maybelle y su grupo. Cuando pasaron por el lugar de acampada, Diane vio que habían surgido más tiendas de campaña alrededor de la autocaravana de Dust Granny. Un pueblo de personas hasta entonces desconocidas había encontrado un lugar.

La tarde había menguado hasta el principio de la noche cuando decidieron volver al campamento. Solo faltaban unos treinta minutos para la puesta de sol. Una minuciosa limpieza en la ducha y Diane estaba vestida y lista encima del contenedor para el aullido.

Diane volvió a mirar la ciudad. En cada dirección se extendía la humanidad y lo que la humanidad había traído al desierto. Tiendas de todos los tamaños, caravanas, estructuras de sombra, coches, camiones, todo. Cuando Diane y CT habían llegado, apenas había nada, y en unos días volvería el espacio vacío. Aullando con sus amigos en el contenedor, Diane vio cómo el sol se deslizaba tras las oscuras montañas rocosas.

Ahora había que prepararse para la culminación de este tiempo loco, difícil y maravilloso.

Era el momento de ver arder al Hombre.

Diane se puso un vestido iridiscente sobre las mallas. Después de ponerse las botas, apiló las cosas que necesitaría para la noche junto a su tienda, lista para salir. Luces, abrigo, mochila con comida y alcohol, recipiente de agua lleno.

Un grupo numeroso se había reunido en el bar, escuchando música, bebiendo, charlando, riendo.

—No estás preparada —dijo Pepper. Llevaba un chaleco de cuero y pantalones de harén, y su cara estaba pintada con rayas y remolinos. Llevaba un pincel en una mano y una bebida en la otra.

—¿Qué quieres decir? —preguntó Diane.

—Toma asiento —dijo Pepper—. Confía en mí.

Diane se sentó y presentó su cara. El pincel hizo cosquillas cuando Pepper le aplicó rayas plateadas en la frente y las mejillas. Una línea continua atravesaba su nariz. Pepper cambió de pincel.

—Un poco de oro alrededor de los ojos —dijo, utilizando un pincel de punta fina—. Ya está, ahora estás perfecta.

Diane se miró en el espejo de mano que le proporcionó. Un rostro salvaje y feroz se asomó, el suyo, pero no el de hace diez días. La mujer en el reflejo era alguien nuevo, algo indómito y sin ataduras. A Diane le gustó su sonrisa.

—Gracias —dijo Diane, dando un abrazo a Pepper.

—¿Están listos? —preguntó CT—. ¡Buena pintura!

—Pepper lo hizo —dijo Diane.

—¿Listos? —preguntó Sequoia. Iba vestido con una falda escocesa negra limpia y una camisa de cuero con muchas hebillas.

—Sí —respondió Diane.

Un grupo de una veintena de Presidentes Muertos se adentró en la noche con sus bicicletas. La sensación era la de un grupo de amigos de la infancia en una aventura. Con gritos y llamadas, haciendo sonar los timbres de sus bicicletas, giraron en grupo por la calle principal, en dirección a la Explanada. Cuanto más se acercaban, más luces, ruido y gente encontraban.

El Hombre estaba iluminado en su torre. Ya había una gran multitud. Sequoia y CT se detuvieron unos cientos de metros atrás, cerca de un poste de luz. La mayoría del grupo también lo hizo.

—¿No es esto un poco lejos? —preguntó Diane—. Podríamos acercarnos más.

—Ya verás —dijo CT—. Esto está a punto de ser un gigantesco y glorioso espectáculo de mierda.

—Será más fácil encontrar las motos aquí que en el mar de motos que habrá allí arriba —dijo Sequoia—. Billy ya está aparcado en la Estrella de Mar para conseguir un buen sitio.

Subieron por el ancho carril. Diane calculó que estaban en el lado de las seis. A su alrededor, la gente en bicicletas iluminadas, los coches de arte, la gente que caminaba iluminada se dirigía hacia el Hombre. La energía era palpable, un zumbido que Diane podía sentir en el aire a su alrededor.

Se abrieron paso entre un mar de bicicletas iluminadas aparcadas, tal y como había dicho Sequoia. Parecía que la mayoría de los coches artísticos se habían colocado alrededor del perímetro del Hombre. Cada uno de ellos parecía intentar superar a los demás por el dominio del sonido. Las llamas estallaban en el aire. Todo estaba bañado en luces brillantes y pulsantes.

Los ojos de Diane se abrieron de par en par ante la avalancha de luces, colores, sonidos, rostros, trajes, bailes, todo se movía en movimiento sobre movimiento. Era la culminación de setenta mil personas que llevaban días repartidas, al menos en su mayoría, por una vasta zona de llanura y ciudad. Ahora todos se reunían en un punto focalizado. Energía sobre energía. Diane podía sentir la vibración, no solo del ruido, sino de las almas existentes en los espacios de los demás.

Llegaron a la Estrella de Mar. Billy se había asegurado un lugar entre los coches artísticos que rodeaban la zona, y él y Twinkle estaban sentados en el vehículo. Frente a ellos, un mar de gente rodeaba la estructura del Hombre. El centro de su atención se alzaba sobre su plataforma en un vasto anillo de tierra abierta, bañado en luz.

Los Rangers formaban un perímetro a lo largo del borde de la multitud. Otros Rangers estaban más cerca del Hombre, en un perímetro interior más pequeño. Debajo de la plataforma del Hombre, Diane pudo ver masas de madera apiladas.

Diane observó lo que debían ser equipos de noticias en una sección, las luces de las cámaras iluminando a los reporteros. Pudo ver a una joven japonesa, limpia e inmaculadamente vestida, que hablaba por un micrófono delante de una cámara como si estuviera cubriendo un discurso o un acto de inauguración de una tienda. Diane pudo oírla hablar en japonés.

¿Prensa internacional? pensó Diane.

—¿Quieres? —preguntó Twinkle a Diane, alzando una botella de champán. Diane desenganchó su copa del cinturón y Twinkle la llenó.

Un grupo de hombres y mujeres entró en el espacio abierto alrededor de la plataforma. Diane pudo ver que iban vestidos en tonos negros y que llevaban varios objetos iluminados por las llamas. Báculos, cuencos con cadenas, palos con dedos en llamas sujetos a guantes. La música sonaba y el grupo giraba, lanzaba destellos y soplaba fuego. Su actuación fue coreográfica e impresionante.

Apoyada en la Estrella de Mar, Diane se dedicó a contemplar el espectáculo. En uno de los coches artísticos más grandes, que parecía haber sido fabricado a partir de un autobús de dos pisos, se celebraba una fiesta de baile. De él salían luces intermitentes y música, mientras otro grupo de bailarines actuaba en el espacio abierto alrededor de la plataforma que soportaba al Hombre. Diane tuvo la sensación de estar inmersa en el momento, en el conjunto.

Diane observó cómo los brazos de la figura de madera se levantaban. Era una especie de señal para el público, que empezó a vitorear. El sonido a su alrededor era palpitante. Los Rangers del perímetro se arrodillaron.

Diane pudo ver a la Abuela del Polvo en un carro de arte cercano, en su silla de ruedas, sonriendo con asombro. La multitud era demasiado densa, así que Diane no intentó acercarse a ella. La hizo feliz ver a la anciana aceptada por la comunidad y disfrutando del espectáculo.

Las luces del Hombre se apagaron. La multitud se calmó y luego se agitó. Se veían llamas en la pila de madera. Diane vio cómo el fuego chocaba con un acelerador -gasolina, probablemente- y florecía de repente. La multitud rugió. Las llamas subían a la plataforma y a los pies del Hombre. Surgió otro brote de fuego, luego otro.

Pronto la plataforma quedó totalmente envuelta en llamas. Diane podía ver a la multitud, al otro lado y a los lados, a la luz de las llamas del infierno. La música, a su alrededor, retumbaba con fuerza, la gente saltaba, gritaba y bailaba. Los fuegos artificiales comenzaron a salir disparados del Hombre, iluminando aún más la zona al explotar en el cielo. La multitud rugía su aprobación. Diane aceptó otro trago, riendo con sus compañeros de campamento.

Las llamas saltaron y bailaron alrededor del Hombre. Diane bailó con CT y Sequoia, en una celebración extática. CT los arrastró detrás de la Estrella de Mar, donde otros dos coches artísticos habían aparcado en ángulo, con el espacio entre ellos lleno de gente bailando, deleitándose en el momento. Los fuegos artificiales continuaban en un crescendo interminable de luz y sonido.

Diane levantó la vista para ver cómo el Hombre caía de su percha para estrellarse contra el suelo. Pequeños tornados de calor y polvo se alejaron de la base para retorcerse entre la multitud a su izquierda. El baile era frenético y alegre. Diane nunca había experimentado nada parecido, la liberación y la celebración.

La plataforma se derrumbó unos minutos después de que lo hiciera el Hombre. Diane, jadeante, se dirigió a la parte delantera de la Estrella de Mar y tomó un trago de agua. Abrazó a Twinkle y a Billy. La gente se agolpaba a su alrededor, alejándose del lugar de la quema. Ya no había ninguna figura reconocible del Hombre, solo una enorme hoguera.

—¿Qué te parece? —CT gritó al oído de Diane, abrazándola.

—Es... es... —tartamudeó Diane, sonriendo, mirando el rostro de su amiga iluminado por el resplandor del fuego.

CT la abrazó más fuerte, meciéndose de lado a lado.

—Vamos a tomar algo —dijo Sequoia mientras las rodeaba con sus brazos.

Recogieron sus cosas y se abrieron paso lentamente entre la multitud, entre los coches artísticos y las bicicletas. Diane pudo ver que el mar de bicicletas había crecido, y encontrar la suya habría sido, en efecto, difícil en el mejor de los casos. A medida que se adentraban en la playa abierta, la gente y las luces se agolpaban en todas las direcciones a su alrededor.

Se detuvieron en el campamento y tomaron unas copas. Luego, partiendo a pie, Diane, Jeremy, CT, Sequoia y Pepper exploraron toda la majestuosidad de la ciudad. La noche se convirtió en una mezcla de copas en bares, bailes en discotecas, juegos, actuaciones en campamentos que iban de lo pequeño e íntimo a lo fastuoso y enorme.

Las risas, los cantos y los abrazos llenaron sus horas mientras existían en la gloria que setenta mil personas con valores alineados podían construir. En la noche, entre amigos, Diane se transformaba en el Quemado.

CAPÍTULO 33

Domingo 6 de septiembre, la quema del templo

Diane abrió los ojos. El susurro del viento en la cochera era tranquilizador, y se quedó escuchando mientras sus ojos se concentraban. Miró a su izquierda, donde Jeremy yacía de lado con la cabeza vuelta hacia ella. Sus ojos se agitaron cuando ella le levantó el brazo y se deslizó fuera del saco de dormir.

Diane puso la percoladora en marcha y se ocupó de su rutina matutina. Sirviéndose una taza de café, subió a la parte superior del recipiente y tomó asiento. En el exterior solo hacía calor, casi. No creía haber dormido más que unas pocas horas. Jeremy le había preguntado si podía acostarse a su lado y ella le había dejado. Había sido un caballero, durmiendo encima de las mantas, con su brazo alrededor de ella mientras dormían, tranquilamente.

Diane se fijó en unos cuantos coches y furgonetas polvorientos que se movían lentamente por las carreteras, todos recogidos. Pensó que debían ser personas que se marchaban después de la quema del Hombre, que se escabullían en las horas de la mañana para evitar el tráfico. Un flujo constante de bicicletas y caminantes pasó por el campamento. Las actividades del día acababan de empezar.

Diane se dio cuenta de que un grupo del campamento empezaba a desmontar la cocina. Se bajó y colaboró. El desmontaje le llevó menos tiempo del que hubiera pensado, ya que había mucha más gente para ayudar que cuando se habían instalado.

Cuando terminó de guardar los postes en una pila en el suelo junto al contenedor, el calor y la falta de sueño empezaron a afectarla. Se refugió en el bar, donde había una gran variedad de comida y tentempiés. Mientras mordisqueaba galletas y humus, Steven y Twinkle se unieron a ella.

—Esto es todo para la cocina —dijo Steven, sentándose en un taburete.

—Estamos en buena forma para el Éxodo —dijo Twinkle, tomando un trago de su botella de agua—. ¿Sigues bebiendo suficiente agua, Diane? Los últimos días pueden hacerte olvidar.

—Culpable —contestó Diane, y fue a buscar su botella de agua a la cochera, llenándola de la jarra que había sobre la mesa. CT seguía durmiendo, y Diane no quería molestarla. Jeremy se había marchado, presumiblemente para dormir en su propio espacio.

Volvió al bar, donde Steven estaba colocando una pantalla bien ajustada sobre la boca del barril de la quema.

—¿Por qué haces eso? —preguntó Diane.

—Para que la gente no siga poniendo cosas en él —respondió Steven—. Tiene que tener un mínimo de un día para enfriarse antes de que lo vaciemos.

—¿Salir? —preguntó Twinkle a Diane.

—En un rato, tal vez —respondió Diane—. Esperaré a CT. Me preguntaba cómo funciona la venta de entradas. Por ejemplo, si quisiera venir el año que viene.

—Tanto te gusta, ¿verdad? —contestó Twinkle.

—Cada vez me gusta más —dijo Diane.

—Para conseguir una entrada, te registras en la página web del Burning Man con un perfil —dijo Steven—. Luego, cuando sale la venta de entradas, lo solicitas. Es complicado, y cada año es más difícil. Nuestro campamento tendrá la oportunidad de comprar entradas si estamos en regla. Nos esforzamos por limpiar nuestro recinto porque lo inspeccionan cuando nos vamos. También ofrecemos mucha interactividad.

—Se puede acceder a las entradas a través del voluntariado —explicó Twinkle—. Pero eso es para el año siguiente. Podría ver que te invitan a volver a Presidentes Muertos si te apetece.

Sonrió y miró a Steven, que asintió con la cabeza, diciendo—: ahora eres uno de los nuestros.

Oír esto alegró a Diane. El campamento se había convertido en algo más que un lugar donde reposar la cabeza. Era fácil ver por qué mucha gente volvía al mismo campamento año tras año.

Acunando su botella de agua, Diane se recostó en una silla del campamento, dormitando a la sombra. Después de los últimos diez días, no se sentía inclinada a hacer mucho. La mayoría de los campistas parecían estar en el mismo estado de ánimo. Había un cambio definitivo en la energía después de la quema. Diane se sentía bien pero agotada. Su cuerpo simplemente no estaba acostumbrado a este nivel de estimulación y emoción.

—¿Estás bien?

Diane abrió los ojos para ver a CT mirándola.

—Sí —respondió Diane—. Solo me estoy relajando. ¿Y tú?

—Necesitaba el sueño —dijo CT, estirando los brazos—. ¿Qué hora es?

—Alrededor de la una, supongo —dijo Diane.

—Demasiado calor para llevar a cabo algo —dijo CT, tomando asiento—. Pensé que podríamos cargar algunas cosas en el remolque para que hubiera menos que hacer mañana. Aunque no está muy motivado.

—¿Cuándo nos vamos? —preguntó Diane, sintiéndose a la vez triste por el final de esta aventura y esperanzada por volver al mundo real.

—Depende —dijo CT, tomando un trago de su taza—. La mayor parte de lo que queda es derribar el bar, envolver el estanque de evaporación, y luego empacar el contenedor. Si hay suficiente gente, saldrá bien. Si no, es un trabajo duro. Empacar el contenedor lleva una buena cantidad de tiempo.

—¿Así que la quema del templo es esta noche?

—Es una quema diferente —dijo CT—. Ya lo verás.

—Bueno —dijo Pepper, acercándose—, ya tengo todo empacado.

—¿Te vas ya? —preguntó Diane alarmada.

—No —respondió Pepper—. Justo después de la quema del Templo. Tengo que estar en el trabajo en dos días, aunque la descompresión lo hará difícil.

—¿Qué es la descompresión? —preguntó Diane—. ¿No es una fiesta?

Pepper y CT compartieron una risa.

—Sí y no —dijo CT—. Suele haber fiestas llamadas Descompresión, en varias ciudades, unas semanas después de la Quema.

—La descompresión de la que hablo es la que te ocurre a ti personalmente. Aunque no le pasa a todo el mundo —dijo Pepper—. ¿Te has dado cuenta de lo intensas que son las cosas aquí, como vivir a las once?

—Sí —respondió Diane.

—Tu cerebro no está acostumbrado a lo que ocurre aquí fuera, así que mientras estás en él, compartimentas para seguir avanzando —dijo Pepper—. Después... bueno, para mí, es como un TEPT de bajo nivel. Tengo sueños muy intensos sobre estar aquí en la playa. La reincorporación al mundo real también es dura, como acostumbrarse a pagar por las cosas de nuevo. Mi descompresión suele durar unos cinco días. Necesito más tiempo para volver a entrar en el mundo. Otras personas no tienen secuelas.

—No sabía que sería así —dijo Diane.

—Puede que no lo sea, para ti —respondió CT—. Pero es bueno saberlo. Ahora, creo que deberíamos colocar algunas cosas para que el desmontaje de mañana sea más fácil.

—Vamos a hacerlo —dijo Diane, levantándose de su silla.

Juntos entraron en la cochera y examinaron el interior. Todo estaba cubierto de un fino polvo blanco. CT empezó a seleccionar la comida que necesitarían para la noche y el día siguiente y la apartó. Luego bajaron los adornos y los doblaron y guardaron, con pausas para que ambos estornudaran y bebieran agua. Diane se puso la máscara antipolvo para continuar.

—Estás aprendiendo —dijo CT, poniéndose su propia máscara.

En un par de horas, toda la ropa, los zapatos y otros artículos no esenciales se recogieron, se empaquetaron en los contenedores de plástico negros y amarillos y se colocaron junto al remolque. Diane dejó algunos artículos de aseo y ropa para la noche y el día siguiente.

La cochera que había sido su hogar para la Quema se sentía vacía, despojada. Diane se dio cuenta de que otros campistas estaban haciendo sus propias maletas y desmontando. Empezó a darse cuenta de que su primera experiencia en la Quema estaba llegando a su fin.

—¿Debemos desmontar la cochera? —Diane preguntó.

—Yo lo dejo levantado. Todavía podría llover o caer una tormenta de polvo —respondió CT.

Mientras terminaban, el sol se acercaba al anillo de montañas. Diane y CT recibieron de manos de Twinkle unos enormes bocadillos de beicon.

—Estamos cocinando todo lo que podemos —dijo Twinkle—. Coman. Tenemos unos dos kilos más de bacon.

Agarrando sus botellas de agua, Diane y CT subieron a la parte superior del contenedor para comer su comida. Diane miró la ciudad a su alrededor. Muchas personas de los campamentos que los rodeaban también estaban haciendo preparativos para irse.

—¿Alguna idea? —preguntó CT.

—Ha sido increíble —comenzó Diane, empapándose de los últimos rayos de sol—. Más de lo que jamás hubiera esperado. Las palabras no pueden hacerle justicia.

—¿Crees que volverás?

—Sí, definitivamente.

Sequoia, Pepper y Jeremy se unieron a ellos en el contenedor mientras el sol tocaba las montañas. Diane se sintió a la vez triste y feliz de estar allí con sus amigos y aullar el último aullido de la Quema.

Al bajar, Diane recogió sus cosas para pasar la noche. La temperatura se estaba enfriando rápidamente. Poniéndose la bolsa para las piernas, las gafas, la máscara y el shemagh y recogiendo su abrigo en los brazos, se dirigió a su moto y encendió las luces. Billy maniobró la Estrella de Mar hasta la calle frente al bar. Miró a Diane y le hizo un guiño.

—¿Estás lista para el Templo? —preguntó Billy.

—Lo estoy —respondió Diane—. ¿Cuándo te pones en marcha?

—En un par de minutos. Quiero conseguir un buen sitio. Se llenará rápido.

—Nos vemos allí.

Diane se dirigió a la barra y puso su copa delante de Twinkle, que la llenó obedientemente. El whisky era áspero y dulce a la vez mientras ella lo sorbía. Le resultaba curioso que nunca hubiera bebido whisky puro antes de la Quema y que ahora fuera algo natural.

—¿Estás lista? —le preguntó CT, sentado en la barra.

—Lista para salir.

—Tan pronto como Sequoia ponga el culo en marcha, nos iremos.

Más gente se unió a ellos en el bar. El ambiente era ligero y pesado al mismo tiempo. La música era tenue y apagada. La oscuridad que caía y la reducida iluminación del bar arrojaban sombras sobre los rostros de todos. Diane se sintió en paz y en el lugar donde debía estar.

—Hagámoslo —dijo Sequoia, montando su bicicleta.

Una turba de gente se movía en la calle mientras una treintena de personas de Presidentes Muertos salían en sus bicicletas, una tras otra. Diane pedaleaba junto a CT, Jeremy y Sequoia. Un grupo estridente y risueño de luces parpadeantes y humor alborotado se abrió paso por las calles hacia la playa. Los timbres de las bicicletas tintineaban y las bocinas sonaban al pasar junto a los ciclistas más lentos y la gente que caminaba por la carretera.

Al llegar a la playa, Diane pudo ver luces y gente de todas las direcciones que se dirigían al Templo. El aire era fresco pero no frío. El sabor de la playa estaba en su boca, su olor en su nariz. El Templo estaba iluminado y una masa humana lo rodeaba.

Detuvieron las motos a un buen trecho de la concentración y las cerraron. Sequoia guió el camino hacia donde se suponía que estaba la Estrella de Mar. Al igual que en la Quema del Hombre, se abrieron paso a través de un mar de motos y coches artísticos. Esta vez, sin embargo, y en contraste con la Quema del Hombre, no había música a todo volumen, y la multitud murmuraba en silencio en lugar de cantar y gritar.

Encontrar el camino hacia la Estrella de Mar fue más fácil de decir que de hacer, pero localizaron a Billy, que había encontrado una buena posición para ver el Templo. Diane encontró un asiento en la esquina de la Estrella de Mar junto a Pepper y Sequoia. El ambiente a su alrededor era tranquilo. Twinkle abrió una botella de champán y Diane llenó su copa.

Sorbiendo, miró a la masa de gente que se colocaba en su sitio, fila tras fila sentada en el suelo frente a la Estrella de Mar. Al igual que en la Quema del Hombre, Diane pudo ver a los Rangers en una fila perimetral, con el suelo abierto detrás de ellos.

Un silencio se apoderó de la multitud cuando la última luz del atardecer se apagó. Una luz parpadeante comenzó en las profundidades del Templo. No hubo preámbulo para la quema. Simplemente comenzó. El fuego parpadeaba entre la madera apilada y lamía la estructura del templo.

Diane pudo ver los rostros de sus amigos reflejados en el resplandor del fuego. Sequoia la levantó, se sentó y la depositó en su regazo, sus grandes brazos la rodearon y CT. Pepper se puso frente a ellos, rodeándolos también con sus brazos. Diane pudo ver la cara de Jeremy, que estaba cerca de ellos. Tenía lágrimas en la cara. Le hizo un gesto para que se acercara al grupo, que también lo absorbió. Sequoia apoyó su cabeza contra la cara de CT. Diane pudo escuchar su suave llanto. Vio cómo CT pasaba sus dedos por la espesa barba de Sequoia, acariciando su cara, sosteniendo su cabeza.

—Lo siento —dijo Sequoia suavemente entre sollozos—. Lo siento.

—Shhh, cariño —dijo CT suavemente y besó su frente, desestimando sus disculpas por llorar en este momento perfecto—. Estoy aquí.

Metiendo la cabeza por encima del hombro de Pepper, Diane pudo ver a parejas besándose, a un joven tocando tranquilamente una guitarra con una melodía sin nombre. La gente se abrazaba, sonreía, lloraba o simplemente observaba tranquilamente.

El resplandor de las llamas los atravesaba a todos. Diane miró la cara de CT. Uno de sus ojos estaba oculto por el pelo de Sequoia, el otro brillaba y resplandecía por las lágrimas, dejando huellas polvorientas en la mejilla de CT hasta su brillante sonrisa.

Sus ojos se encontraron y se sostuvieron. Diane se sintió agradecida, deseada y amada. Estaba exactamente donde debía estar.

El fuego consumió por completo el Templo, su estructura perfilada en llamas, mientras Diane se mecía lentamente en su grupo. Pequeños tornados de humo y polvo se alejaron de la estructura. La multitud contuvo la respiración colectivamente cuando la primera aguja del Templo se derrumbó. Algunos vítores dispersos se apagaron rápidamente. Nadie, al parecer, quería romper el hechizo.

El momento era cristalino en los ojos de Diane, el resplandor del Templo grababa cada línea de la multitud con calidez. La luz jugaba con los rostros de amigos y desconocidos, cada uno perdido en el momento de reflexión. La luz ardiente del Templo era la culminación de algo completamente diferente del mundo, no aquí, no en este momento. A Diane le invadió un sentimiento tanto de pérdida como de renacimiento cuando el último armazón de la estructura se derrumbó, y con él, la delimitación de lo que fue ayer y lo que sería mañana. El grupo se quedó allí, paralizado por las llamas, por la consumación de tanto trabajo, esfuerzo y emoción convertida en brasas.

—Bien, entonces —dijo Billy cuando la multitud que los rodeaba comenzó a desplazarse y disiparse—. ¿Listos?

Sin decir nada más, Billy encendió el motor de la Estrella de Mar. Diane enlazó los brazos con Sequoia y CT mientras navegaban por el mar de gente, bicis y coches artísticos hasta que encontraron el suyo y emprendieron el camino de vuelta al campamento.

CAPÍTULO 34

Lunes, 7 de septiembre, Éxodo

Diane se despertó. Sentada, cogió su botella de agua y bebió un largo trago. El sonido de un vehículo de algún tipo que pasaba por el campamento resonaba fuera de las paredes de la tienda. Respiró profundamente y suspiró.

El aire era fresco mientras se ponía la ropa y encendía el calentador bajo la cafetera, reflexionando que era la última vez que lo haría, al menos por esta Quema. Le vinieron a la mente muchas últimas veces mientras recogía sus cosas en el garaje, ahora más vacío. La última visita al porto, la última ducha de bolsa, la última noche de copas en el bar y de juerga. Diane no recordaba cuándo había pasado tanto tiempo de calidad con sus amigos. Desde luego, nunca se había divertido tanto como aquí. El fácil acceso a gente estupenda y los buenos momentos serían difíciles de dejar.

CT se había levantado y vestido cuando Diane regresó. Compartieron un abrazo.

—¿Preparada para hacer las maletas? —preguntó CT mientras se servía dos tazas de café.

—Supongo que sí —dijo Diane, tomando un sorbo.

—Podemos conseguir un salto en nuestras cosas antes de derribar todo con el campamento —dijo CT—. Asegúrate de comer lo suficiente. Es un día largo.

Diane siguió el ejemplo de CT y sacó su saco de dormir y su colchón de aire. Con el sonido del aire que salía de la válvula del colchón, enrolló y guardó el saco de dormir. Con la ayuda de CT, los dos colchones se guardaron en los contenedores negro y amarillo. A continuación bajaron los objetos colgantes, que fueron cuidadosamente empaquetados y apilados fuera de la cochera.

Las dos mujeres desenrollaron el cable de extensión de la lámpara de araña y lo envolvieron. Llevaron las sillas, la mesa y la nevera al exterior, junto con la alfombra polvorienta. La lona que había en el suelo estaba desatada, sin cinta y doblada. Al soltar los cordones que unían los paneles laterales, a Diane se le escapó una lágrima inesperada.

Limpiándola y riéndose, Diane dobló las largas secciones de material de vinilo con TC y las colocó en los contenedores negros y amarillos. Este lugar, que había sido su hogar durante los últimos doce días, estaba siendo embalado, listo para ser cargado.

—¿Listas para subir los pernos?

Diane vio a Sequoia de pie con la herramienta eléctrica en sus manos.

—Lista —dijo CT, abrazándolo.

Los largos pernos se liberaron del suelo con un ruido industrial de la herramienta.

Diane pudo ver al resto del campamento recogiendo a su alrededor. Autocaravanas, camiones con remolques, coches repletos de gente y cosas polvorientas pasaban por la carretera mientras deslizaban los largos postes de los bastidores y los depositaban, pegados con cinta adhesiva, junto al remolque de CT. Pronto todo estaba colocado en una fila ordenada, listo para ser cargado. Diane y CT ayudaron a Sequoia con su carport también, el proceso de desmontaje fue tan suave y rápido como el suyo.

—¡Vamos a reunirnos! —dijo Twinkle desde el bar.

El trío se reunió con sus compañeros de campamento frente al bar. Diane vio a Jeremy y le dio un abrazo, que él devolvió.

—¡Felicidades! —comenzó Twinkle—. Nadie ha muerto... todavía.

Las risas se extendieron entre los compañeros de campamento.

—Ya no hay vírgenes con Steven —dijo Twinkle—. Todos los demás en sus equipos.

Diane y Jeremy ayudaron a Steven, depositando las botellas de whisky restantes en contenedores, apilándolas cuidadosamente junto al camión de Twinkle. La barra fue desatada y levantada con sus postes y correas de acero, llevada por cuatro personas, desmontada y luego cargada en el contenedor.

A continuación se procedió a un eficiente y ordenado desmontaje y carga de los restantes artículos. Bajo la dirección de Steven, el contenedor se llenó rápidamente desde el suelo hasta el techo, de atrás hacia adelante. Diane se detuvo a beber profundamente de su botella de agua. El terreno volvía a quedar vacío rápidamente, y no solo su campamento. Los campamentos circundantes estaban desmontando rápidamente sus propias estructuras.

Acalorada, polvorienta y cansada, Diane ayudó a meter los últimos objetos del campamento en el contenedor. Las puertas tuvieron que cerrarse físicamente, con muchos gemidos y gruñidos. La cerradura se insertó en el travesaño y se cerró a presión. Diane se unió entonces a Sequoia y a CT para plegar la lona negra que había servido de estanque de evaporación. Cubierta de restos de comida podrida, polvo y Dios sabe qué, era sin duda lo más repugnante que había visto en la quema. Lo doblaron y lo metieron en una bolsa de basura para el césped.

—Consigue algo de comer —dijo Twinkle—. Busca la sombra donde puedas. Luego cargaremos el remolque del campamento.

Con el bar fuera, Diane y CT se sentaron en el lado de la sombra del contenedor de transporte con Sequoia y Jeremy. Entre bocados de estofado sellado al vacío, Diane se reía mientras Sequoia contaba chiste tras chiste.

Como el breve descanso le había devuelto algo de fuerza, Diane ayudó a empaquetar el remolque acoplado a la furgoneta de Twinkle. Con la ayuda de Jeremy y Sequoia, el remolque de CT estaba cargado y acoplado a su camioneta en un santiamén.

—¡Barrida del MOOP! —dijo Twinkle, reuniendo a los campistas restantes—. Vamos a formar una línea en un lado de la propiedad y avanzar. Nada es demasiado pequeño para recoger. Nuestra puntuación por la limpieza determinará nuestra ubicación el año que viene, así que asegurémonos de conseguir todo el verde oscuro en el mapa este año.

—¿Verde oscuro? —preguntó Diane a CT mientras se ponían en fila y empezaban a caminar con los demás, deteniéndose de vez en cuando para coger cualquier material del suelo.

—Después de salir —dijo CT, recogiendo un trozo de purpurina en su mano—, habrá una inspección —el color del mapa del MOOP que se publique después determinará la ubicación. Los campamentos que no recojan lo que han ensuciado pueden ser puestos a prueba o no se les pedirá que vuelvan. Si los inspectores tienen que parar a recoger cosas, el color pasa de verde, a amarillo, a rojo, siendo el rojo el peor.

Steven caminaba frente a ellos, empujando lentamente por el suelo un trozo de metal con ruedas.

—¿Qué está haciendo? —preguntó Jeremy.

—Es un imán —respondió Sequoia—. Agarra cualquier cosa ferrosa, como clavos y grapas. Twinkle y Greebo utilizan los rastrillos para remover el polvo y encontrar más MOOP.

—Hay mucho más de lo que hubiera pensado —dijo Diane, deteniéndose una vez más, recogiendo un tapón de botella y un pendiente.

Tras dos barridos más, la basura fue depositada y cargada en el remolque. Tras intercambiar abrazos con todos, Twinkle y Steven se marcharon. Diane vio a Jeremy y Sequoia de pie junto a dos tiendas de campaña y se acercó a ellos.

—¿Cómo están? —preguntó Diane.

—Bastante bien, gracias —respondió Jeremy—. Creo que me voy a quedar un poco más con Sequoia. Al parecer, no tiene que irse hasta dentro de unos días. Quiero procesar un poco.

—Tienes mis datos —dijo Diane—. Quiero seguir en

contacto.

—Lo tienes —dijo Sequoia, dando un paso adelante para abrazarla.

Con los enormes y fuertes brazos de Sequoia alrededor de ella, Diane le hizo un gesto a Jeremy para que le diera el último abrazo en grupo. Alargando el momento, Sequoia la besó en la parte superior de la cabeza.

—Ya los extraño —dijo Diane, dando un paso atrás.

—Sigue siendo de oro, Chico Poni —dijo Sequoia, parpadeando las lágrimas—. Sigue siendo de oro.

Diane se secó las lágrimas mientras caminaba para reunirse con CT junto a su camión y la ayudó a cargar una bicicleta en el estante. Frotando el pelaje de su playa cruiser, tuvo un pensamiento.

—¿Tenemos que irnos ahora mismo? —preguntó Diane.

—Tenemos algo de tiempo. ¿Por qué? —preguntó CT.

—Pensé que podría dar un último paseo.

CT se adelantó y la abrazó, riendo.

—Después de doce días en el polvo, y cuando estás a horas de una ducha caliente, ¿quieres quedarte un poco más? —dijo CT, sonriendo—. Sabía que te encantaría.

—Gracias de nuevo, Stacy —dijo Diane—. ¿Puedo llamarte Stacy de nuevo?

—Sí, la Quema ha terminado —dijo Stacy—. Ve a tu paseo.

Diane recogió su equipo y montó su bicicleta.

—Vuelvo en un minuto —dijo Diane mientras pedaleaba hacia la calle.

Pedaleando por el centro del campamento, vio a la gente entrando y saliendo. Giró en una calle conocida hasta que la llevó junto al campamento de La Abuela del Polvo. Su autocaravana había desaparecido, pero quedaban algunas tiendas de campaña.

El contenedor de transporte donde había estado el pub había desaparecido. Solo quedaba una huella en el polvo. La gente de los campamentos le hizo señas para que se uniera a ellos, pero ella siguió pedaleando. Al pasar por el campamento de Salpicadura Celestial, vio que los puestos habían sido desmontados y la parcela estaba desnuda. La tienda de Lluvia Fría estaba desmontada y preparada para ser empaquetada.

Dejando atrás la ciudad, se dirigió a la playa sin rumbo fijo. Una pequeña tormenta de polvo que se arremolinaba a su derecha. Se puso la máscara y las gafas y continuó. Mientras pedaleaba, la visibilidad se limitaba a un metro y medio delante de ella. A Diane no le importaba el polvo que la rodeaba, la acariciaba y la cubría. Al bajarse el shemagh alrededor del cuello, sintió que su pelo volaba con el viento. Se detuvo y se puso de pie, estirando los brazos en el aire, perdida en el polvo pero sabiendo que estaría bien. Todo estaría bien.

Cuando el aire se despejó, Diane se puso las gafas en la frente. Unos minutos más la llevaron a la valla de plástico naranja de la basura, el lugar donde terminaba la playa. Diane se detuvo y contempló la llanura blanca que se extendía hasta donde alcanzaba la vista.

Era como si estuviera viendo otro mundo, un mundo al que solo se puede acceder después de haber pasado por la Quema - a través del trabajo y el triunfo, la belleza, la alegría y el dolor- y luego más allá. Un lugar en el que los principios de la bondad, la redención, la curación, el amor y la aceptación existían como objetivos principales, no como atributos secundarios.

Diane pensó en Sheba, en su carácter salvaje y en su dolor. En Sequoia y Pepper, dos nuevos amigos que se sentían más cercanos a ella que las personas que conocía desde hacía años. En Jeremy, un joven que luchaba contra su pasado de dolor y violencia y encontraba una paz que no había conocido en el otro mundo. De Steven, un hombre de guerra y religión, profundamente cambiado por la bondad de un extraño. De Maybelle, una mujer feroz y profundamente espiritual que no escuchó el odio ni los rumores, y que se dispuso valientemente a ver por sí misma.

Diane sonrió al pensar en Stacy, su bella amiga, que había sabido que Diane necesitaba algo y le regaló la oportunidad de su vida. Diane pensó en toda la gente que había conocido en la

Quema y en las atenciones que había recibido. Pensó en todas las historias de personas que habían estado aquí y que venían aquí, buscando algo, cualquier cosa.

Diane miró la playa y la ciudad más allá. Era un lugar raro, donde pertenecían los que encajaban, los que no encajaban en ningún otro sitio y los que solo parecían encajar. Donde las partes rotas de la gente podían ser aliviadas y curadas. Donde la alegría y la esperanza coexisten, mezcladas por el polvo. Un lugar donde el amor y la amistad podían florecer, donde el odio y los prejuicios no podían prosperar.

Un lugar para todos.

Un lugar al que llamar hogar.

Diane saltó la valla de la basura y comenzó a caminar.

FIN

NOTA DEL AUTOR

El hecho de que Diane pase por encima de la valla de la basura y se adentre en el desierto es un símbolo alegórico, que representa que ha pasado a una nueva vida, a la que solo podría haber llegado pasando por la Quema. Si vas -y espero que lo hagas- no pases por encima de la valla de la basura y te adentres en el desierto. Probablemente morirás.

El objetivo de este libro era presentar una historia informativa y entretenida tanto para las personas que han estado en el Burning Man como para las que están interesadas en ir. Muchas representaciones del Burning Man en los medios de comunicación se han centrado en las historias más salaces. Hay mucho más que eso. El Burning Man es el lugar donde mucha gente guarda su corazón, además de encontrarlo.

Aun así, es imposible plasmar en un libro todas las historias y experiencias del Burning Man. Es un lugar donde las posibilidades y las experiencias son infinitas. Puede ser tan salvaje o tan suave como quieras. Pero recuerda que si experimentas cosas que te hacen sentir incómodo, eso es algo bueno. Significa que tus límites y creencias están siendo empujados. El crecimiento puede ser doloroso y a veces confuso. Acéptalo.

El Burning Man ha sido y sigue siendo transformador para mí, como lo es para mucha gente. Si este libro te inspira a ir -y todo el mundo debería hacerlo- será con más conocimiento del que tienen la mayoría de las Vírgenes de la Quema, y quizás eso te ayude en el camino. Si hay algo que te sugiero que lleves al Burning Man, es la amabilidad, tanto para los demás como para ti mismo. Y recuerda siempre:

NO VAS A EXPERIMENTAR EL BURNING MAN,
TÚ ERES LA EXPERIENCIA.

Nos vemos en el polvo.